燭光盛宴

蔡素芬

目錄

雞尾酒

開胃菜

主菜

我伺候你一道豐盛的大餐，愛人。

別急，我們需要一點程序，先點一道燭光，愛人，你的臉龐在燭光下多麼動人，窗框邊掛著蕾絲窗簾，緩慢而優雅的樂符鑽進布幔縫隙。

愛人，在這場人生的宴席，廚師的手藝將如命運之手，變幻各種菜色滋味。我執意與你共桌，饗宴我們的愛情。

雞尾酒

他舔她，像小狗對著牠的美食，心無旁騖享受心滿意足的一餐。她溼潤的舌頭回敬他，柔順的滑向他的胸口，滑向溫暖的耳邊，輕聲問：「愛我嗎？」

這聲音聽起來悠悠遠遠，像女媧拈土補天後，飄飛了幾千年，雲裡霧裡練洗過，風裡水裡漂流過，終於來到耳邊，又熟悉得像昨晚電視劇裡剛說過的台詞，他也咬著她的耳朵說：「愛，當然愛。」

白色的枕頭和床單有一股淡淡的漂白水味，他掀動床單，空氣裡揚起那股味道，刺進鼻子變成一股馨香，她熟悉這股馨香，像一座迷幻花園，一走進去就失去方向，她迎接那團白色的馨香迷園，迎接他濃密柔軟的頭髮，他的舌尖像暖流在她的水渦裡迴旋，床頭暗淡的光線將他幻化成她身上顫動的影子，她撫過那影子，撫過那髮絲，聽到自己的聲音像海洋一樣推著身體隨著水波浮蕩，在一床的白色迷園，在他汗溼的鼻尖與潤滑唇舌。啊，愛人，舔我，像舔著你千年萬年相隨的靈魂，也許我就是從你靈魂深處飄飛出來的那縷散失的幽魂，在這一刻，被你撿拾回來，合成一體，像花苞需要一個花托，在春日裡，一起盛放。

他將濃情蜜意送進她唇裡，她吸吮他的一片誠意，滑到他體下，用唇舌包覆他。他在呻吟，閉著眼睛飄浮在一片水波間，她要讓那水波盪漾，托著他的身體盪到她這邊來。愛人，你的呻吟裡劃出有我名字的音符，柔軟動聽，愛人，再多一點，過了今夜，不見得有明天，愛的潮水洶湧而至，我等著與你一起淹沒。

一記閃電擊在水上，必然盪起眩人的陣陣漣漪，他進入她柔軟的波心，她把頭埋在他溫熱的頸間，一杯甜香的雞尾酒需要高超的調酒師，她感到暈眩，從耳邊開始，侵入腦裡，像一株病毒蔓延開來，她整個人泡在這杯雞尾酒裡。

他的氣息吹在她臉頰、她暈眩的耳邊，他親她，任何一個可及之處。妳覺得好嗎？他問。

好像要去一個地方，什麼地方，飄飄的感覺。她說。

他以膜拜的跪姿將兩膝靠在她腿邊，帶她去那個地方。他看見她光潔的皮膚上閃著滑亮的汗液，和一枚剛滾下的，鹹溫的淚液。那是我的嗎？他自問並凝視那淚液，弧形的液體上折射澄黃如蜜的色澤，他親吻那色澤。不，不是淚液，是一種從未嘗過的味道，調酒師用畢生經驗調製成這顆微溫的珠液，他吸吮那珠液，讓它留在舌尖，送入她嘴裡。

親愛的，這滋味好嗎？

哦。她只哦了這一聲，眼尾便成串流出這珠液。沒有比這更好了。她說。

1
八十歲的禮物
必須在生日來臨之際送達

深秋，葉子很輕易離枝飄落，也許你走在路上行經一棵樹下，枯黃的葉子從你耳邊飄過，落在你肩上，又彈滑到腳尖，你盯著那行進的腳尖閃過一縷枯葉的影子，像閃過了一段荒廢的時光，心裡一驚，哦，已經快入冬了，已經這些年了嗎？

第一次注意到落葉可以牽動情緒是在八歲那年，父親帶我到一處陌生的村落喝喜酒，是大姑辦喜事，父親在大廳裡和一群我未曾有記憶的親朋好友聊天，大人顧著談興，我顧著窗口一束游動的陽光裡飄浮的塵絮，那細細短短帶著光亮的微小灰塵飄離那束陽光便不見了，它們可能夾著談話人的口沫跌落地上，可能沾落在物品上、衣服裡。那束陽光稍微偏離後，我悄悄走了出去，沒有任何驚動。

房舍外，幾名髮上插著紅色小紙花的婦女正一一收拾宴席上的殘餚，她們把各式殘餚倒進一隻大盆裡，空氣裡散發肉類與海鮮蔬菜及調味醬的味道，棚底的師父正起鍋，好把這股濃烈的味道調製成一鍋美味可口的燴菜。隨後另一組婦女端著殘盤，捲起紅色桌巾，頓然露出木色斑駁的桌面，這席子眞要散了。我往一邊林間緩緩走去，婦人收拾桌椅的木頭碰撞聲，竹帚掃地的沙沙聲，在秋日的山間小村響起，感覺乾乾涼涼的。

我蹲在一棵樹下，那林裡，約莫都是這種樹吧，何種樹，當時我不懂，只見腳下落葉片片，有的枯了，有的黃綠交接，還有全綠的，許是飛鳥或家禽足下蹬落。我撿了片綠葉，翻到背面，拿起腳邊一枝細長的乾枝，在那充滿毛細孔的葉面寫下「孤單無人相伴」，寫完相當訝異自己自傷自憐的情緒，在那只認得幾個字的年紀顯得老成，這些字句的形成大約翻自當時我囫圇吞棗的古典才子佳人小說，滿地落葉，幽閉的樹林，時光彷彿凝止又彷彿延長，突然讓人置入如夢境傷懷的情境。我感到荒涼而心驚，走出林子，抬頭回望，山坡斜斜切入半天，淡藍的天空浮著一抹輕如棉絮的白雲。這山間小村不過十來戶人家，隱密在叢林之間，樹林裡鳥鳴聲似乎是唯一的聲音，仔細聽那此起彼落的鳥鳴，會覺得鳥鳴不斷迴旋，響得人耳膜鼓脹。接近屋子，鳥鳴聲便像歇息了，屋前正將散去的人群高亢的道別聲，使鳥鳴幾乎不存在。

「阿菊娶了媳婦，連夜壺都有人倒了。」

「這是新厝，厝內就有抽水馬桶了啦！」

「伊位新娘看來粗勇，很能做呢！」

「汝不是新郎，哪知伊能做！」

談話的這群婦女竊竊笑著。即將告別的人跟大姑說：「建雄安定下來，汝有媳婦幫忙，台北的事沒去做也沒要緊，自己身體要顧。」

大姑站在門口，她穿棗紅色的連身洋裝，裙襬和袖口都繡了淺粉色的花邊，那身衣服好像很沉重似的，她一隻手抵住紅色門框，整個人好像陷到門框裡，眉頭雖有些抑鬱，嘴巴卻笑成一個微微上揚的弧度。那年她五十歲，對一個八歲的孩子來說，五十歲和六十歲沒有太大差別，都算在年長的族群，但那抹笑讓我看到年輕人專有的嬌怯，她倚門的姿態有點意興闌珊，不像那身衣服的顏色，感覺人與衣服是分開的。

我們是最後一批走的親人，意謂某種親密關係，她握著父親的手說：「一趟來，這麼遠。」她眼神有些迷離，視力似乎有點吃力，手背浮著青筋，指尖皮膚皸裂成一條一條細細的渠。父親說：「阿姐把建雄養成了，眞偉大。汝總在台北，遇到什麼委屈，我這個當弟弟的，想照顧也不及。」大姑說：「人說台北尙繁華，我見識的比汝多了，還擔心我什麼？」我想到月曆上提著小包包，梳著高高髮髻，穿無袖短洋裝的小姐，那摩登大概就是台北的繁華，大姑說話的氣派對我們來說，就像舶來品，她是繁華台北的一部分。午後山風在四周環繞，早黃的枯葉片片滑落，從樹林裡飄飛到林外屋宇間，劃過她華美的衣服，飄落在她腳前那塊泥地上。

那是我八歲對落葉的記憶。而今，在落葉紛飛的季節，我沿街漫走，紅磚道有落葉，一片、兩片、三片，去年的枯葉早腐敗成泥，明年，還有一群枯葉，從一片、兩片、三片開始拆解時間裡的一些什麼，諸如八歲的記憶，及那記憶之後發生的事，許多影像串連分解，像萬花筒內的拼圖，斑斑斕斕的就組成了人生。八歲的時候，我不知道往後將發生什麼，不知道那個倚在紅色門框邊的大姑將引我向人生的什麼境地。

我三十二歲時，大姑交給我一樣東西，她躺在一張荷蘭進口的柔軟大床上，乾薄的手背浮現細細的血管，她交給我的是一盒A4大小的紙盒，附上一張地址，說：「送去這裡。」爲什麼由我送？大姑說：「伊過八十歲生日了，本應建雄去送，此時伊人在國外，汝在台北識頭識路，就幫姑送去。」床邊一架血液透析儀，兩條管子插在姑的身上，針管與皮膚接觸處貼了數層膚色膠帶，好像針管隨時會脫離似的，那兩條管子爲她保命，在她豪華的床鋪邊，提醒生命僅餘的時間。她瞇起眼睛看我，我點頭，收下紙盒。窗口投來的燦爛陽光落在紙盒上，把我的手也照亮了，那光亮令人愉悅，像她臉上的光澤，那是一張保養過的臉，不像爲腎衰竭所苦的病人。

八十歲的禮物，必須在生日來臨之際送達。

我們常常不知前面是不是斷崖，是不是一座吊橋，是不是一場烈焰，通常走到平地了，回頭望去，才知過了一段窪地，一座山丘。我捧著那盒子，那片刻，急欲去敲地址門扉的當時，甚至不知道什麼叫人生之路。

我手裡握著紙盒，站在滲色暈褪的荷香色門扉前，日式門院飄著木香味，從低矮的門框看見主屋的窗玻璃在黑灰色的屋瓦下顯得黯淡失色，有層淺淺的灰塵蒙住上層玻璃，客廳天花板上兩盞光亮的日光燈，從那玻璃望過去，光亮像霧般散失。她開門，身體擋在滑開的兩臂寬的門縫裡，背略駝，黑底密排細小黃花的襯衫包著她細瘦的肩膀，她的臉像一朵開盡臨於凋落的花朵，由那衣服的領口托著。她抬頭，疑惑的注視我，眼神像兩道光掃向我的臉，我一時無言。對視幾秒，空氣好似凝結，直到頭上吹到一股圍牆上緣掃來的風，我說出來意。她請我進門。

跨過隆起的水泥門檻，腳下踩到一片軟泥，泥裡好像有細碎的聲音飄來，是過往的日子裡，那些曾在這個大門進出的人們的聲音，背後叮叩一聲，她關上門，扣上門栓，腳下那細碎的聲音沒有間歇。我早該知道，所有事情都變成回憶時，時間不存在，或同時並存。

2

父親為她找了一個強壯的男人

秋涼時分，東方薄雲透出一隙白亮曙光，往村裡一灑，像大地劃開一條道路，沁涼的霧氣緩緩散開，村落的輪廓漸漸清晰，幾百戶人家落在山腳下，南邊一條河川遙遙通向另一處山坳往東流去，銜接大江，在終點處漫散成南中國富庶的三角洲河域。

川上泊了幾艘渡船，河水平靜，早起的船夫在船舷邊索檢纜繩，晃動的身影映在水中，水也彷彿起了一陣漣漪。渡船頭只是幾根簡陋的木樁子，平時兩三艘往來的泊船輪流拴在那木樁上，浪起時，水中船影潾潾，風靜時，纜繩沉著浮貼水面，渡船泊在河中，打禪似的沒有一絲動念。坡岸幾塊顯露水蝕痕跡的木板塊通向碎石灘，灘勢向北邊山巒傾斜，到了山腳人家，村落分出幾條整齊街道。

北側這戶人家背面倚山，山林裡翠竹叢生，宅側附近一面湖泊，天然生成，宅院翻一道牆就是柳枝垂蔭的湖邊，像私花園般成了白家屬地。白家工人進出那土牆與後山之間，從山上擔下一簍一簍的雲筍囤在土牆邊的倉庫裡，倉庫前一片廣場，村婦輪班到廣場剝筍衣，切片，曬乾，或漬鹽；倉庫邊一排大泥灶，常年炊火不熄，成排的大鍋上冒著炒瓜子的甘醬味，桃子李子的蜜香味，和筍香一起飄散在白家裡外。盛產季節，整座村子便在這混雜的氣味裡日昇日落地過著日子。大半村人依靠白家這份產業過活，白家牆面上哪塊磚縫長出一株薊草來，都逃不過婦人的眼底。每日婦人擠挨著，筍干蜜餞透過她們的手藝沿河川下東南諸城，分售北邊城市，又搭遠洋船，傳到東南亞，一個內陸小鄉能夠經營腹地這麼廣的生意，白家的事隨意一渲染，就是一則傳奇。

這日倉庫前飄散的不是桃子李子的蜜香味，而是羊豬雞鴨的腥羶味，引起廣場裡忙碌的工人們胃液一陣噪動。五座灶台上炊煙蒸騰，沸水咕嚕冒出的氣泡和人們的口沫掃過陣陣涼風，陣陣涼風也拂過每個屋堂門上掛著的紅燈籠，籠下結鬚盪呀盪地，盪起門前的嗩吶聲，貼在門板上的喜字在晨曦中閃著潤澤的光亮，把秋日蕭颯蒙上一層晃漾水影。羊豬雞鴨的血液沿著陰溝攢到一叢朱槿花根下，朱槿花色似乎更紅豔了。白泊珍坐在窗台下，遠遠望見那株朱槿花，不覺打了個噴嚏，頭上花簪顫了兩下，她聞到那股血羶味，也聽到那陣嗩吶，問身邊小翠，什麼時辰了？

時辰對她又何曾重要，她不期待答案。她身穿改良式旗袍，鳳仙領，旗袍長到腳踝，蓋住西式高跟鞋，她希望穿白紗，最摩登的結婚服裝，但家鄉人沒見識，認為那是奇裝異服有違傳統，她只好任由母親打點，但偷偷將繡花包鞋換成高跟鞋，鞋頭露出來了，她不認為有誰會注意到。小翠回答了一個時辰，她沒注意聽，以後她發現自己老是心裡盤問著時間，卻沒有一個清楚的答案，像站在山谷裡，那個本應精確的時間因著山谷的回音而迴繞著，因此聽不清了。

白色高跟鞋露在紅色裙襬外，每個人都注意到了，她看到他們詫異的眼神中透露出厭惡，只有父親故意忽略那雙像兩盞白紗燈的高跟鞋，他捻著香炷主持他們的婚禮，帶頭將三炷香插在神龕的青銅香爐上。四周掛滿喜幛，金色箔紙貼在紅色布條上，花色布匹也掛在牆上，上面以紅紙書寫某某親友致送給新人添製新衣。家族全聚集在這個像森林般的廳堂裡，她也成了那森林裡的一部分，她儘管站著不動，音樂像千年前就在那裡吹奏的，人聲則像暴雨期河上的風嘯，她身邊那個人，也站在那裡不動，她感覺他一直低著頭注視她腳下那雙與嗩吶喜幛婚服格格不入的白色高跟鞋。

他身上有一股陳腐的氣味，混合著渡船頭船塢的腐木味和酸溼的筍衣味、從山那邊席捲下來的爛葉味、久曬不乾的衣服上的霉溼味，這重重氣味壓著她，像一襲老僧的袈裟，成爲婚姻的信眾，就得在那劃好的領土受到規範，遵守領土的教義。她十八歲，育齡理想，父親利用她傳宗接代，她的弟弟夭折了，父親龐大的事業只有她一個繼承人，父親爲她找了一個強壯的男人，一個混合家鄉各種味道，純種到不會坐艘船從那條河川逃離的種豬。生下的小豬仔將與她父親同姓氏，白家能不能子孫興旺，端看她的生育能力。

男人的身體有著結實的線條和銅色的肌膚，她懷疑父親爲她找來某個少數民族壯漢，他需要先天基因強壯的子嗣，爲他搬運山上的雲筍和建造堅牢的船隻。這個男人走路從不走在她前面，很少主動和她講話，他遵守丈人給他的任務，在她的閨房裡恭敬的、不敢張聲的做著培育子嗣的大事。她聽到屋外群鳥的夜啼，一條青蛇娑娑滑向竹枝頭，幾條魚跳出湖面又跌回去濺起一大圈水花。男人睡著了，小心翼翼呼出沉重的氣息。

她的男人在歇工的星期天，總是慌張而沉默，成天在庭院和嬸叔家的孩子玩樂，吃中飯時，家族成員聚在一起，飯桌擺在廚房邊的長廊，她男人的眼神只停留在那些姪兒女身上，不與嬸叔們的眼神接觸，每個星期天她搭渡船去城裡，不與他們吃中飯，一早出門，傍晚回來，兩個嬸嬸在楊柳樹旁、紫藤花架下交頭接耳，她從她們身邊經過，把高跟鞋踩出很響的聲音。

城中鬧街布滿新商行，如果她願意，可以找個男人到掛著旅社招牌的屋裡去，那裡也許有新式的流蘇窗簾、碎花壁紙，四周飄著新傢俱的木香味，也許只是一張床一個茶几，茶几上一隻溫水瓶。不管是哪種擺置，起碼都會有新鮮感，不必負責，走出門外就兩相遺忘，所以在床上時可以爲所欲爲，肚子弄大了也無所謂，不管誰下了種，生下來的都姓白。但她最後沒走進去，她不想多此一舉，床上那件事沒有樂趣可言。

她買新式衣服，去書攤翻報紙和雜誌，看那上頭的廣告。嬰兒奶粉、腳踏車、油爐、面霜，那些東西都有一種海洋和天空的氣味，連結西方世界的想像。她還去看同學，她只念了一年高中就被父親叫回家，因爲她精神衰弱的多病母親似乎隨時可能死掉，她得像隨時等著守靈似的陪著她，那也是爲什麼父親急著找一頭種豬進來吧。

她有時成天在同學桂花家，在桂花房裡讀書，在院子裡和桂花媽媽聊天，腳邊磨蹭一隻懶洋洋的貓，到日偏斜，搭上黃包車去搭渡船，在渡船頭見到鄉人，不打招呼，近一個小時的擺渡時間，她總想像渡船回到船塢時，她可以化爲一股水氣，在空中蒸發。

3

我工作的角落
有和薪水不太等值的東西存在

老太太領我走向她的客廳，跨上三個水泥石階，一扇已顯老舊的灰色紗窗，推開時，門軸發出蒼老的喊叩聲，腳下的地板也吱吱作響。她的客廳有一套沙發，蓋著幾近洗白了的藍色布套，我坐在那布套上，整個身子像陷到一個凹洞裡，從那個凹洞看到一部灰銅色的電視，一部鏽斑滿布的冷氣機嵌在窗框裡，框旁立著一部電風扇，起毛的上等緹花窗簾，一張圓形餐桌靠近窗邊，四把鑲著籐編坐面的餐椅，一束陽光照在空無一物的桌面上。

她把紙盒放在沙發座前的茶几上，給我一杯她從廚房拿過來的淡茶，還燙口，我將茶杯擱在茶几上，淡茶需要時間降溫，我們得用交談填滿降溫的過程。她說，她不知道菊子有個姪女這麼大了，她稱呼大姑菊子，那是大姑在殖民時代的名字。

「妳大姑好嗎？」

「老樣子，每天用血液透析儀洗腎，家人幫忙操作。」

「那是很幸福的，不必到醫院去受罪。」

「您看來身體不錯。」

她笑了，嘴角一牽動，臉上皮膚漾起光澤，她伸手抓起小茶几電話旁的菸盒，拿出一根放進嘴裡，點火抽了一口，吐出煙圈，說：「膝蓋走路較困難，越是這樣，越是每天走點路，推菜藍車去市場買點食物回來。」

「過馬路方便嗎？」我問。我想像一個步履蹣跚的老太太在馬路中間左顧右盼，從車陣間穿行到對街。

「哦，就是這麼一個皮囊，撞了也無所謂。」

「您自己住？」我代送壽禮應該得到一些回音，好帶回什麼訊息給大姑。

她抽了兩口菸，說：「有個兒子住在大樓裡，我習慣住這裡了。週日他們會回來，看我是不是還活得好好的。」

她說「他們」，想必是一個家庭的代名詞。我不再追問，我只要一個可以回覆大姑的訊息，一個就夠了。倒是她盯著我瞧，像要從我的骨頭血液開始辨識，像貓頭鷹在夜晚睜開明亮的眼睛，眼神想穿透什麼，從我的毛髮掃到赤裸的腳掌。

「妳哪兒上班？」

怎能這樣肯定我應該有份工作？難道我不該是某個養尊處優，閒來沒事逛街喝下午茶的闊太太？也許我臉上並沒有那種暗示，而有一種領薪度日的標誌。

我的工作和其他行業比起來，不值幾個錢，一走進辦公室就與紙張爲伍，紙很重，裁成一個固定的尺寸，幾百頁裝訂在一起，再用大牛皮紙包成一疊疊，足以令人搬得彎腰駝背，有時走著就踢到地上那一疊一疊的紙張訂成的商品，痛得腳姆指像泡在一缸又辣又嗆的薑酒裡。紙上有字，像販賣商品一樣兜到市場上，但不像日用品那麼實用。我們在寫那些字，或把別人寫好的字編輯成一個像樣的商品。不好賣的時候，功用還不如一張衛生紙。但在我工作的角落有和薪水不太等值的東西存在那兒。

那兒時常有灰塵浮游過去，落在乳白色的百葉窗頁上，使窗頁變成陰雨來臨前天空的蒼灰；落在黑色檯燈座上，露出一絲一絲的形體，收集起來像團棉絮，灰黑色的；也可能落在桌上滿載醇濃咖啡香的杯子裡，順著我的舌喉，滑到體內那片溫暖的脾胃。桌面像座圍城，書稿和書籍圍起兩隻手可以自由運用的空間，我在那空間裡沉靜的擁有一個想像的世界。薪水維持我的女兒有個像樣的幼稚園可讀，一部分繳房貸，剩下不多，但我所需不多，在成堆的紙張裡，我不需要華服。我就在兩隻手圍起的空間，把女兒忘掉，把城市的聲音忘掉。我不需要告訴老太太這個空間給我的價值，我回答她：「在出版社，離這裡不遠，轉三條街，過三個紅綠燈就到了。」

她精亮的眼睛如鷹眼，尋找什麼獵物的注視著目標，在瞬間放大亮度，天花板並排的兩支日光燈頓時失色，那對比像陽光從陰翳的濃雲投射出來，特別強烈亮眼。她提高聲音問：「要走幾分鐘？」

「十幾分鐘。」

「那就常來坐嘛，告訴我菊子的消息。」

離開她家時，我把那溫度適好的淡茶喝了，下意識拍拍裙子，像要抖掉什麼似的，我相信那是種心理反射——不需要和一個八十歲的老太太有什麼連繫，和大姑同時並存的人如今已過盡他們的青春繁華，隨時準備向人生舞台謝幕，他們也許百無聊賴等待落幕那一刻，也許以各種病痛徘徊舞台，也許鎮日惶惑那一刻的來臨。我知道自己的想法幾近刻薄，但我也預見了若我能活到八十歲，那個時代的年輕人也許已對我視而不見，當我是等著倒掉的餿水，掩鼻落荒而逃。我將不介意他們對老人的不耐煩，因我確信我也將依藉我一生的豐富經驗，對他們的年輕不屑一顧。那麼這個老太太比八十歲的我仁慈了，她願意再看到我。看在仁慈的份上，我留下辦公室的電話號碼，禮貌的說，有事儘管打來。我懷疑自己只是藉以減輕內心對刻薄的罪惡感。

老太太房子所在的巷弄，幾排日式房子排列有序，家家戶戶有前院，從泥砌圍牆可以看到大房子都附有後院，長巷兩旁圍牆綠蔭成林，濃密綠樹輕掩屋簷，屋裡的人似乎都睡著了，沒有聲音，只有靜靜的午後陽光打在屋瓦牆垣上，照得葉脈光影交亂。黑灰色的屋頂望過去，沒有高樓遮擋，這是片國防用地，私人建築物不得高於七樓，附近是學校和保留地。這座眷村區保有一片天空的領地，樹梢連接天色，和我的辦公區域分屬兩個不同世界。事實上，走出眷村，過一個紅綠燈就是繁華不盡喧嚷不已的商街，眷村包覆在霓虹閃耀和連綿不絕的車囂中。接近出入口的一排二層樓房舍沒有院落，像兩層架高的火車廂，一個車廂住著一戶人家，從窗戶望進去，一眼看透家當。這個世界有階級，像軍服肩上的徽章，這邊廂房住宅自然是那些連徽章也稱不上的人臥居之所。但那房裡有生活的聲音——主婦的洗滌聲和交談聲。

4 十八歲的澤地豐饒溫潤

她的子宮像熱帶雨林那麼潮溼而溫暖，微小的生命攀著樹籐滋長，岩洞裡蛇蟒盤繞，柔溼的沼澤裡蛙鳴蟲迴，十八歲的澤地豐饒溫潤，她的腹腔深處有個生命在攢動，起先是股細小的拉力在腹腔裡抽滑，像熱流迴盪，那拉力越來越大，子宮不再有它迴旋的餘地，它占據她身體的一部分。她皮膚更加細緻光滑，家族每個成員對她投來尊敬的眼光，多半那眼光落在她的肚子上，他們對她的期待全在這個可能的白家產業繼承人，她像隨時準備垂簾聽政的準母后。但這絆住她所有行動的怪物，除了帶給她幾分睥睨一切的神氣外，挑不起她任何一絲生命的感動。

到了一個秋涼的破曉時分，土煙囪剛上炊，淡淡飄出一縷煙絲，一聲嬰啼劃開空氣的涼寒，院落響起慌忙的腳步聲，幾名小眘走入東邊二樓的主子房，透過紙窗向房裡的白老爺夫婦喊：「小姐順產了，是名男嬰！」

屋牆外，王順將耳朵貼靠著乾硬的牆面，沉重的呼吸迴蕩在泥磚縫隙裡，和嬰兒的啼哭聲搓揉交結，好像兩股氣都要衝出那道牆，他臉上泛起一絲笑容。

嬰兒啼了八聲，天空游走的炊煙，凝結不動，天繪著清亮的藍色，他貼靠牆磚的頰面僵硬，楊柳枝梢拂風顫動，一個大光頭從門廊處走來，低聲說：「順爺，是男嬰，恭喜您了。」

那光頭又說：「有了兒子了，您稱爺也相當了。」

王順跳起來打了他一記，腳著地一滑，摔在泥地上，溼涼的水氣滲透到皮膚裡，他眼裡也有一圈溼滑，使他看不清路面。他沿著牆根，躡足走到泊珍房的六角形窗邊。從他站立的角度看過去，窗櫺的細格子裡沉落一股安靜的氣息，泊珍蒼白的臉上兩隻渾圓眼睛，正往他這裡瞧，兩人眼睛碰個正著，他匆匆閃開去，泊珍的眼裡既無驚訝也無驚喜。他沿著牆根走回那塊有凹痕的溼地，走過楊柳枝，走向一個應該受到恭賀的地方。

她一直記得他的身影從窗邊流逝，快得像什麼也沒發生，是道流逝的光，在生命的某個角落擦身而過。泊珍感覺自己躺在床上很久很久，甚至不記得時間真的存在過。

兒子為她兩肘插起翅膀，她可以飛到高高的地方俯視村裡這些人，可以從叔嬸身邊輕輕飛躍過去，無視於他們的存在。她的四周變得安靜無聲，白家唯一的掌上明珠將來要打理這家族，她只要馴獸般的馴服兒子，就可以垂簾聽政，發派每房每戶用度，她同時要學習做生意，以免敗光家財，生意還沒學成，一家族的人都當她已是一身武藝。學武藝之前，她得先學會發號施令。她叫爭執中的堂弟妹們退到房裡去，堂弟妹便像受了一道聖旨似的，懷著滿肚子氣憤回到房裡，從窗邊投來壓抑的眼神；各房小廝小瞀任她差遣，不服氣的，也只能偏過頭去找個旁人視力無可及的方向瞪瞪乾眼。

她到母親身邊，母親精神有時不知漫遊到何方，有時倒又清醒來糾正她，不要對家裡人頤指氣使呀，阿爹還在呀！她擔心自己在村落裡一直待下去，也會和母親一樣，常年躺在一張床上，把黑髮躺白了，把所有的生氣躺成一灘凝止不動的濁水。她說：「讓我跟父親去了吧，我可以像二叔、三叔那樣，長年在外地的駐點管著生意。」

「二叔、三叔是男人，那不一樣。」

「我起碼可跟在父親身邊見識了。」

「時候到了，他會叫妳跟著的，妳忘了自己要做什麼了嗎？」

她該像頭安靜聽話的綿羊，等著繁殖。

她可以待在桂花家不回來，但那似乎會掀起一江水來淹沒村落。她必須在家族裡繼續擺派頭，尤其父親不在的時候，她母親病懨懨發不出來的聲音，她得替她發，越大聲越像個繼承人的樣子，別人不敢隨便欺侮上來，她絕不讓別人識破她只能在床上等著繁殖。

若說繁殖是她唯一的功用，她一定是最優秀的孕母，兒子還匍匐學步，她就又懷孕。只有她遺傳了曾祖父強悍的力量，曾祖父獨自居住在村落北邊一棟堅實的房舍裡，那裡充滿藥草的香味，他低垂細長的白眉看著手中的藥草，在缽上磨著獨家配方，醫治暑瘴寒瘡等怪病，他將近八十歲，可以爬到山上遠眺村落那條緩緩向東流去的河水，他收集所有雞殼，在殼裡煉取長命配方，母親的生命靠他的藥方維持，泊珍相信自己的生育能力是長期吸到他房裡的藥氣。曾祖父說，不是什麼藥都強身，你的救命藥可能就是別人的奪命藥。曾祖父的聲音像村落的河水，細長悠緩，他是全鄉最老的人，他遺給她祖父一塊山林和一艘船，自己就潛居到林中，他如藥庫的房子外有密密的竹林，他說，竹根在他房底下竄伸，他要到竹根鬆垮了他的房基才會死去。族人都相信那話，相信竹根將蔓延很久才會鬆垮他的房基。

族人盤算她肚子的動靜約莫跟盤算曾祖父的壽命一樣充滿樂觀，他們都相信他兩人代表家族裡那股神祕旺盛的力量，可以決定壽命和要不要受孕，如果這是父親的賭局，那父親是在贏的那方。她是那片神祕的沼澤，那裡生命力無窮。她坐在曾祖父的藥草堆中，找到一種可以即時止吐的藥草。她不確定自己的生育力活躍到什麼程度，該生幾個才能達到父親的標準，但她在那藥草堆中撥弄，也許有種可以排拒生育力的藥草，幸運的話，也可以找到一種讓人憑空消失的藥草。

開胃菜

兩個人可以去的地方可遠可近，就像一顆蛋，水煮或打散蒸炒悉聽尊便，去遠去近，本質皆是愛情，水煮或蒸炒，本色是蛋，差別只在於變化。端點不同菜色吧，那個引起饕客不斷流連在眾多廚師宴客廳裡的，是切工，是火候，是調味，是同樣的一種東西做出了不同的口感和味道。

火星上有什麼？她這樣問他。

聽說有水氣。

那麼可以生存，我們不如去火星。

但是太空船去撞擊那個有水氣陰影的地方，卻只造成了一個凹洞。

常常是這樣，事情總是不如預期。她回應他，並鑽到他腋窩下，像鑽到另外一個世界，臉頰靠著腋窩，正看到靠牆梳粧台的鏡子，昏淡的燈光投在鏡面，爲他們反映在鏡中的臉頰和背部抹上一層柔和的色彩，那鏡中世界便彷彿某個星球，比想像更朦朧。

那麼火星去不成，在現實和想像中分隔兩個世界也不錯。她說。

他拉出她，親吻她的頰、她的嘴，她頸邊一顆淺淺的紅痣，說，是在一個現實的世界去使生活有更多想像的成分。

想像又是爲了什麼？

爲了彌補實現中缺乏的部分，爲了試看看多種可能。

所以現實還是和想像混在一起，其實沒有兩個世界。

她從鏡中看到兩個身體再度交纏，像兩個雌雄不同的世界試圖進化到沒有性別，只有愛意的世界。愛是精神，精神領域超越一切，她認爲那是進化，即使他們的身分不合世俗時宜。有幾次，她想像他的太太假扮成服務生以送餐爲名，敲門進來，她也想像有部攝影機對準旅館出口，攝下他們的影像和牆眉上的旅館名稱。這個想像使現實的可能性變得驚悚焦慮，但那種時刻很短暫，她堅信兩個擁抱的身體是進化。

她吻他的喉結、泛著光澤的肩線，一節一節以唇舌愛撫背椎，到那弧度優美的臀部，他再一次硬挺，她的唇沿著腰線滑到那硬挺的力量上，他呻吟，漫漫飛行般的到一個不可知的地方，她要他去那裡，那裡將什麼都沒有，只有肉體愉悅的呻吟。一滴水從攀在高山峻嶺石塊下的冰柱滑落，晶瑩剔透，折射陽光的燦爛七彩，滑到石下凹陷的裂隙裡，與早在那裡滾動的水珠匯聚，開始遙遠的旅途。水流清澈冰涼，每滴水滾動著陽光的七彩光芒，山高天藍，空氣清涼，那水滴與它的環境如此透明而純淨。到你那純淨的世界去吧，她在他胯旁呢嚷低語。

你曾有幾個女人。她躺在他身邊問他。

他鼻息漸重，仍回答她。那有什麼重要？重要的是我遇到了我最愛的女人。

你對前一個也這樣說？

我不是專業的。

哈。她笑了。這話聽起來滿專業。但也無關緊要，菜色很多，廚師會想盡辦法讓客人相信送上來的這道是特別的。客人相信並期待，端上桌的選擇是最對胃的。

5 我的名字不會印在書頁上 我隱形

把禮物送給老太太後，我如常在出版公司工作。期間跟大姑打了電話，交代禮物送到，及老太太獨居的情形，大姑沒說什麼，甚至不要抄下老太太新換過的電話號碼，說有需要的時候再向我要。我以爲她久病，無力在人情世故上再費心。病人任何違背常理的事，有時可以受到諒解或刻意忽略，以省卻病人與照顧者之間的麻煩。在某些情況下，我是個不要麻煩的人。

編輯會議是辦公室常規，我們提企劃和報告。書市競爭激烈，專事書籍推廣的行銷人員加入賣書戰局後，行銷人員負責將書推介到市場，編輯說，這本書是某某成功企業女性酸甜苦辣的奮鬥史，行銷若無暇看書，就直接針對酸甜苦辣的過程和成功多金的成果，發揮了引起市場閱讀興趣的想像力；編輯說，這本傳記是名作家的重要生平記實，行銷未曾看到那些翻譯的字句有多蹩腳，即刻將書當出土文物般廣發宣傳。文字可以隱形在包裝之下，在會議裡，我們努力讓編輯像個專業的閱讀者，可以辨識和修飾蹩腳的文句，讓包裝和文字有等值的效果，我們推論哪本書具有市場性，這種推論和事實結果，常讓我們像在空中翻筋斗，隨時擔心一個變化的風向就會讓我們摔得滿身泥濘，偏偏風向老是測不準，所以開會顯得重要而不可缺，我們比氣象員還確定那個不可測的風向讓我們的工作具有挑戰的樂趣。

六點鐘，剛開完一個會議，我的老闆臨時要求我一起出席一個出版界晚會，某個書店新開了分店也新聘了一位頗有企劃經營能力的總經理，結合出版公司共同慶祝，出版者與書店打交道，有鋪書通路上的顧慮，也期望在晚會上有銷售市場的消息。我的老闆早有準備，他穿黑色西裝，藍色的襯衫領口打了一條當季流行的銀灰色領帶，他來到我的坐位，坐在前面那張椅子，把椅子旋轉過來，正對著我，問我：「要幾分鐘準備？」

「幾點得到？」

「七點。」

初冬的夕陽來得早，窗邊暮色重重，他整個人在室內的日光燈下，暮色投影在他的左側，那條銀灰色領帶吸收了這兩股光線，成爲焦點，既明亮又像色彩被壓抑了，使人不得不把視覺往上提，一眼就看見他粗硬的髮絲蓬鬆隨意的在額前垂了幾絡。沒有白髮，以他將近五十的年紀來說，算是幸運的了。他習慣坐在那把椅子，告訴我一點他的什麼決定。

「那麼我起碼還有半小時收拾桌上的東西？」我說。

「別收拾了，總要吃個飯。」

「晚會不提供？」

「不知道，就算有，也是小點心，不會合胃口的。我們到路口那家餐廳吃盤義大利麵吧！」半小時或四十分鐘之內要吃完義大利麵，還包括前湯，餐後甜點和咖啡，似乎太匆忙了，我勉強接受，說：「要先點嗎？我要海鮮的。」

他問有沒有同事要一起去吃義大利麵，他拿起電話給餐廳先點了幾份套餐。我也快速撥了一個電話。

「喂。」對方聲音低沉。

「你能去接孩子嗎？我臨時有事。」

他問我什麼事，我告訴他晚會的地點，如果他可以去幼稚園接孩子，那麼八點半可把孩子帶到那地方交給我。他說他可以。

然後我掛了電話，抓起椅背上的外套，一件蘋果綠的毛衣，他過去買給我的。我把毛衣掛在肩上，每回我這麼做總是想起他，但是人生的鬧鐘無法往回撥，我留著毛衣，只是因爲金錢有限，不輕易花錢在添購新裝上。

同事陸續來到餐廳，我的老闆不斷挪動身體招呼從透明玻璃門走來的同事，服務生也陸續送上餐點，我沉默吃著，老闆邊吃邊聊，笑聲不斷，他把麵條大口捲在叉子上送入嘴裡，我擔心他隨時可能把醬汁醮在他漂亮的銀灰領帶上。他第一個刮淨盤子，迅速喝完一杯咖啡，看看手錶，又看看我，說：「妳吃不完也沒辦法，我們時間到了。」其實這時我的盤子也刮乾淨了。我們留下其他同事，攔了計程車，鑽進車子裡。時間過度緊迫和火速用餐，令我的胃悶燒難過，好像胃囊裡頂了一個正在漲大的汽球。

「等一下補妳一杯咖啡。」他說。

「謝謝。晚上喝咖啡我睡不著。」

「那改天補，明天。只要是白天都可以？」

白天之下，似乎什麼也無從隱瞞。喝杯咖啡也無所謂。好吧，白天什麼時候都可以。我說。他似乎有點累，頭枕在座位的頭靠上，閉起眼睛不再說話。剛才在餐廳他還談笑風生，在這密閉的車子裡，他的神色像一頭喪氣的雄獅，疲憊的臥居在他的草原裡，只有領帶的銀色光澤象徵他殘餘的雄心。這雄心驅使他赴會。領導一個二十個人組成的出版公司，規模不算大，但也不小，他和他的一個朋友共同出資經營這家綜合型出版公司，那個朋友是我大學同學的堂兄，出版公司成立之初，我的同學問我，有沒有興趣做出版。我那時懷孕，在一家報社當記者，我不願挺著肚子到處採訪新聞，也不願在育嬰階段，把夜晚投注在報社拚命寫稿。爲了育嬰的準備，我答應了這個工作，從我進入新聞界我就知道，文字是終生的選擇。出版的薪水比新聞界低，但賺到了正常的生活作息，符合先生的期待，那時我還盼望在他的期待裡得一百分。我另有生財之道，替名人寫傳，收一筆豐厚的酬勞，我的名字不會印在書頁上，我隱形，在平凡的人生和日子裡，爲名人編織精采可讀的人生。進辦公室的第一天，老闆問我，可以匿名寫書嗎？我說可以。幾年來，我和同事共同寫了一系列勵志人生的書，書頁上的作者都叫「編輯部輯」，這種書為公司賺進不少錢，而我也拿了我該拿的額外酬勞。

他皺起眉頭，緊閉的兩眼眼皮縮了縮，他也許在想編輯方向行銷策略等等，市場上過高的退書率使這個行業時刻都是危機。他面貌俊秀，書卷氣濃厚，但也不掩精計狡猾，他得養二十名員工和他自己一家人。車子在一個紅燈停下來，他睜開眼，我們四目交接，我收回眼神，說：「我只是看你似乎很累。」他和剛才判若兩人，異常安靜，盯著窗外的街景，吩咐計程車在某家飯店停下來，我看錶，仍遲了十五分鐘。

晚會正要開始，業界彼此打招呼，除了幾個在媒體上常出現的出版者和作家，大多數面孔陌生，陌生使大家都平等，只有那些已成公眾人物者，高高在上與眾人劃出身分上的距離。我在一群陌生人裡，自在的站在一個地方，旁邊有一群人的氣息，那是眾生的呼吸，大千世界形色中的一分子。他得周旋在出版名人中，聆聽別人談話，也發表自己的意見，即使這時候肚子痛不想說話不想有意見，也得像個出版人的樣子，表示自己嫻熟出版市場，事實上誰又拿得準哪本書會在市場上占有一席之地？大家在這裡齊聚，不就對那個似在眼前又茫然無著的一席之地，做了美好的幻想，在出版盛宴裡毫不遺漏的把菜色巡視一番，好拿捏主廚的手藝顧客的品味。

重要人士輪番上陣說話，我跟在他身邊，不時移動腳步和旁人低聲交談，四周充盈這種低語，台上的人講了什麼並不清楚，只有那位新任總經理出場時，大家安靜下來，鼓掌致意，掌聲之後，會場再次闃靜，大家期待總經理談談他的企劃或市場理想，最好談到經營方向，好讓出版人知道將來如何應變鋪書策略。我穿出人群，走到會場後面的吧台，向服務人員要了一杯飲料，那兒燈光暗淡，前台的音量似乎都焦聚在這裡，音效特別響亮，我站到一支門柱後面，門柱上掛了一幅攝影作品，一隻鯨魚T形的尾巴浮在水面上，水花四濺，大海和鯨魚的兩股力量掛在牆上能說什麼？此刻全室都在台上那個人的音量下。

他來到我身邊說：「怎麼躲到這裡來了？」

「這裡空氣好些。」

「妳覺得他講的話怎麼樣？」他指那位總經理。

「啊，講話和做事是兩回事呀。」

「妳就是這樣，有時候我眞希望妳不要太理智。」

有人喚他，他走向那人。四周的聲音使場合充彌熱鬧的氣氛，未來好像充滿希望，所有聚會是爲了交流時的那股熱力和人氣，讓意見磨擦出熱情。我走向一個向我熱情走來的朋友，她在另一個出版社做事，我有許多這樣的朋友，有的僅僅知道名字，看到她胸前的名牌就一見如故，比尋日相處的人還親。

八點半時，我走出晚會場所，他注意到我要離去，問我爲什麼急著走。我說，我先生把孩子帶來給我，我得接孩子回家，她該早睡，明早才能早起上學。他問我「先生把孩子帶來」是什麼意思。

「六個月前我離婚了。」我說。

6 她只是想換個方式過日子

初春，泊珍生下一個女娃兒，粉撲撲的臉蛋有一個蝶形的紅斑靠在耳朵邊，約莫一顆花生米大，泊珍看到那個蝶斑不由緊皺眉頭，她以為女娃兒應像她一樣白淨，一定是這個婚姻帶來詛咒，那個來路不明的男人混雜的血統流入白家後輩子孫，上天懲罰了一樁以謀利為目的的買辦婚姻。泊珍的母親看見女娃臉上的胎記，精神恍惚的說，那是家族的記號，每個女人臉上都會有一個印記，泊珍幸運逃過了，她將會有一個和家族女人全然不同的命運。見過曾祖母的人都說，曾祖母臉上有一朵一模一樣的蝶斑，但這傳說像一個禁忌，說著時，音調特別輕，泊珍沒見過曾祖母和祖母，她們倆在一次渡船水難中同時溺斃。但她記起她某個姑姑額頭上方有一條紅色的長斑，像蟹腳一樣從髮根處伸出來，姑姑前額總是梳著瀏海，蓋住那斑。

她厭惡祖先的印記出現在女娃臉上，無知的女嬰像隻蠕動的蟲為著生理需求索討她的奶頭，她躺在床上側身餵奶，女娃左頰的蝶斑提醒她正受到家族的懲罰，她要逃離這個詛咒，讓懲罰追逐不到她的踪影。

女娃無厭的吸吮，她的乳汁像家鄉這條源源不絕的河水，沒個盡日，早上餵過奶，中午時分雙乳又腫漲得像兩個即將迸開的瓜果，她用清冷的水拍在雙乳肌膚激退腫痛，好讓那乳腺一一萎縮下去。「就讓孩子吸了吧！」她母親這樣說，但那是個陷阱，孩子一吸，過一個時辰，乳汁又會如潮湧來。她擠掉奶，不再喝湯水，用長長的布條緊緊勒住胸部。母親從村子找來一個瑤族奶母，女嬰偎在奶母身邊，這女嬰終於嘗到了被抱在懷裡餵奶的滋味，使勁吸吮，手捏著奶母另一隻奶頭，腳踢著她的腰肚，瑤族奶母賣奶爲生，不敢吭聲，揉著雙乳，哼著兒歌給娃兒聽。

泊珍時常躺在床頭雕著百花圖的床上，望著六角形窗邊上那片藍天。天天望著，不知是何年何月了，天空會一直這樣藍藍的延伸下去嗎？

後院飄來做蜜餞的甜香味，她央小翠去端來一盤酸李子。小翠回來說：「夫人交代，剛生產的人要多喝雞湯，不能吃酸，酸的食物不利子宮復原。」

既不利子宮復原，想必將來也不易懷孕，她吩咐小翠：「每天端來一盤，不准告訴夫人，妳既服侍我，我就是妳的主子，不聽話，回妳家去，別再和白家有瓜葛。」

「小姐何必作賤自己身體，吃壞了身體，病在妳身上，自己不好受，哪是他人不好受。」

泊珍探下身子拾起床底一隻便鞋擲向門邊，作勢嚇唬小翠。「妳也敢多嘴了。」

小翠拾回那鞋子，放回床底，說：「走吧，我陪妳後山走走，成天躺著，身材會走樣。」

「我不躺著能做什麼，我父親就希望我這樣。」

「妳越不服氣越不能順著他的意思。」

咦，這個才十六歲的小丫頭倒懂得世故呢。她結婚時，小翠還只是十三歲的小女孩，平坦的胸部，稚氣的臉頰，說大人又像個小孩，這兩年幫她抱小孩，打點裡外，竟也一副大人模樣，胸前兩奶何時長得渾圓了，臉頰也抽長長出一個明顯的輪廓來。她覺得眼前一亮，像突然看到一泓潭裡沉著一輪靜好的皎月，最近沒比看到這輪皎月更愉快的事了。

「那妳說我還有什麼出路？我父親把我關在這個河邊小村，找個男人讓我懷孕，我就被那條汪汪大河阻絕了。可妳知不知道，大家以爲大河往東去，我偏以爲哪天河也可以倒頭往西去。」

「這是住在山裡的人抱怨山禽野味難嚥，海邊人家大談魚肉腥臭。多少人站在白家牆外渴望裡面的繁花勝景，若非大富人家，招贅豈可如意。順爺也是在白家廳堂正式拜堂的，說來小姐是沒有委屈的。今日不服只在於愛吧，有愛也就受了。」

泊珍饒有興味望著小翠，一聲冷笑：「小翠，妳老在廚房和那些嬤嬤饒舌嗎？學來這些跟妳年齡頂不相符的話，什麼委屈，什麼愛，我有沒有委屈由得他人來說？妳胸部才長滿就懂說愛了？」

小翠低垂著頭，兩手絞扭著熱水盆裡的毛巾，毛巾與手指間騰起水霧，床邊地面一盆火爐，她將毛巾遞給泊珍，低頭探探爐火，加了一塊炭火，爐口冒起幾朵紅火星。熱氣將小翠雙頰映紅，她仍彎腰用手掌煽起炭火。

「怎麼？不說話了？」

小翠仍低著頭。「說什麼呢？不就是想帶妳去外頭走走，換換空氣。」

「我不走。我要走就要走很遠。」

新放入的炭火燒起一角紅暈。小翠抬起眼來，穿過剛熄起的煙絲，望向床上的泊珍，說：「妳是要翻江倒海的，可得想著老爺夫人，那老爺沒個好幫手，夫人沒個好身體。」

「妳快長大了，可以替我照應著，替我照顧我媽。」

「那就等我長大吧！」

憑小翠這句話，她知道她心智成熟像個大人了，在傭人陣裡生存的，口舌是非聽多了，自己就擁有一個世故的世界，只要不學樣搬弄是非，便是傭人中的上品。小翠還是那輪靜好的皎月，今日她瞧見，便不讓她混入濁水中去。

「還是去端一盤李子來吧，別人問起就說是我要，其他不必多說，我們做什麼事哪需向別人報告，再說天下沒有一套規矩是人人該守的，當皇帝的管天下，也管不著家務事，何況民國時代，誰能管得了誰？妳別以爲嬤嬤們說的什麼就是我們家的規矩，我媽說的也是她那時代教給她的話，我們不同的，我們眼睛看到什麼，心裡想的什麼才算數。」

小翠抿著嘴笑，待她說完了，小翠端起盆水，說：「說是這麼說，各人還是有身分上的規矩，小姐是福氣之人，說得了這些話。小翠守著下人的規矩，這就去幫妳端李子來。」說著，一手抱盆，一手推開門往外去。

門邊竄來絲絲寒意，她掀開被子走到窗口邊，天空早已蔚藍，地面還不肯回暖。只要熬到四月底，這股寒氣將散，山上春筍又會給父親帶來大量財富。到了四月，她的奶必然退了，她決心不再讓這兩奶再有機會腫脹。等不及小翠端來李子，她溜下床，穿戴整齊，趿了一雙耐走的布鞋推門而出，隔壁房裡，從半掩的門望進去，瑤族奶母正給女嬰餵奶，腳邊一隻火爐映得滿室通紅，那縷紅光從門邊輕洩出來，一股暖意。她穿過那暖意，走到長廊的盡頭，拐了彎，往山邊去。

經過後院，工人在棚架下包裝蜜餞，王順穿了一件薄薄的棉衫站在工人間檢視那些成品，他儼然是個工頭，因為女婿身分而有了這個職業，她甚至不知道他過去是做什麼的，也許是個船伕，是個可以扛百公斤木材的樵夫，是個遊手好閒專幹打架的混混，符合父親年輕力壯的標準。她不想知道他是誰，他結實的肌肉對她而言像石塊，像海中一塊突起的礁石，一艘船可能在那裡沉沒。

站在山腰往遠望，河水平靜，遠方還有山巒與村落，更遠的遠方應有戰火燃燒，有槍砲起落如雨，打仗應是什麼景況？如果戰火蔓延過來，這村子還能安靜如河上的畫舫嗎？在戰火燃燒的世界裡，生活應會刺激點吧？她站在山巒期待看到槍砲的煙火，卻什麼也聽不著望不見。

她每天到那山腰上，從春天到夏天，兒子快三歲了，女兒五個月，一個叫壯，一個叫櫻，櫻會翻身，每一翻身，她臉頰邊那朵紅斑也像蝶般的飛動著。她天天爬山，身子恢復細瘦，臉龐透露少婦的韻味，卻沒有笑容。她看到壯蹎躓著腳步在園裡奔跑，在工人間穿梭，那背影與神色與王順如此雷同，她把臉掉轉開去，數著天空飛過的鳥群或地上飄落的花葉。

六月仲夏，梅子熟透，站在村中任一地方，聞到那梅子味，嘴裡垂涎生津。後院廣場工人群聚，空氣中照例飄著各種氣味，筍乾、蜜餞、瓜子，她走過那些吵嘈的聲音，食物的味道似乎比平常更濃，她拎了一隻帆布袋子，像平時要去城裡採購一樣，一身淡綠色的影子飄過屋宇，到青綠的楊柳樹那裡，與青綠融合爲一，隱沒不見。工人堆裡的王順像每週日那樣，一抬頭看見她走出去，心裡就出現了她黃昏時從楊柳樹那邊走回來的畫面，雖然他們不同床了，但到了該再生個兒子的時候，他相信她會讓他進她的房間。

在渡船頭，梅子的味道清香恬淡，浪花如細細的泡沫催打岸邊，有風，但不妨礙航行，泊珍盯著泡沫，手裡緊緊抓著帆布袋，山那邊的天空，浮雲腳邊有些蒼灰，午後的山區會下雨，雨勢到了曾祖父的房舍就收了腳。下午保不定家裡就起大浪了，但她顧不了這麼多，她看到渡船頭堤岸邊小坡上滿地遍野的蕪草，自己留在村裡的功能就是那片蕪草，漫無節制的繁衍，直到占領山坡。

船伕從鐵樁上把繩索解下來，船隻慢慢漂離岸頭，兩個船伕一前一後，前面的啓船，後面的看著河面風浪，他們古銅色的粗壯手臂在陽光中閃著光澤，曾祖母和祖母葬送在這條河流，那時船夫撐篙，一前一後，大風浪的日子不擺渡，出事那天有濃霧，浪還算平穩，她們的船才推出村落就觸礁，她們的身子捲入冬天寒冷的河水裡，一家頓失兩個女人，聽說家裡的男人們好一陣子不知怎麼過日子。泊珍想，也許曾祖母與祖母串通好了，選在有霧的天氣出門，她們心裡早打算不再回來。

不再回來。泊珍拎著沉甸甸的袋子，不，她跟曾祖母、祖母不一樣，她只是想換個方式過日子。下船時，她從袋裡摸出一封信，交給船夫寶叔，說：「寶叔，回程我不搭了，可別等我呀！替我把這封信交給我媽。」

「小姐，您哪裡去，不會是離家出走吧！」寶叔給太陽曬黧了的臉上露出疑惑。

「離什麼家，我大小姐當得好好的。不過在親戚家待幾天。」

寶叔仍是詫異的神情。她跳上岸，揮來一部黃包車往桂花家。桂花從學校裡畢業後，憑著父親的安排，在市郊找到一個小學教書工作，父母親積極幫她找婆家，桂花看不上眼，父母不敢強求，在這點上，桂花像神一樣，誰也侵犯不了她，泊珍眼中的桂花父母，是一對理想的父母，但桂花說：「富貴人家的子女沒有選擇婚姻的自由，所有婚姻都要講究利益的，平凡百姓反而自由了，嫁誰都一樣貧窮。」所以桂花認為父母既替她找不到富有人家攀親，就得任由她自由選擇。

兩隻貓像早等在那裡，向她蹭過來，左右各一，臉頰毛絨絨的貼著她的腳踝。桂花與媽在院裡漿洗床單，正把床單披在兩把椅子之間，陽光一下熱了起來。

「新的雜誌寄來了，今天別上街了吧。」桂花往身上花裙抹淨手，她身架細瘦，頭髮濃密，兩根辮子掛在胸前特別粗黑顯眼，細白的臉上兩隻深黑的瞳眼往院子右側臥房瞧去，似乎打算去房裡拿雜誌。

泊珍往一旁小凳坐下來，說：「得上街。」

「做啥呀？」桂花眼神落回小凳上的淡綠身影。

泊珍打開帆布袋，往地上一兜，黃澄澄金塊跌到青磚地，敲出硬硬的叮咚聲。桂花無聲的盯著金塊，桂花媽媽趕緊從曬衣桿上抓來一件仍溼濡的衣服蓋住那些金塊，四下望了望，低聲說：「錢不露白。我說泊珍小姐呀，我這輩子第一次見到一個帆布袋可以倒出這堆金塊，妳這做什麼呢？見到這筆錢財，我心快跳出來了，別是什麼壞事臨頭了。」

「我不回家了，我得找工作。金子可以幫我撐些日子。」

「幹嘛不回家？」桂花媽媽皺起的眉頭上有幾朵烏雲盤桓。

「決定了？」桂花問。翹家的事泊珍提過幾次，沒想當真了。

「上街找家銀樓換錢吧！」泊珍一邊把金塊一一拾起，放回帆布袋，手上掂了兩塊。她把帆布袋遞給桂花媽媽，「請伯母幫我保存。」

桂花媽媽望著那袋子，嘆了口氣說：「小孩子不懂事，妳媽找不到妳要傷心的。妳就跟桂花住段時間，想家了就回去。金子妳自己留著，我把門戶看好就是。」

「我不再是孩子了，我自己也當了媽……」她盯著青磚縫間的苔痕，不再講下去，時間好像在苔痕間停滯成一幅古老的畫。她站起來，等著桂花反應。桂花彎下腰把地上那桶濯衣水倒了，水快速滑向磚縫，苔痕立刻青翠得像又長出生命。她們望著水滾過青磚汨入軟泥。桂花媽媽抖抖方才蓋金子的衣服，將衣服披上曬衣桿，衣桿搖晃數下，與兩頭的鐵支架磨出吱吱響。

陽光一下就移到頭上，桂花媽媽走入一旁廚房，她們兩個仍站在院子裡，兩隻貓挨在腳邊。這裡一絲風也沒，儘是太陽張大口呼著熱氣，腳邊的貓瞇著眼，身子一動也不動。兩人臉上都曬出兩朵紅暈，廚房傳出食物下鍋的滋滋聲，一陣菜香味飄了過來。桂花抓起泊珍手中的帆布袋，領著泊珍到她的臥室。

一張床板，床板上鋪著一層薄薄的棉褥，一座斗櫃，一副桌椅，椅邊牆面靠著一座三尺寬的四層書架，書籍放滿了，堆到地上來。桂花移動地上書堆，挖出一個凹槽來，把帆布袋置到凹槽裡，又把原來挪開的書塡上去，邊說：「小偷最不要的東西就是書。」塡密了，站在那裡看看，又說：「小偷把枕頭下、床下、衣櫃裡翻爛了，絕不翻到這邊來。」

「地上要能塡個洞，一定保險多了。」泊珍說。

「不行，小偷知道這路數。準把地給翻了。舊書賣到市場不值幾個錢，又重，小偷不花這傻勁。」

「還是妳懂世事。」

「不過是常人做著常人的想法。妳從富貴人家來，一個不經世事的女孩怎麼生活？」

「生活不就是去生活嗎？」

「說得簡單。」

「沒退路了。」

「回去還來得及。」

「妳藐視我的決心。」

說罷，兩個人坐在床沿。從窗口看見院子裡曬著的床單，反射陽光的熾白，那片熾白的盡頭是桂花媽媽在廚房裡升煙起火的身影。她們同時站起來，一前一後跨出房門，到廚房去，那裡是女人聚會的地方，女人憂愁的地方。

7 我安靜聆聽那個淋雨而來的目的

離婚半年的先生有天來按鈴，我正潤飾一本書稿，起先我以爲是附近的餐廳替我送剛訂的午餐來了，按了大樓的大門開關，過一下子，電梯門開了，我等在門邊收便當，卻見他從電梯出來，兩隻手抄在褲子口袋裡，一件淺灰色的夾克布滿雨漬，頭髮給雨淋塌了，我問他來做什麼。他說，經過，來避雨。

「我這裡不是避雨區。」

「那我來拿我的衣服。」

我讓他進來，他脫去夾克，掛在沙發椅背上，他的褲子也溼了，雨漬像斑爬滿褲管。我去浴室拿來吹風機給他，替他插了電，然後去房裡翻找適合的衣服。他仍留了許多衣服在衣櫃裡，一直沒拿走，我挑出襯衫、長褲、外套，拿到小小的客廳，他站在沙發旁，手裡拿著吹風機，看看那些衣服，說：「我想洗個澡會舒服一點。」

這是星期日中午，為了心無旁騖完成修稿工作，我把安安送到朋友家和朋友的小孩玩，他不預期來到這裡，像打破一隻已設定好的鬧鐘。我一時反應不過來應不應該留他在這裡洗澡，離婚的先生應該是朋友，而該有朋友的界限吧。可他像一條半溼的毛巾懸蕩在這個寧靜的空間，彷彿這個空間可以恢復他的乾燥舒適。

「打擾到妳的時間嗎？安安呢？」

「朋友替我照顧，我得潤飾完一本翻譯稿。」

「我不會吵妳，我只是用妳的浴室。」他拿起那些衣服，自己又去衣櫃裡翻出內衣褲。水龍頭的水流聲像雨般敲在我心裡，心裡像迴盪著雨落屋簷的滴答聲。我回到書桌前工作，幾行字讀了數次，無法專心改動任何字。牆上掛鐘的聲音規律的敲著。窗口望出去是蒼灰的街景，及對面那排房子各式各樣的窗戶，有的鑲著鋁製窗框，有的改成玻璃景觀窗，窗內掛著法式窗簾，住在家裡也有外國情調。我的窗簾是羅馬簾，要嘛拉開要嘛關上，我需要室外光線時，通常讓它半垂到遮住肩部以上的位置，窗外來的光線正好投射在桌面上，有時成束有時凌亂，那些光線讓我感到時光稍縱即逝，特別想把手邊的工作持續下去。在陰天且尚不需扭開室內燈的氣候下，我把窗簾全拉開，這時內外光線差距不大，外面看不清屋內情形，天色蒼灰，我喜歡那種蒼灰，不是我不喜歡晴朗，而是蒼灰是一種中間色調，懂得欣賞中間色調的氣氛並不容易。

外頭確實在飄雨，雨絲細細如針穿過城市的空間。這次來按鈴的，是餐廳送便當來，我付了錢把便當拿進屋裡，他換了一身乾淨的衣服來到飯廳，長方形的餐桌有四把椅子，他扶住靠牆那把椅背，盯著餐墊上的便當，我打開便當，三樣菜，一片魚肉，我把便當移到他面前的餐墊上，說，你吃吧。

「妳呢？」

「我沒胃口了。」

「因爲我在這裡嗎？」

「有時叫人送便當來，是因爲到了用餐時間，好像應該用餐了。想不想吃又是另外一回事。」

「我看妳說得有點顚三倒四。我們出去吃吧，這便當看來一點都不好吃。」

「我爲了省時間才在家叫便當吃。」

看來，鬧鐘是摔破了。

他把便當放入冰箱，從陽台的傘架拿來一把傘，替我披了件外套，摟著我的肩走到門邊。

「哦，我得帶鑰匙。」現在我是家裡的主人，無論去哪裡都得帶著家裡鑰匙，不像過去和他出門，只要他身上有鑰匙，我可以什麼都不帶，包括錢。

我們出了巷子，沿街而行，街上不乏餐廳。一日三餐，人活著最基本的需求是三餐，只要有得吃就能溫飽，唯其選擇的方式不同。大多人一生就爲了選擇權奮鬥。我們選了一家消費中等的餐廳，中式簡飯附咖啡，我們很幸運有足夠的能力選擇一家消費額可以負擔的餐廳。坐在桌子的這端，我說我常苦惱吃飯時刻，要為吃什麼傷神。他正在看菜單。桌子的玻璃墊壓著藍染印花桌巾，白牆上掛了幾幅花卉油畫，紅色方格子窗框，雨絲從外頭的窗面滑落，沒有騎樓，行人沿窗而過，雨傘遮住他們的頭部，窗外好像變成單一色調，人只剩傘下走動的部分。餐廳就叫「紅格子」，除了主餐和藍染桌巾，其他都是外國情調。

「滑蛋牛肉和咖哩雞，熱咖啡。」他跟服務生點了菜。

「你怎沒問我意見？」我說。

「妳不是說決定吃什麼很苦惱，那就不必傷腦筋了，我幫妳決定。」

「可是我沒胃口，我只要一杯咖啡就夠了。」

「我來之前妳就請餐廳送便當了，妳還要堅持沒胃口嗎？」

如果有根菸，我寧可抽菸。用迷茫的煙霧阻隔他的視線，阻隔他留在我身上的記憶。他眼光從近視鏡片穿透過來，好像要把我的衣服掀掉，好像我已一絲不掛堵在他面前，我女兒的臉孔與他相似如一張複製畫，那是記憶的形狀，無論我怎麼努力都抹不掉了。所以我得接受這個男人曾跟我有親密關係，接受那些肌膚之親的記憶。

「工作還順利嗎？」他問。

「趕書稿。你說不打擾的，還是擔誤了我的時間。」

「吃飯總要像個樣子，我只不過讓妳有個吃飯的樣子。」

我低頭看著送上來的餐點，不想看他鏡片後意圖不明的眼光。

「喂，妳總把生活過得很嚴肅。」

「如果你認爲是這樣也沒關係。別的方式也許不適合我。」

在簽字離婚之前，我已不在乎他對我的任何看法，也許我從來都不在乎，我只在自己認知的範圍內做一名妻子，卻有許多他不以爲然之處，我棄械而去，發現婚姻的戰場外有片平靜的田園，在那田園裡，我逐漸讓自己像一名沉默的農夫，注視著田園裡寸移的陽光，尋覓叢草間新來乍到的春花。

「妳這麼不在乎。我以爲我們還有機會住在一起。」

「我們剛離開半年，彼此需要一點時間學習新的生活方式。」

「『剛』離開！」他加重語氣強調那個「剛」字，「我倒覺得很久了。」

餐廳播放輕柔的抒情音樂，雨天用餐的人不多，又是週日，座位大約只坐了四分滿，音樂在空蕩的坐椅間迴轉，這樣的用餐空間既沒壓迫感又有輕柔的音樂，天氣溼涼，本應是很有情調的一餐，我擔心和他又要陷入協議分手時反覆爭論的氣氛。我看看窗外玻璃滑落的雨滴形成的軌道，說：「這雨下得很可愛。」

他笑一笑，好像一點也不認爲一條雨的軌道有什麼可愛之處，他吃掉滑蛋牛肉，吃掉每一顆米粒，吃淨每一個殘留的菜渣，然後問我：「妳好像一點也不在乎我離婚後的生活。」

「你應該一直都忙，像過去那樣，忙著處理自己的事。」

「妳就是太武斷。」

果然，又要開始那周而復始的辯論。我想像坐在我前面的男士可以安靜的和我一起聽那在桌椅間迴旋的音樂。我放下筷子望著他，大概是像望著動物園裡一隻陌生的動物，他回我以索然的眼神，又盯著我的盤子說：「就算妳看到我就沒胃口，有件事我也不得不請妳幫忙。我期望妳對我還有些仁慈心。」

我安靜，聆聽那個淋雨而來的目的。

「我需要一筆錢，要另起爐灶。」

「這次是什麼？」

「妳講這話的意思好像我一直在改變，也就是說一直在失敗。」

「不是失敗，我沒那個意思，也許是需要耐心，耐心的把一個事業經營起來。」

「我沒那個耐心等著錢全賠光。再說，我過去也賺過錢。」他說著的時候，眼裡好像浮起了一層水霧，在那霧裡，一股輝煌的光芒隱隱欲出。是的，他曾經有錢，在他穿著西裝打著領帶在外商公司當一名業務主管時，他爲公司賺錢，認爲開拓代理市場像掀開瓶蓋一樣容易。他不滿替公司賺的錢不能完全回饋到自己身上，邀集朋友合資自創公司，從國外引進商品，尋找代銷商。他勤跑說明會，把對未來的偉大夢想畫在鈔票上，他認爲賺了鈔票，人生就可以隨心所欲，怎知這鈔票長了翅膀，一陣風來就鼓鼓飛了起來，伸手不及，只能站在原地望著鈔票飛遠。他嘗試開發別的商品，但倉庫裡堆滿了退貨。

如今，那個企業公司的名義還在，但他手上多了一家公關公司，專替企業辦活動和開課程，這個成本所需甚少的行業，應該不至於令他賠錢。我還以爲他會提著大把大把的鈔票，爲我修補紗窗、重鋪地板。

「要多少錢？」

他講了一個數字，一個可以讓我活一整年的數字，一個剛好把我的存款領光的數字。

「我要開個門市，自己經營代理，消化倉庫存貨，也賣別人代理的產品。光那些存貨，壓死了我的資金。」

「你的公關公司呢？」

「那邊賺的錢正在補貼所有支出，還不夠。我也沒資產跟銀行借錢了。」他說合夥人不再出資，不再對他的產品有寄望，如果他不放手一搏另謀出路，公司就得宣告倒閉，將來不再有銀行肯借錢給他。

「那麼這次的勝算有多大？」

「啊，做生意是我的事，借不借錢是妳的事。」

既然我會去餵流浪狗，我也沒有理由不去餵食孩子的父親。我說：「借，我當然借。我期望這是一筆投資，可以倍數回收。」我沒告訴他，那是我所有的財產了。我住的房子是他買的，登記在我名下，協議離婚時，他認列了那房子的頭期款，離婚後分期付款由我繳納，而他負擔孩子的教育費，我認爲他負擔教育費是合理的，而我也無需仰賴他供養，這點我很自豪。當然，如果他有錢那就另當別論，我只是明確了解，他身上沒穿衣服時，別妄想尋找口袋。

「會的，不久的將來，妳會有回報的。」

唉，我寧願他有一個富有的女友，在下雨時爲他撐傘，不需淋雨來敲前妻的門。

8
我要安排自己的人生 沒什麼比戰火更誘人

泊珍和桂花走在六月陽光溫煦的街道上，安靜的陽光下，菜攤子似息未息，賣魚販肉的，在攤子上覆蓋蕉葉，或打盹，或三兩聊天，手上端著食物充飢。測字攤的老先生提著毛筆寫字，宣紙上密密寫滿字義，墨乾了，把宣紙掛到背後的竹架上，微風輕揚，一張張白紙黑字，此起彼落，好像在說話擺龍門。攤子裡，也有賣自家織物的，舊衣服新織品都拿到街上賣了。也有賣家畜的，養得毛色光亮的雞給纏住雙爪，躺在地上待價而沽。

街上一家銀樓，老字號墨漆招牌寫著「龍鳳銀樓」，兩扇木雕屏門，一邊雕龍一邊立鳳，應是上等檀木，一走進去，隨風拂來一股木香味。泊珍掏出兩塊純金，架著老花眼鏡的店家先生將金塊在手裡掂掂，又對著光線看看金色，金塊上打印九九純金，一塊五兩，兩塊十兩，這不是普通人家的姑娘，他問：「兩塊全換？」

「是，全換了。」

「姑娘，一兩金子可買好多食物呢，現在和日本打起仗了，金價也起了，我要貪心就把妳這兩條金塊全買了，過幾個月說不定我就賺雙倍，但我看妳年輕，擔心妳不懂世事吃虧。金子在戰時是值錢的，放在身邊日日漲。妳要是急用錢，我換妳一塊。另一塊幫妳切成小塊，留在身邊，隨時可取出一小塊來變現應急。」

老先生講的不無道理，桂花聽著，對老先生十分敬佩，眼睛轉也不轉的注視著老先生那鎢絲邊細框眼鏡後慈藹的眼神。泊珍也盯著那對眼神，她想從他的眼裡尋找答案，她問：

「戰況很急了嗎？打到哪裡了？」

從何說起，戰況已不是定點攻擊了，逃難的人潮逶迤成一條細細的長河，向四方流竄，向西的，躲到荒無人煙之地，向南的表示敵人漸漸占據北邊，那逃往鄉下依靠親人的，便如一群失去方向的盲蟻，有今日沒明日，隨著風吹草動搬遷。逃的不說，光那打仗的，給流彈炸得皮開肉綻，幸而沒死的，躺在醫院裡沒藥沒止痛劑，任蛆把肉腐爛了，叫爹叫娘誰人理會。北方聽說鬧饑荒，軍人的靴子踩著屍體前進，那屍體不知是戰死或餓死，爹亡娘喪的孩子沿街叫爹娘，叫不到爹娘也無人認養，哪來糧食多養一口人，男孩跟著軍隊走了，女孩進了窯子先學樣，一旦發育了好犒賞日本兵。所以我說年輕的姑娘啊，這金子值錢呢，誰料得著日本軍人哪天不沿著江河來奪糧搶宿的。

原來外頭的世界已經像一灘稀泥，人們在赤熱的土地上像螞蟻盲奔，她家鄉的好山好水此時有點夢幻而不切實際，那些手無寸鐵的農民，只能成爲砲彈下的血漿，父親的山林隨時可能成爲軍人的游擊戰場。六月的風在這頭微微吹著滿園桂樹飄香，在戰地卻如狂風席捲殘弱的呼吸。泊珍走出銀樓，一邊口袋是現金，一邊口袋是幾小塊金子，這在物資缺乏的戰地也許派不上用場。桂花彷彿心情比她更沉重，兩手絞著手帕，不發一語。兩個女子無聲的往街上走，攤前打瞌睡的販子，雖然生意清淡，此時看起來倒是無邊幸福。

走出市集，來到行政大街，抬頭前望，群山並立，江水南流，蓊綠的風光如一片織秀，而行政街上已有戰鼓待鳴，公布欄裡貼著紅十字會招收前線護理的徵人啓事，一旁的醫院前廊設了一個詢問和登記台，泊珍爬上兩層階梯往前廊去，桂花一把拉住她，問：「做什麼？」話才落，泊珍已整個人伏到櫃台上，邊看表格邊問穿白色護理服的服務員：「招護理人員是怎麼回事？紅十字會又是哪來的？」

那打扮與神情看來有點像修女的服務員挪挪白帽子，在櫃台上鋪了一張宣傳單，湊近她，提高音量像在向十幾個人招攬——嗨，熱血的女青年，我們國家有英勇的戰士在前線抵抗敵人，敵人有精良的武器狠毒的心腸，我們的戰士爲保衛國家流血，溫柔的女青年呀，戰士需要妳們熱情的心腸、溫柔的照顧，新時代女性要和男人站在同一條戰線保衛國家——服務員又挪挪她的帽子，——我們的傷兵在壕溝在曠野在叢林在病床想念著家人與擔心國家的命運，他們的每一滴血都是爲我們流的，在螞蝗啃咬他們的傷口前，讓我們盡點心力爲他們縫起那個傷口——台上有各式傳單，哪一張是受訓的表格呢？服務員儘只扶著她的帽子，誦詩般的訴說前線醫護人員的匱乏，那代表許多傷兵如潮湧來，敗戰了嗎？到底是哪張單子？

哦，是了，應該是這張——我們受國際支援，訓練優秀的護理人員——

「好吧，給我那張表格。」泊珍已找到那張靠近服務員的表格，打斷她的話，請她把表格直接遞過來。

「哦，妳中學畢業了嗎？受訓者都必須有中學程度。」

「當然，畢業了。」

「證書呢？」

「掉了。」

「掉了？」

「掉到河裡了。但她是我同學，」泊珍指指桂花，「她的證書在，妳看她的就行。」

「不行看她的，」服務員漾出一個微笑，「但這是戰時，誰管有沒有文憑。」服務員在表格的證書欄塡了「遺失」。

桂花手裡的手帕都快絞成汁了，她和泊珍一起走下階梯，往來時方向走，走了兩步，又回頭跨上階梯拿了一張報名表格，默默走回泊珍身邊。

「怎麼？」泊珍問。

「妳會不會太衝動？」桂花雖問著，眼神望向遠方山巒，清澈的天空給群起的山巒映綠了，她望著遼闊的綠意，想像烽火與戰壕，眼底迷茫似煙。

「沒有選擇的，這時候不去戰場去哪裡？我離家了，去戰場服務正好是一個理由，何況青年不去戰場難道讓老年人去？這是時代青年的宿命。」

桂花不語。

「妳不一樣，妳要教育幼小的學童，妳是後方的力量，把手上那表格撕了吧。」

「不要。」

「教育幼童將來服務國家，責任更重大，我到前方照顧受傷的軍人，我們的工作都很重要，妳猶豫什麼？這是妳的家鄉，留在家鄉照顧這裡的山山水水，我在戰線上幫助軍人把敵人都趕走，多好，是不是。」泊珍把桂花手上的表格奪過來撕得碎爛，把碎片揣在口袋裡，和金塊的冰涼擱一起。

「妳也可以在城裡找一個教書的工作留下來。」

「妳忘啦，我中學沒畢業就回家等著別人安排我的人生。現在我要安排自己的人生，沒有比戰火更誘人了。就算我有條件教書，那工作也不適合我，我要遍歷各地，這顆心是關不住了。」

「妳把父親的產業都置於不顧了……」

「沒有國家，個人產業又算什麼……」

兩人默默走到江岸邊，如鏡的波面上，有打漁的舟筏，狹長的板舟上平置寬口竹籮，一盞漁燈，一枝牢繫漁網的長篙，漁人在溫和近於夕日的陽光下注視水中魚群，數舟相連，漁人隔水聊天如在唱和，對岸山峰相連爲屛，陽光折射水面，波光耀眼，山峰便如一個隱居的士人，隱顯潤澤靜觀人間。

「想不到群山也擋不住一個女子對世間的豪氣。我們家鄉有妳這樣的女子……」

「得了，妳以為方才護士一番說辭就翻騰我的熱情了，愛國掛在嘴上就顯得假了，我不是大吼大叫愛國，我覺得是這一代人沒有選擇了。」泊珍又強調了一次。她躺到一邊草坡上，仰看天空，對著停留在藍天上的一朵白雲尖聲叫道，哎，就這麼吧，你浮盪到哪裡我就跟你去吧！

桂花倒認眞在她身邊坐下來，也瞅著那朵白雲看，說，也帶我去吧！

泊珍一手打到桂花頭上說：「妳娘要妳，照顧老人家，教育小孩，別瞎起鬨。」

「咦，皇帝下詔裏小腳啦？這腳不綑不就為了方便走嗎？妳能走我不能走？」

在她們眼前，好像出現一條迥異於以往的道路，那條路上景色蒼灰，甚至無形無狀，像一朵蕈雲，像一場沙塵，像報紙上一條逃難的人潮，一片軍人的吶喊。所有的願望和夢想，將順著江水往南流，再向東，通向一個未知的未來。泊珍想不到只是出來換金塊就變成了戰地護士，她突然覺得人生亢奮了起來，太陽輕輕挪近海平面，對她而言，卻是一直掛在天空，離海平面還遠著呢。

沙拉

天空橫跨一片蕈菇狀的濃雲，她從一條街走到另一條街，直走到那朵蕈菇邊緣，天光從雲邊閃射下來，不烈，但明亮，灑在身上，像睡了一個沉沉的午覺醒來發現天還亮著，分不清是早晨或黃昏。她置身在城市一角，突然失去時空感。這是一個新的方位，他說他會在這裡，他流動的腳步暫時停在這裡，像踩在一潭泥淖裡，需要她將他拔離那個泥味與草味混淆不清的空間。

她戴了一個帽沿寬大的草帽，手裡握著草編大袋子，濃雲沒有飄下半點雨，草帽承接了雲邊灑下的陽光，成爲另一朵雲，在她臉上投下溼潤的陰涼。路開始傾斜，兩邊住宅還是密集，別墅群錯落其間，公寓陽台的花葉、別墅籬邊的樹木伸向傾斜的坡度，一片綠意使路的上坡更彷似覆罩一層濃蔭，她往那濃蔭走去，人也好像跟著坡度傾斜，一股力量拉著她往上移動，那裡好像有什麼東西等待著她。越往濃蔭走，房舍越少，山間的風拂過草帽，拂過手上的提籃，她感到風鑽過草帽織縫，也聽到自己的喘息在風裡揮動著往上走的意志。

來到山坡右邊公園，三張露天野餐桌，一座水泥砌成的涼亭，下置石桌石椅。她一跨入公園圍欄，看見他坐在石椅上。她走向他，將提籃放在石桌上，解下草帽。他接過草帽，默默凝視草帽幾秒，俯身在草帽上沿輕吻了一下。她輕輕笑了幾聲，咦，怎麼不是親在我臉上。

爲了處罰一個女士自己喘吁吁從山腳下走上來。

我從幾條街外就開始走了。

這裡計程車到得了。

我不靠計程車。

這是自我體罰還是養生之道？

都不是，是爲了考驗見一個人的決心。

山頂好像有岩石崩裂的聲音，堅石裡可以跳出愛情，他拉起她，往林子裡走去。一條黃泥路徑，無數登山客踩踏過的，這林子還不到半山腰，只能算是登山的起腳處，闊葉樹群生，岩壁伸出蕨草，他們爬上層疊的岩塊，岩上綠草鋪地，灌木圍繞。她放下提籃，往提籃裡掏出一張餐布，鋪在地上，又掏出三個餐盒。抬頭是棵老樟樹，樹裡有鳥鳴，他俯下身親她臉頰，像鳥去啄牠的獵物，他坐到餐布上，將她的頭摟在自己懷裡，她的身子則橫躺在大地的懷裡，提眼看見樹枝與天空，這方向看上去的天空是澄藍的。她身上的汗給風吹乾了，她想起小時候在樹蔭下吹著午後的涼風沉沉入睡，四周靜得好像可以感到陽光走動的聲音，現在她聽著細細的鳥鳴，閉著眼睛想睡一覺，他卻俯下身來輕啄她的眼睛，她感到他的熱氣襲向她。是隻鷹在攫取牠的獵物嗎？她伸手環向鷹的脖項，那兒筋脈鼓動，傳透啖食獵物的野心。

時間對我們有什麼意義？她問。

餓的時候該吃，睏的時候該睡。

你還在嬰兒期，嬰兒要長大的，要爲了某些事廢寢忘食。不要敷衍我，你知道我不是說這個。

可以有意義，可以沒意義。妳走上來，在這天的這一刻，我將永遠記住一位女士爲我提來午餐，時間是有標誌的，那是記憶，感情使記憶存在。如果有一天我不記得妳了，時間又算什麼。

那天會發生嗎？

她打開三個餐盒，第一個裝滿生鮮沙拉，第二個裝滿切好的嫩黃蘋果和鮮紅的草莓，顏色令人食慾大增，第三個是夾著蔬菜的三明治。他剛從工作場所過來，飢腸等待餵食，她也走了一小時的路，需要食物補充體力。

她把食物送進他嘴裡，他含著食物，聲音變得呢噥。

在此刻，我不認爲會發生。

這樣清淡的東西可能不能饜足你。

飲食也是大自然的節奏，像原野上有時有風，有時有雨，有時烈陽，有時陰雲。我並不嚮往天天在牛排館在五星級晶燦的燈光下享受魚肉。在這山林裡，我們服膺自然的規律，我們做它的臣民……

你除了耍耍嘴皮還能做什麼？

能讓我身邊的女士得到鬆懈。

他把一口沙拉餵進她嘴裡。兩人把食物掏光，就像眼前不再有其他東西可吃了。三個餐盒很快見底，她扣上盒蓋，替他抹淨嘴唇，其實那嘴唇是乾淨的，食物沒有混合油質。他笑笑拉起她的手，讓她躺回他的懷裡。一面又去看手錶，她注意到他這個動作，有感而發。啊，你困在這山林裡。

是困在生活裡，因爲生活，我得在這山林。

快了，你的工作快結束了，等你離開這山林，可能又嚮往山林了。

不知道，我當慣生活的俘虜了，我從這點移到那點，全與工作有關，這種移動缺乏樂趣。

工作沒有樂趣？

看情況，如果只是爲了讓別人把口袋裡的錢掏出來，算不得是高尚的工作。

她發現這個問題不能再談下去了，沒有人不是爲了把別人的錢掏出來而工作。他的理想主義和現實主義一直拉鋸，但她喜歡他眉頭皺結起來時，眼裡顯露的徬徨，那像個活生生的人，有悲愁有矛盾的人。她轉移他的話題。

我今日的移動爲了一口愛情的食糧。

那妳很幸福，幸福的人有獎賞。

他親她，綠色屏幕裡有游動的思緒。她想著她未完成的工作，他也想著他即將回到工作場所，她爲他拎來午餐，也許只爲了見他一面。他的鬍渣刺痛她，她又陷入一種不眞實的幻覺。像她戴著那頂草帽一路走上來。這種天氣還不需要戴防烈陽的帽子，但她要那帽子遮住她的臉。在她十幾歲少女時，鄉下的女工編織這種寬緣草帽，夜市裡、馬路邊到處賣著，盛夏時，她常去海灘，看見一頂一頂的草帽停駐在沙灘上，在海浪邊戲水，她純美的少女時代有著這麼一頂草帽，草帽下的人生剛如一束早起的陽光。現在市面上再也看不見這種帽子了，時代不但不會爲某個產品停留下來，產品反過頭來成爲時代的標誌，這頂是她一直保留下來的，只要一戴上這帽子，她的時光彷彿倒撥到那個在海灘逐浪的少女，及無數個寧靜午後，那少女在大街小巷裡緩步而行的身影。

時間像隻巨人的腳，就要從頭上踩下來，再大的帽沿也擋不住這隻腳的壓力，他又在看錶，深林裡有一群人等待他喊開工。

她收拾餐盒。他說，這三個餐盒算來只是一個。

爲什麼？

所有性質都是沙拉。

她噗嗤笑出聲。那麼是庸人自擾分裝了三盒。

問題都在庸人自擾。我們生而爲庸人，想的儘是庸人的想法。他說。

不過是操作慾望的方式不同罷了。我不反對把同是沙拉性質的食物細分成六盒，如果我有更多時間的話。

他摟著她，送到公園的出口，凝視她，臉上有爲了工作不得脫身的苦惱。他說一個人走路太危險，前面有公車，他用命令的口吻要她搭公車。他只能目視她走向公車站，他們不會留下任何出雙入對的證據，即使他的公務車停在公園外，他也不會請司機送她下山。他看到那頂帽子在樹影間晃動，他心裡像有兩股繩索正在纏繞。

公車的引擎聲音從上坡傳下來，她走到站牌時，車子正好來了，她一腳踏上公車，找到一個位置坐下來。車子經過公園出口，她往那一片綠蔭望去，只有安靜的陽光，好像不曾有過人影。好像一片記憶，刷白了。只有山林在那裡，千年萬年在那裡。

9

這是個單親女性自力謀生的交易

週一下午。市囂從百葉窗外隱隱傳透過來，窗頁呈三十度傾斜，遮擋午後仍強烈的紫外光線，從辦公室所在的五樓望出去，對街辦公大樓被百葉窗分割成一條條紛雜的圖案，那是眼裡所見的城市了。我陷在這橫條狀的圖案間，感到空間的奇妙，好像我是屬於那些圖案之間，也好像我不在那圖案裡，而我確實置身在城市，從大學求學就在這城市住下來，因為有了一份工作，因為和城裡的某人結婚，就成了這城市的一份子，這城市卻沒有我童年成長的心情。有時我覺得自己不過是飄浮在城市中的一縷游絲，無論落在哪裡，都沒有太大差別。

唯其落在文字裡，可以承托身心，擴大自己成為一個擁有自由心靈的無所不在的自由者。文字已成我謀生的工具，在那工具裡我享用不盡，離開了工具，我無所適從，也許比一隻跳蚤還不知該往哪裡去。

每個坐在自己位置上的同事都有忙不完的事，我們都是在文字與塵埃間走動的人，那能算是一種幸福嗎?做業務的小欣常來我身邊，批評我們的出版品在書市不好推動，她常說：「編輯部的人不食人間煙火，出這種書誰看呀！」那是說我們與社會需求脫節，我們活在自己的想像中。我說：「有些書是替大家編織夢想，業務要把這個概念推銷出去。」業務與編輯的小小衝突經常上演，但生活一如往常，仍各自照自己的方式運作。早餐喝豆漿的人很難改成喝咖啡，喝咖啡的人也非要有那杯咖啡，一天才能清醒。小欣的說法是，狗改不了吃屎。她塗著藍色睫毛膏的眼睛透出不屑的眼光，但所有人都喜歡她那眼光，喜歡她從書堆走過去時，邊叫著，「這是垃圾還是黃金?」

我正讀著一本作者寄來的書稿，評估出版的可能，入門處因有人來而有些騷動，我以爲是來詢問書或買書的客人，因此仍埋頭讀書。卻感覺那影子遲緩的向我走來，像朵雲，像團霧，逐漸靠近，我抬起頭。

她穿一件淡紫色小花襯衫，黑長褲，手裡拿著一把陽傘當枴杖，頭髮挽在腦後梳成一個髻，額前有一小絡瀏海，臉上撲了薄粉，那樣子讓她年輕，這番打扮需要費一番功夫，這個人像從電視劇裡某個時代走出來，用精利的眼神看著我，好像我臉上有她要找的東西。

「嗨，怎麼勞煩您過來?」我接過她手中的傘，拉過來一把椅子，希望她坐下來，她沒有坐的意思。站在原地說：「不知道有沒有打擾到妳?」

我連忙說沒有。到目前爲止，沒有一位老人家到辦公室找過我，我的作者群裡也沒有八十歲的老人。

「如果方便，可以請妳到樓下喝杯咖啡，聊一聊嗎？」

我拿起皮夾，帶她走過幾乎被書與資料塞滿的空間，那正是她剛才走過來的路徑，同事桌上堆疊的資料看起來像一道道的屏障，把空間分割成好幾個區塊，她眼光掃過那些區塊。我扶著她一隻胳臂，鬆垮的肌肉隨著身體的走動而晃漾。那肌肉曾經年輕，現在衰老了，有天，我胳臂的肌肉也會垂首向地心引力叩問——是你在召喚我了嗎？我扶著那鬆垮的肌肉不得不小心翼翼，這種觸感似乎隨時會消失，像枯葉在泥中支解，像塵沙在風中散去。

樓下商店毗鄰，轉角有家咖啡館，她走進去，挑了一個靠窗的位置坐下，還招呼我坐到她對面。玻璃窗投來的陽光撫清她額邊眼尾的細紋，眼下散布淡淡斑點，但她的臉上看不到毛細孔，平滑得透出光澤，好像一直有山川的水澤在滋潤皮膚，打娘胎裡就帶出來的水澤。服務生送來飲料目錄，我翻開目錄看有哪些選擇和價錢，她並沒有翻開目錄，直接跟服務生說：「給我一杯摩卡。」

我點了一杯拿鐵。

「很抱歉把妳找出來，上次妳到我家後，我一直想著這件事，考慮很久，還是決定找妳談一談。」

「您需要我，只要打個電話給我，我會到您家裡去。怎好勞煩您出來。」

「這件事很慎重，我想看看妳的工作地方。」

「就是剛才那裡，很擁擠，滿屋子的紙和書，有的值錢，有的不值錢。到目前為止，還沒有倒閉的危機。」

她露出笑容，挪了挪身子，望著我的眼神也露出笑意，說：「我主要看那裡工作的人認不認真，有沒有生氣。」

「編輯部認真工作時，大部分死氣沉沉，都在埋頭工作。」

「一個地方的氣可以感覺出來的，這妳放心，沉靜也是一種生氣。我感覺得到可以把這件事交給妳。如果妳同意的話。」

「什麼事？」

不知道是老太太迂迴還是我沉不住氣，我想知道那個答案，我直盯著她，像要掀開一個神祕的盒子，而且暗自評估那是個藏寶盒或只不過是一個藏放著裹腳布的平凡盒子。

「妳記得菊子請妳送來的那個禮物？」

「記得。」

A4大小的盒子，裡頭可以是件襯衫，是套衣裙，是組皮膚保養品，或甚至是哪個名牌皮件。大姑躺在床上慎重的交給我，送給舊日雇主一個八十歲禮物是人之常情，我記得，但不特別放在心上。

「她曾告訴妳那是什麼嗎？」

「沒有，她什麼也沒說。」

「妳想知道嗎？」

「如果您認爲有說的必要。」

「那是記憶。她請妳送來記憶。」

記憶怎麼包裝遞送？它可以是空氣，隨風散掉，隨風凝聚。它曾經有過才能有畫面，才存在腦海成爲記憶。像我對落葉的記憶，太早的，八歲的時候就發生了那個畫面。

「怎麼說？」我問。

她端正身子，挺直胸膛，眼光沒有落在哪裡，眼底像有一泓深潭，她只在那深潭裡，向空曠的視野飄來的泥草味講話。

裡面是照片，一個人的成長照片，從他是嬰兒到長大成人。菊子竟然在此刻把這些照片交給我，我們都是日薄西山的人了，我早想把這個人從腦海裡剔除，但菊子把照片送來了，也許她自知洗腎的日子離死亡並不遠，她要丟掉心頭的重壓，或者以爲我需要這些。事實上我需要，我也不需要，我心底壓著的豈只這件事，我以爲早就可以漠視一切了，但這些照片確實讓我心底掀起一陣漣漪，時代要過去了，就要過去了，我們要不要留下記憶，需不需要爲走來的這條路有些解釋，啊，我是有點迷糊了，我沉默的一天過一天，跟死去有何不同？孩子，因爲菊子是妳的姑姑，我們彼此有了連繫關係，妳在出版社做事，我想妳有很好的文字能力，我只是想試著告訴妳那些掀起我心底漣漪的事，也許微不足道，不，根本微不足道，但我放在心裡猶如一口未能吐出的血絲，我不想含著這口血絲離開這塊塵土。我說的是「這塊」，妳知道，塵土可大可小，可以很具體，也可以只是象徵，塵土可以在遠方，可以在腳下。心之所到，便是塵土。孩子，哦，我該怎麼稱呼妳？在我眼中，妳這樣年輕美麗，還只是個孩子，妳看來沉靜安詳，但有藏不住的倔強氣質。我喜歡這樣的女子，我徵求妳的同意，做爲我的代筆人。如今我一無所有，也無需做什麼事，只需把那個擴散的漣漪化爲語言，對一個年輕的女生叨叨絮語。請看在妳大姑的份上，打開妳好奇的心思，答應我的請求。

那泓潭水彷彿正在向我漫淹，但我意識到無需蹈陷其中，我的生活要跟一個老太太有什麼瓜葛？要我正襟危坐聽一個老太太回憶人生於我何益？我這個年紀的女士們在逛街，在精品櫥窗物色她們的裝飾品，把自己打扮成一個感性的尤物和知性的解人兒，我何必把如花燦爛的時間花在一個老太太身上。

我望著她，沒有回應，假裝以爲她還有話要講。她卻不說。服務生剛送上咖啡，這時候待在咖啡館裡的人大多來喝下午茶聊天，時間不重要。服務生緩緩擺下咖啡杯，把帳單塞進桌上一隻透明圓筒裡，又緩緩走向櫃台。她啜飲燙口的咖啡。

「我大姑和妳要說的有關嗎？」我只是打破沉默。

「能沒關嗎？她曾在我家幫傭，陪了我好幾年。」

「我需要一個脈絡才能考慮！」

「我想要妳了解的就是脈絡，妳答應了我馬上付費告訴妳那個脈絡。」

「付費？」

「是，照妳們的規矩。我告訴妳的能不能成爲一本書不重要，我只是要紀錄，要一點文字的形式讓自己知道這些事是曾經發生過的。如此而已。」

「我們通常以寫書的形式受託，只收代筆費，作者仍是掛託付人的名字。出書後的版稅與我們無關了。」

「我付妳代筆費，我強調，出書對我無意義，我只要文字的紀錄。」

文字對她又有何意義？能擱在身邊幾年？每天對著文字自傷自艾或自喜？我沒把疑慮說出口，我無從知道她將說什麼，那些內容又有何意義？倒是注意她說的代筆費。我收代筆費爲她寫字跟爲別人寫字沒有不同，唯一的不同只是我願不願接受託付者交託的主題。除了公司要求的以外，我有自由選擇權。

我必須讓她了解代筆費的行情，才能談其他。「代筆費有彈性的，如果幫企業名人寫，對方只爲了名聲，並不計較代筆費，通常較高，若是公司認爲有賣點，對方名不見經傳，公司要求執行的，代筆費就差不多是基本行情，但將來若書賣得好，追加分紅也有的。」

「謝謝妳告訴我這些。我不在乎錢，錢我付得起，在我付了那個價碼後，我希望獲得一顆願意傾聽的心。」

她在紙上寫了一個價錢，問我有脫離常情太遠嗎？那是個接近我給前夫積蓄的價錢。她在寫價錢前甚至沒有問我基本行情到較高行情之間的彈性，而這個價錢足足高於一般行情了。

「太多了。」我說。

她沒有理會我的意見，問我什麼時候可以開始，她說她隨時都可以開始，她願意配合我的時間，她的老屋子不久將拆除，但不影響我們的進度，拆除期間她可以租屋在外，持續我們的工作。

「拆除？為什麼？」

「改建。把老眷村拆掉蓋大樓。」

她把一切都安排好了，只等我點頭答應，看在錢的份上，我應該在她的窗前聆聽她對過往的感懷。我彷彿已經看到一個畫面，我八十歲的時候，坐在窗前的是一個肌肉緊實爆發活力的年輕小姐，而我以滿臉風霜迎著微弱的光線訴說什麼；或者，我只是對著窗前一枝剛開的花朵，想著生命裡的某些人。我說：「好吧，我們隨時開始，每個週六中午我下班後，去妳那裡兩小時，可以嗎？」

「哦，那目前就這樣。」她舉起杯慢慢啜飲咖啡，眼光時而落在杯緣，時而飄向牆上的掛飾，眼底好像有一把火燃了又熄，起了又滅，我第一次感到她不知應將眼光擺在哪裡。最後，她看了杯子很久，然後拿起透明圓筒裡的帳單，說：「眞謝謝妳願意花這個時間。」

我急忙攔下那帳單，她一手推開，拿傘撐著身子站起來，往櫃台結帳。在櫃台前，我向結帳員遞上鈔票，也被她推開了。我扶著她走出咖啡館，她沒有拒絕，沉默的走到紅綠燈口，催我回辦公室，堅持不肯我送。我站在原地，目送她蹣跚步履，夾在一群比她年輕的人中走到對街。我轉身走回辦公大樓，一邊數著自己的腳步，每一步好像都踩在鈔票上，走多少步就擁有多少鈔票。我有罪惡感，老太太期望一顆傾聽的心，她的代筆費高昂而沉重，我腳下的鈔票似在呲嘴而笑彼此爭論：這是個單親女性自力謀生的交易，這個女性也許願意付出一點眞心傾聽，也許不願意，也許她的文字會流露一些誠意，也許什麼都沒有。

10

他的目光穿過她的背脊停在心裡某一處

二月寒冬，湖泊上凝聚冰霧，梧桐樹枯枝橫向蒼灰的天色，醫院的煤氣爐上冒著騰騰蒸氣，往上遇到冷空氣，空氣裡蒙上了一層溼潤面紗。泊珍穿透那面紗，走過小徑，藏青色棉襖表面冰涼，她拂拂那冰涼，梧桐樹上三隻烏鳥縮著脖子站在枯枝上，羽色也閃著藏青的光澤，一到冬天，漢口市覆罩在蒼灰和藏青色之間，蒼灰的天空上，有時有偵察機飛來轟隆巨響。

她走進醫院邊門。黃藥水紅藥水味道夾擊著酒精味，混合起來像一股福馬林的味道，包浸著病床上、地面上傷兵腐爛的傷口。她們大部分時間都在照顧那些傷口，那些沒有在戰場上立即死去的男人。寒瑟的冬天，棉被鋪蓋在傷兵身上，深夜裡有時這床呻吟有時那床哀嚎，到了清晨，棉被下的身子沒有動，護士掀開棉被，傷兵斷氣了。沒死在壕溝裡，死在一床棉被下，算是相當走運。

泊珍和其他一起輪日班的護士接下夜班交給的資料，到分配的區域察看傷兵傷口，她領到的仍是消炎藥水和一些棉花球，必須很節省使用，否則一旦補給不足，連幫傷兵止血消毒都不行了。

床位不夠，傷口較輕的傷兵或坐或臥躺在地上，她小心翼翼從他們中間經過，有的傷兵安靜的與他的傷痛相處，有的一直想留住她說話，伸出手來拉住她的衣角，要水要食物要溫暖衣毯。若是躺在床上正在與上帝打交道的，她就坐到床緣，聽他講他的家鄉和未婚妻，聽他用難以理解的鄉音呼喚某些人，替他擦乾眼淚，聆聽死神的腳步。

在這醫院裡的，大部分是剛訓練好分發來的護士，由幾位從醫院單位轉來的資深護士帶領，那些醫生也有許多是剛從學校畢了業，就自願的往前線醫院來了。大家來自不同省分，都是離家的人，有的省吃儉用，三餐由醫院供應，餘錢全寄回家去，有的家裡沒人了，死的死，逃的逃，舉家分散，也就自己一人一家，把青春給了醫院。泊珍來到這裡半年，仲夏炎熱時分至初冬，看到傷兵不斷抬進，心裡難免惆悵。時局反應，這場戰還長著，大家心裡也有準備，戰時醫護人員的身分可能很久，可能哪天連當醫護的機會都給戰火焚毀。

她替傷兵一一抹過紅藥水，放回已經見了底的藥盒，她坐在護理站一把板凳上讓腿歇息，病床間仍有護士在病人間穿梭，另一間婦科房裡，有居民孕婦忍痛等待嬰兒降生，隱隱可以聽到孕婦慘烈的叫聲有節奏的壓抑著。

有人叫她，她不確知自己是否打了盹，那個叫喚的聲音驚醒她，循聲望去，是個身形健碩的男人。因為逆光，她看不清楚，他走向她，軍服肩上一朵梅花，略長的臉上架著一把眼鏡，有幾分斯文，那樣子不像扛槍的，到了她眼前，他眼裡的溫文好熟悉，不知哪裡見過，光從背後照來，把他厚實的耳垂都照透了。

「妳是白泊珍嗎？」

「是，找我有事？」

「天大的事。我從重慶來，那兒有個人叫我帶封信息。」

「重慶？我不認得什麼人！無親無故無朋無友。」

「她說是妳的同鄉至交。」

她在鄉裡沒有至交，白家的小姐高高在上，那些工人階級把她當公主敬畏，沒有一個可以當閨中好友，她也不在乎，她連家族裡那些嬸嬸叔叔都不在乎。她倒想聽聽他說的是哪位好友。

「你就說吧，不必賣關子。」

他懷裡掏出一封信，她接過來，坐回板凳，光看那信封筆跡，也就明瞭三分了。她打開來，那人站在那裡不動，她腳痠懶得招呼他，逕自看起信來。

泊珍：

我分發至重慶一個小醫院，出來前，妳父親央人找到我帶了口信，說王順走了，妳母病重，盼回家一趟。我在這裡滿習慣，耳邊沒有母親逼著婚嫁，病人多，覺自己還有用處。若來信，暫時可按信封上的地址。不來信，我也總在某個醫院裡。

桂花

她闔上信，臉上沒露出任何感情，從護理台上倒了一杯水給他，算是酬謝。他站在那裡，仍不打算走，她只好端起藥品盒，打算往病床去，那人叫住她：「小姐不寫回信嗎？我可是下午得回程了。」她停下來，有些猶豫。她擱住藥品盒靠在腰邊，說：「先生，你若有權有勢，就把我和她湊在一個單位，要沒權沒勢，跟我來，我請你一頓吃。」

寒風在街弄裡刮搜，枯葉在地上磨出乾乾的聲音，行人並不匆忙，除了逃難沒什麼事要匆忙，這裡非戰區，前面縣市有軍隊擋著。萬一軍隊撤到城裡來，城民便會如螞蝗逃竄，儘管吃不好，求生是本能。二月時節，臨近過年，街上反而有一種繁榮，乾寒也擋不住的，路口樓牌下，少不了攤販販賣些什麼，乾糧或農作物，也有家裡縫製的衣物。街上有吃食店，她帶他走入一家賣麵食和大餅的，這裡吃的和醫院沒兩樣，除了味道有點變化，又可隨心所欲聊兩句。店裡牆上貼了字條，表示接近新年，隨時有年糕。他們便點了一盤炒年糕，感覺過年近在眼前。兩個人圍著兩碗大麵一盤年糕，一碟青菜，竟像一家人在過年。好像兩人都意識到這一點，動筷前有點躊躇，不知誰該下手。還是他替她挾了一塊年糕送入她碗中，他們才開始談興。

「你哪裡來？」她問。

「重慶。」

「我知道是重慶，我意思你家鄉哪裡？」

「一個窮鄉僻壤，但是有山有水，一個好地方。」

好地方可多了，她的家鄉不好嗎？好地方此時也住得不安了，若是個窮村子，不往外走是看不到前途的，他既沒說那是個什麼地方就算了，千千萬萬個人住在千千萬萬個有山有水的窮鄉僻壤，他們的家鄉又代表什麼，不就是其中一個。他說，許多青年往國外走，念書去了。但那需要錢。

她有的是錢，但她從沒想過出國念書，沒人告訴她這是一條路，她爹說她得嫁人她就嫁人了，現在那個人跑了，也許因爲她沒回去他就跑了，也許他另外找到人了，那最好，她不必再見到他。她沒跟對面這個人說起這一段，她不會跟任何人提起這件事。

「敢問你一個名字。」

「龐正。」

「來這裡做什麼？」

「送醫療補給。」

「哦，我們連紗布都缺乏。在報紙上看到醫護人員用紗布給傷患包紮傷口，我們知道那是特別的安排。」

「給你們送來了。」

「數量一定又是有限，那會用在特別的人身上。」

兩人相視而笑，碗口蒸騰熱氣，吃興來了，他唏唏呼呼吃著大麵，每一口都很珍惜似的，把湯汁吸得一乾二淨。醫院裡那些醫生也時常這樣，一吃完，放下碗，急不啷噹離座，好像吃飯只是塡飽肚子，不管有沒有吃飽，把東西送入胃裡，就完結兩迄了。她在家鄉裡可不是這樣，一頓飯可以吃很久，向晚時，白月浮在西邊上，桌上飄散菜餚香，孩童嬉鬧聲浪裡夾雜著妯娌的交談，桂花香氣盈繞，下人收拾殘餚的杯盤交疊聲、腳步聲、搖動的樹影，噯，吃飯又豈只是塡飽肚子，那是一縷幽長的時光之河，沿河應有沉靜的景色，讓搭船人滌淨身心。也許是父親讓吃飯不只是塡飽肚子吧，也許是山村的時光漫漫，沒有當務之急。她一面想起家鄉，一面把錢付了。龐正搶著付錢，她攔了下來：「我來吧，雖不是本地人，工作在這裡，也算半個地主了，得讓我這個地主盡點心意。」

龐正不再堅持，兩人出了飯館，太陽還在正頭上，有些人這時才走進飯館吃飯，她得趕在一點前回醫院，好讓代班人可以用餐。冷風灌耳，她不自覺拉起衣領罩住頸項。他看到了，說：「這還是靠近南方，又有大太陽，這樣怕冷，萬一將來調到北方，可有得受了。」

「能調到北方，仗也就快打完了。只怕是一直往南遷。」

「不會的，侵略者嚥不下這片大地。我們有的是人，光人海就把他們掩埋了。」

「人家武器厲害，肉膊對槍砲，你看，我們傷患沒斷過……」

「戰爭就有傷亡，信心最重要，要是大家都沒信心，還需打仗嗎？」人家的磚砸到頭上來了，汩著血也得反擊到底，就是這點同仇敵愾讓他們有機會在醫院裡相識。想著傷患和配給不足的醫療設備和藥品，兩人沉默無言。待到醫院，在門廊下，他說馬上就要回重慶了，真的不帶信給桂花嗎？

「就口頭一句，請她多珍重。」

他頷首，目送她回大雜院似的病房。她感到他的眼光穿過她的背脊，停在心裡某一處，那兒滲汩出一些什麼，麻麻的感覺，讓她想找一個地方停下來站一站。她靠著廊邊站著，前面是成排病房，藥水味撲鼻，值班的護士沿著病床一個一個檢查傷口，許多病患無力自己吃食，得仰賴這些嘴裡飄著午飯香味的護士餵食，她們中的幾個人端著碗，一口一口將稀粥送入病患口中。她回過頭，不見龐正身影，從走廊到醫院出口空蕩蕩的，彷彿無人，只有門外強烈的日光。

回到護理站，把方才壓在藥品皿下的信拿出來，桂花的字跡像會擠出水來，一下漫淹了她的視線。她爹找她，不計她離家給他的難堪，難道是母親真的病危。她時時掛念的母親此刻或許躺在床榻邊，瘋瘋癲癲夢著她這個離家的女兒，或那個一出胎，沒活幾天就夭折的兒子，或許成天和家族的鬼魂打交道。泊珍聽見傷兵的呻吟，那個呻吟聲也許不會持續更久，她全身打了個寒顫，母親瘋癲的狀況在她心裡不斷加重著，窗外是蒼灰的天空，躲著藏青的沉重氣息。人生是這樣短暫而難以預測，她該畏懼什麼。不，她不要畏懼什麼，醫院不是她的婚姻避難所，就算王順在家，家鄉那片山水是她的家，她隨時可回去，她的人生將不受限制。

11

我將不做一個癡呆的聆聽者

我準備了一部掌型收錄音機，一本全新橫線筆記本，在扉頁寫上日期，打算從第二頁開始記錄重點，我喜歡第一頁乾乾淨淨的，只記上一個題目或簡短的記錄目的，像一本書的封面，只有書名躺在純淨的白底上。

十二點一到，大部分的同事都離開辦公室，星期六早上大家上班的心情比較像在打掃，把一週沒處理完的雜事做個了結，通常是把沒做完的記到下週要執行的行事曆上，把桌上沒整理好的文件或信件歸位，扔掉該扔的紙張，全部目的都爲了有一個很好的休假心情，對於那永遠做不完的例行公事，譬如讀稿、打電話，則最好暫時從記憶裡消失，週六是爲了一個自由的個人時間做準備。除非有急稿需要處理，將稿件帶回家加班，否則誰都想有個自由鬆懈的假日。

我和下班的同事一起走出大樓，街上有熟悉的悶熱，人潮的氣息和車聲一樣擾攘，我快步走到兩條街外的幼稚園，趕上十二點十五分接安安放學。安安在教室裡等我，她天眞的臉上充滿期待眼神，看見我站在教室門口，先衝上來抱我，才回頭去找她的背包。我帶她到附近她喜歡的速食餐廳用餐，她像得到一個意外的獎賞，注視著小透明櫃裡的玩具禮物，不斷扯我的手，示意她要哪一個。待我們把食物擺在桌上，她邊吃邊組合玩具，老把自己滑下椅子又坐上來，我擔心她不小心打翻果汁，不時替她挪動果汁杯的位置。她穿棉質T恤和短褲，留短髮，那頭短髮是我的傑作，我不想每天早上花時間替她紮辮子或綁什麼花樣，就把她的頭髮剪到與下巴齊，只要梳整一下就可以了，在人群中她看來顯眼，因爲白皙的皮膚，因爲鮮麗的衣服顏色，因爲那個與父親一樣分明的輪廓上有對像隨時都在盤算著什麼的眼神。

用過餐後，我將把她安置在才藝班裡，連著上兩小時的課，這是爲了我到老太太家裡做口頭記錄的方便，兩個小時的跳舞課差不多會把她的精力磨盡，晚上她可以早點上床睡覺，我可以多點個人時間。我好像在孩子身上使什麼陰謀，事實上，做一個單親上班媽媽，爲了開闢財源，能有多少選擇？我相信我的孩子很早就可以學會獨立自主。

「媽，時間到了嗎？」

「兩點開始，我們還有點時間。」

「那我下課時，妳會在教室門口了嗎？」

「當然，我會在門口等妳。可是妳如果看不到我，就先到櫃台阿姨那裡，我會很快來接妳。」

她喔了一聲，手裡玩著玩具，沒有看我。我們走出餐店，外頭還熱著。人群不知哪裡去了，突然街道寬闊了起來，騎樓變得又深又遠。才藝班離此不遠，我們慢慢走過去，悶熱的氣候下，我們汗流浹背，安安一直喊熱，她是冷氣房裡長大的孩子，一點悶熱就令她難以忍受，越是這樣，我越認爲有走路的必要。抱怨聲中，我們搭電梯到才藝班，推開玻璃門，清涼的冷氣灌面而來，我拿出面紙爲她拭去滿臉汗水，也讓她看看我爬滿汗水的脖子，告訴她：「雖然這麼熱，但我們還是到了，哦，吹到冷氣特別舒服是嗎？」

我辦了註冊繳錢，爲她換上舞衣，還交代櫃台小姐幫忙照應孩子。因爲她上兩種課，中間換課的時間需要有人照應。我在教室門口站了一會，確定安安沒有認生或害怕後，走了出來。

老太太的家只要過一個紅綠燈，這是爲什麼我選這個才藝班的緣故。我在心裡默默祈禱孩子可以適應舞蹈課，在我完成口述記錄前，安分的跳舞，最好還從中發現什麼樂趣。

重新回到眷村，寧靜的低矮建築彷佛一塊化外之地，三隻白貓盤踞在火車廂似的房舍屋簷，對巷的紅磚圍牆也有兩隻白貓悄悄走動，來到老太太的荷香色大門，我按鈴。

開門的是老太太，頭髮整齊的在後腦勺盤了一個髻，身著一件淺米色短衫，淺藍色長褲。她傴僂而行，領我到客廳。經過那吱吱嘎嘎響的地板，好像置身一條歷史甬道，斑駁的表面映證年代的久遠，幾十年前，這屋裡應住著日本人。可能這房子換過幾戶人家了，不同的聲音曾充盈這房子，而我帶來的錄音機將錄製現任主人的聲音。

窗邊的桌子擺放了兩隻茶杯和一碟桂花糕，電風扇左右轉動，兩張椅子已拉開，玻璃窗投來陽光，但因向東，午後陽光並不強，老太太延我坐下，問我熱不熱，要不要吹冷氣。一邊說著，不等回答就轉動了冷氣開關，冷氣機架在窗框子裡，老舊沒光澤了，馬達一啓動像陣陣響雷。我說，電風扇夠了，不需冷氣。她隨即關了那冷氣。我們彼此都知道，在那轟隆的冷氣聲音下，無法進行交談。

我掏出錄音機、筆記本，和使用了十年的鋼筆，端正擺在桌上，她攜來一壺茶，我接過來，替兩人的茶杯都添了茶，她坐定，撫著熱燙的茶杯，盯著錄音機，問：「需要錄嗎？」

「我一向這麼做，以防任何筆誤。」

「妳抄在紙上就夠了。」

「抄寫的文字沒有感情，聲音才有感情。」

她的眼神從錄音機、筆記本移轉到桌面，突然間像散失了焦點，只是茫然的望著。她抬頭望著我，又望望窗外，眼神滑向窗簾，像介紹家居生活般的說：「妳坐在這位子舒服嗎？有沒有聞到怪味道？妳旁邊那窗簾二十年沒換過，也許有棉布腐舊的味道了，那組沙發的椅套也已十幾年，雖然經常洗，但那老舊的沙發內裡有味道，我時常聞到那味道，那味道裡有老時光的感覺，讓我捨不得扔棄。這裡使用的東西沒有一件不是用很久很久了，這裡潮溼呀，連木頭也會有腐味，不要說木頭，就連前院兩邊那幾叢花，泥味也很深的，所以傍晚時，我要點蚊香驅蟲，偏偏木頭吸蚊香味，妳一定聞到屋子的這些氣味了吧！」

我沒有插嘴，我按下錄音鍵，她看見了，沒有堅持什麼，繼續說：「有這些氣味是好的，這像個人住的地方。我剛來台灣的時候，在新竹，一大群人住在矮墩墩的日式平房裡，不像現在這個大房子，這個大房子是後來配到的，原來是日本將官住的，妳也知道，人有分等級，社會階級較高的，得到的物質會比一般人體面，多少人在社會裡就爲了階級爭得頭破血流，哦，在新竹時是住小房子，水災時還淹過水，淹掉多少書和字畫，我並不在意，我先確定鈔票和金子在不在，浸溼的鈔票有濁水的臭味，聞過就不會忘記，平時巷子裡人來人往，身體的汗臭味和騷味在巷子裡久久迴盪，嗳呀，那是股生氣。」

我不知道故事將從哪裡開始，但以我專業的判斷，沒有一個人可以當完美的說故事者，即使從出生的那一霎那開始講述生平，也會岔開去追溯先祖先父，或跳到昨日在街上的一則奇遇。錄音機裡是卷一百二十分鐘的錄音帶，我無法預估將用掉幾卷。唯確定每次的訪談時間不能超過兩小時，兩小時後，我必須去才藝班接安安。

老太太的聲音清脆乾淨，像一泉甜美的水流，我邊聽她的敘述，邊在筆記本畫著事件的可能順序，我記筆記的方式不是一行一行往下記，而是許多線條交集或平行、延伸，各方向有一疊一疊的文字，必要時，還會有圓圈，圓圈裡記載著事件發生時一些特別的細節，如「氣味」，所以第一頁筆記，我畫了一條橫向直線，線的上方有一點，旁邊註明「新竹．小平房．淹水」，在旁邊位置畫一個圓圈，圈內寫「書．字畫．鈔票．金子．氣味」，線的下方也標了一個點，旁邊註明「配發大宅」，在旁邊位置畫一個圓圈，圈裡留下空白，因爲還沒攫取到配到大宅時的任何情況。上下兩個點中間的那個距離，應還會有許多點，每個點都是事件，每兩點之間，我將拉出線來，提出任何需要補充的疑問。傳記的難處就在這裡吧，要有詳實的時間軸和眞實事件，還好我受過記者的訓練，頗有耐性抽絲剖繭，如果是大學時期，我寧可寫十本濫情小說，也不願爲半本傳記做準備，爲了謀生，人可以被習慣和意志買通。比較嚴重的問題是，我還沒頭緒這將是一本一板一眼的傳記還是一本可以引人入勝的故事。

「但是人是不能滿足的，人多了就嫌雜，管不得那股生氣多麼珍貴，那時多少人想調單位呀，一隊伍人來到台灣，裡頭許多江南江北大戶人家出生的，不願屈居在小平房裡，就鑽門路往條件好的單位調，那時還有人逃走了，憑著大陸帶來的金子做生意去。我們不爭不搶，只是跟著醫療單位往台北來，就配到這裡了。唉，算來有四十幾年，人生的後半就在這裡。新竹那眷村還在，不久也要改建了，不改建還眞不行，我有個老朋友住那裡，進門一條窄窄的甬道，右邊牆上掛滿盛開的蘭花，左邊是臥房，人走過去，花架的吊勾還會勾到肩膀，到底一扇門推開，滿室泛黃的書畫，書堆中勉強放了一部電視和兩把椅子，及一條通向廚房的走道，他戴著眼鏡坐在書堆擁簇的椅子裡，我只看到蒼老兩字，屬於我們的那個時代，無聲無息，只變成他書堆上、鏡框邊的一點反光。我似乎看到一個人只能坐在那裡，任由時間慢慢蝕化到不剩一滴記憶。妳知道，後代子孫不會記得先祖的，記憶勉強到第三代，可又無足輕重了，第三代忙著他們的人生。」她咳嗽，停下來飲茶，「抱歉，我很久沒有講過這麼多話。」她拉拉衣領，站起來，去廚房把方才那壺水再燒熱，我隨她到廚房，替她將茶壺放在流理台上，水沸後可即刻沖茶。

廚房牆面鋪貼白色磁磚，除了接近天花板的地方微微泛黃，抬頭所見的地方都潔白發亮，抽油煙機雖老舊，倒沒有沉積油垢，鍋子碗盤都是失去光澤的老樣式，但乾淨清爽地趴在流理台上曬著窗口投來的一縷陽光。我說：「整理得很乾淨呢！」

水沸了，她慢慢提起水壺沖茶，沒有回答，彷彿沒聽到我那聲讚美。牆上一隻銅色掛鐘，一搖一擺催著時間。我搶先端起泡茶壺回到客廳，她沒有跟過來，轉身去洗手間，我環視四周，電視上有兩個相框，分別裝著年輕孩子的照片，一男一女，牆上空白，只有一隻圓形時鐘。石英蕊走動的聲音有規律的敲擊這屋裡的每一角落，我坐在桌前倒茶，那聲音也不曾遁形。過一會馬桶沖水的聲音傳來，隔了木板門，那聲音沉悶而悠遠。老太太慢步過來，臉上沉靜從容，亮而不烈的陽光在她身上都彷彿沉睡，待她坐到眼前，我只覺時光都老了，我像坐在一個脫離現實的空間裡，那兒只有靜緩的空氣、失去光澤的牆壁、散發腐氣的傢俱和沉重遲老的呼吸。

「我剛才上洗手間時在想，生活竟可以簡單得變成只是對著一部錄音機講話。」

「當然不，我在這裡聆聽您的聲音，記錄您的表情和情緒，錄音機只是一個方便記憶的工具。」

「現代文明的產物！就像照相機，可以留住青春，留住影像，留住那些原可以忘記或扭曲的事實。」她停了停，眼神又是伸向一個遠遠的地方，「如果沒有相片留下的證據，我並不在意一口否認已存在的事實，眞的，無視於道德感有時也很快活。噯，我是不是毫無頭緒，孩子，妳還年輕，也許知道事情應從哪裡開始，而我老了，有些胡塗了，我的人生總是以片斷的方式突然浮現腦海，但我講的時候，這部人生變得更悠長而急於表達，妳若聽得胡塗，隨時可以問我，我也不在意妳是不是完全依據錄音機錄下的寫，我也可能敘述錯誤。……」

現在，我很清楚知道，老太太是個生動的敘述者，但她可能失去某部分的精準，她不只說故事，她還要詮釋那故事，她在對她的人生發表意見。我的紙頁上記錄的軌跡開始凌亂如散落的枝葉，而我仍堅持把相關的事情畫出圖式來，以免不斷重複聆聽錄音帶，我並不打算在這個書寫的案子上下太多準備功夫，以過去的代筆經驗，若口述與資料蒐集順利，一季就可以完成書寫。如此算來，五次到十次的錄音該可以完成初步工作吧。

但她告訴我：「孩子，妳不必急著把我的故事很快聽完，我沒打算當一個精明的訴說者，八十年的人生，需要一點耐心去回味，妳是菊子的姪女，我邀妳一起來，就將妳當自己人了，妳來坐坐，甚至留下來吃飯，妳對我的人生的感覺不要拘泥於錄音帶，孩子，我們多點時間相處。」

這些語言令我深感挫敗，我只盤算工作時數，不涉情感，她卻試圖建立情感的連繫，我該後悔接這個案子嗎？大姑曾爲她做事，難道我該爲了她們兩人曾建立了關係，而替大姑做人情，做類似買一個時段送十個時段的交易？她們兩人若有感情，爲何在大姑洗腎度日時，老太太不曾親自探訪？大姑過去也鮮少談及這位雇主？時鐘的滴答聲在屋裡響著，天花板兩盞日光燈的兩邊發黑了，這屋裡的一切都陳舊，大姑的腳步過去也曾在這裡響過。那麼，她的故事裡會有大姑吧？我心中一片茫然，爲了那已走掉的時光裡可能存在的人事，我賣出時間和腦力。哦，我將不做一個癡呆的聆聽者，我得證明自己不是一個只爲了錢而賣掉時間的人。

12

她終得回到一個覺得自己有用的地方

渡船頭的船夫寶叔看到她時，說：「小姐您回來了，您瘦了，可結實了！」同船的人有的盯著她看，有的問小姐一向可好。他們包裹著冬帽的臉龐，粉通通的散發鄉村人樸拙的氣息，那氣息卻掩不住夾雜著敬畏與無知的好奇眼光，她與父母不告而別，留下兩個稚兒，在鄉間是件不光采的事，必然他們心裡藏著恥笑或讚揚，她走上岸，把這些無法揣測的眼光拋諸身後，視線所及的那片山巒住著採草煉藥的曾祖父，她彷彿聞到藥草味在空氣裡飄散著陣陣香氣，山巒上也紮實的盤結著父親的產業。前方打仗，父親的生意做不做得下去？母親是不是已奄奄一息躺在床上等待她？

前門是敞開的，平時就這樣的，一是方便工人進出，一是若有乞兒經過討食，門內的人可以聽到聲音送出飯來。過去她常從工人聚集的側門進出，這次她選擇從前門進來，家人習慣待在與廚房相連的後院，這時的前院應是幽靜無人。進了院，守在小偏房看門的家眷福哥見著了她，不勝欣喜迎出來，她要他別張聲，快步往母親房裡去。

母親房在二樓，她家是村裡唯一有二層樓房的人家，興蓋時，特別從珠江運來建材，用雲花石砌牆，燒瓦覆簷，上等木頭隔間，漆料也是福州師父特別調製的，父母親住在二樓，居高臨下，彷似這村落的主人，從渡船頭就可遙遙望見二樓頂上拱形的藍屋簷。從迴旋的樓梯走上來，側房的嬤嬤和一名丫頭見著她，不能置信的張著嘴巴無法言語，她站在她們面前問夫人好不好，她們才顫震著聲音說：「我們以爲小姐不回來了！」

「這是我家，爲啥不回來？」說著，一手推開門，母親坐在一張圓桌前，手裡做著織物，抬眼與她相逢，母親早聽到她們門外的對話。

「桂花信上說媽媽生病了！」

「若不生病，妳就不回來了？」

母女隔桌相望，母親手裡是件小兒衣服，繡針停在緞面的胸口小花。母親打量她，像看著一件遺失的東西，拾回時不太確定是不是當初掉了的。

「妳到底是活著的，都在做什麼？替傷兵擦傷口？還是忙著把死掉的人送去太平間？」

「我關心媽媽的身體呢！」

「身體的看得見，心裡妳可看不見呢！身體還能走動，還能爲小孫女做幾件衣服，可心痛時，老天也幫不上忙。家裡有個老向閻王爺打交道的人，妳置之不管，這人還不如一個傷兵重要。妳好日子不過，淪到今天得去醫院裡討飯吃。」母親說著，聲音越加高亢尖銳，

「兩個孩子叫不到媽，妳恨這婚姻，如今王順也走了，妳可沒理由再走了吧！」母親幾乎哽咽，像有幾年的委屈全在這一刻傾倒而出，泊珍覺得自己才是委屈的人，她不得不辯駁，種什麼因結什麼果，若沒有安排王順這婚事，她就不必棄家而去，而她離家也沒有逼走王順的意思，她不過要自己選擇一條路。

「妳說得好自私，一個女人走了，男人面子往哪裡擺？」母親終於啜泣，老嬤嬤一旁勸著，小姐回來就好，別氣了，哄小孩似的摟著她的肩，小丫頭端來熱毛巾，替母親把淚痕擦淨。母親頭上的白髮明顯可見，乾硬粗躁，周圍深重的水氣也無法讓那些髮絲顯現任何潤澤，反而她面前那件正織著的衣服引人注目，那是她女兒的衣服，比她想像中的大。

「我不在家的期間，謝謝媽媽照顧兩個小孩，也讓媽媽多操心。我當初做離家的決定，是一刻也生存不下去了。我不能躺在一個我不愛的男人身邊，不斷的替他生孩子。媽媽，您和阿爹的命令我遵從在前了，可我過不下去了……」

母親霍地站了起來，近乎咆哮的尖叫：「啊，是我們害了妳，是我們讓妳活得不痛快，我的女兒回來控訴我！」

門外腳步聲急急煞住，聞聲小姐回來的嬸嬸和家眷們都停在門口張望房裡的一切，嬤嬤扶著夫人，不斷替她順撫背脊，泊珍見這麼多人齊聚，站起來轉身面向那些人，站在正門口的一對幼兒，男的著深藍棉襖，戴呢帽，女的著碎花棉襖，戴毛線帽，兩張圓嘟嘟的胖臉，好奇又害羞的望著她，哥哥比妹妹高出半截頭，那是壯和櫻，她偶爾想起又故意抹去的影像眞確站在面前，好像時光悠悠，中間卻有一段空白，他們在那空白裡就變了一個樣。沒有擁抱，沒有傷愁，她盯著他們說：「長這麼大了！」兩兄妹見到泊珍的眼光，便把臉別開去，眼神漫無目的飄著，妹妹索性鑽到一個嬸婆背後。

「謝謝大家照應這個家，我回來看看家裡，過不幾日要回去醫院工作的。」

夫人不再作聲，在眾人面前她慣常不輕易表露她的情緒，但眾人都知道夫人受不起激動，激動將使她精神渙散，從她失去幼子後，她就活在沮喪與悲愁的氛圍裡。夫人為了驅散這群人，躺到了床上去，泊珍交代嬷嬷讓母親休息，稍晚再過來請安，她要到廚房找點東西吃。

她一人當先下了階梯，邊回應著嬸嬸們的噓寒問暖，她只說一切都好，難得假期，回鄉度個清靜，旋即轉向後院邊的廚房。坐在廚房的廊下，一眼覽盡後院，楊柳垂枝迎向院外的湖影，紫藤花架下座椅閒置，嚴寒的冬日下，水氣氤氳，工人在另一頭工作，從這邊望過去，工作的身影如在霧中泅游，她問坐在兩旁陪著的嬸嬸：「阿爹這時在哪裡？」

「珠江二弟那裡，年節，許多貨要運送到南洋，他來來去去關照著。」二嬸說。

「二叔常年在珠江，妳怎麼不跟去，孩子也該帶去那裡見見世面。」

「起初是妳父親不肯，擔心萬一妳二叔在珠江沒定性，還是得回家鄉來管理貨源，現在是妳二叔在那裡也有家了，我寧可在這裡，眼不見心不氣。」

「阿爹沒說什麼？」

「能說什麼？商人重利，家裡不鬧開便好。」

「可孩子要父親！」

「妳這麼說倒不對了，妳自己說走就走，王順也走了，妳就沒想到妳的孩子也需要母親父親？」二嬸皮膚水亮，容貌姣好，說來也是有父親的經濟做後盾，可以讓女眷們不必煩心家務瑣事，所以兩房嬸嬸莫不迎著風向說話，二嬸何時跟她講過眞話了，可這回膽子大了，說的像是眞話。她不覺更仔細聆聽她清脆的說話聲，「其實妳離家我也能理解，我不認爲孩子非那麼需要父親不可，譬如我的孩子有一家族人和工人疼著，父親一年也能夠見幾次面，這比許多沒人照顧的孩子好多了。妳的壯和櫻平日裡又是嬸娘又是嬤嬤丫頭們照顧著，少不了愛的，只差著不知有媽的滋味，也只能當是媽媽出了遠門！」

原來二嬸是這樣豁然開朗的人。家裡住了這樣一個人，既少件事擔憂，也可能在某些事上使得上力。

嬤嬤獻殷勤送上飯麵、魚片、小菜、豆腐乳，還送來初蒸的年糕，好像要招待一桌人，她確實飢腸轆轆，轉車搭船折騰了一天，醫院裡沒有這等豐富菜色，她大口大口吃著，一旦日軍打來這小鄉，搜掠民食爲餉糧，一根草都彌足珍貴。家裡這群人也許還不知道那天可能到來，也許以爲日子會如此富足下去。父親滯留港口未歸，異於往年，沿海海盜趁國難，在海域結盟稱王，他們頭綁禦風圍巾，腳著防水膠鞋，在風浪中劫船搶奪貨物，爲防海盜襲擊，船家結集船隻航行，既壯聲勢又互爲掩護，父親必定在那裡盯視著每一艘船是否安全航行，卻不把海盜猖獗的訊息帶回來，以免驚慌一家子女眷。

她把半桌的食物掃進胃裡，像吞下快樂豐足的日子。剩下的那些就招待了嬤嬤們，二嬸一向胃口小，又不需勞動，食物對她沒有太大誘因。紫藤花架下，她的兩個孩子在架柱間奔跑，不時將眼神瞟向這邊，又作態追逐，那個陪著她們玩耍的大女孩已經亭亭玉立了，胸部更飽滿，臀部更緊翹，那是個美麗如精靈的女子，是婢代母職的小翠。

她走向藤花架，壯和櫻躲到架柱又探出半邊臉，小翠把他們拉出來，掇起幾根亂掉的髮絲繫到耳後，雙手撫平衣角，又推推孩子，說：「叫媽，你們的媽回來看你們，叫人呀！」壯囁嚅的叫了媽，櫻則返身穿過一排楊松，消失在廊柱下。

「讓她去吧，過兩天就認了。」泊珍撫摸壯的頭，又縮回手，這孩子結實粗壯，在她幾乎不太記得他父親之際勾起她對他的印象。

「孩子們都好吧？」她問小翠。

「都幫妳擔起來了，時間也就這麼過了。」小翠低下頭注視自己的衣角，泊珍沿著她的眼神望下去，那飽滿的胸部像熟透多汁的果子。

「小翠，妳長大了，是個可以出嫁的姑娘了，時間可能對妳是匆促的，這家裡再待下去，會耽誤找婆家的時機。」

「有婆家不一定好呀！我只是覺得小姐這一去就是兩年，將來呢？好像日子總不會一成不變！」

小翠眉眼有憂傷神色，像個為柴米油鹽發愁的小婦人。泊珍提高音量，像要把眼前的水氣吹散，「嗨，沒什麼好擔心，將來就是想做什麼就做什麼，路自然就在前面。」

「哦，小姐還是小姐，沒什麼能改變妳。」

壯在他們談話間也消失不見了，她想起孩子吃奶時，軟綿綿的身子貼著她，嬰兒身上散發出的奶酸味老使她覺得像幽禁在一個密閉的空間，她總推開那酸酸的黏膩感，毫無心緒的望著結在床柱上的紗帳。

「王順怎麼走的？」她問小翠。

小翠平視眼前，不帶任何情緒的說：「去年夏天裡有一天，他走向那扇側門，跟妳一樣手裡提了一個採購用的帆布袋，消失在柳樹邊，沒有再回來了。」

「阿爹生氣嗎？」

「老爺什麼也沒說，只是急著把小姐找回來。託妳過去學校的老師打聽，才和桂花媽媽連絡上。」

「要不是王順走了，阿爹也許不找我。」

「小姐當初不告而別，老爺幾個月不說話，夫人也成日留在房裡不出門。」

時間會治癒傷痛，但沒什麼能去除傷疤。泊珍坐在藤花架下，花早凋盡了，地上乾枯的落葉零散，山邊吹來的寒風不斷挾帶飄落的葉片，山巔上的雲嵐聚散如飛，晚上怕是要起大風了。再三天就過農曆年，方才一路走回家，看見許多門戶上了新漆，屋簷補了新瓦，氣象昇平。這裡是戰時的化外之鄉。最遲後天，旅居外鄉的村民們會回家過年，父親和叔叔們也會回家來，像一個家族過年該有的排場，連開幾天宴席，而她將不久留，江水一旦南流，就不再回頭。

除夕那天，父親帶著兩位叔叔回來，二叔沒有帶回珠江那邊的家人，大概是避免刺激二嬸，父親臉頰略瘦，神色疲憊，見到她，盯著她一時無言，待回過神，第一句話說：「下午和二叔去山上請曾爺下來過年。經過祖墳，去上個香。」

芒草遍野，前些時，家人央人先來清理祖墳，開出一條路來，一壘壘的墳塚沿山勢錯置，芒草風中飄搖，每座祖墳皆已用大理石豎碑刻文，墳前也鋪上磚，墳後植柏為林，曾祖母、祖母的墳碑上還嵌了畫像，她們兩人在水中死去，墳前似乎經年有一股水氣，磚縫間特別容易長出青苔來，她和二叔分別給各墳上香後，二叔還撿起一塊銳利的石片，將那些青苔刮去。放眼望去，山色蒼茫，山這邊是村人的幽靈所寄，山下則眾生芸芸，死後都回到這片幽靈之所嗎？離家的人是無法得知歸所的。泊珍只覺心裡茫然，死亡似乎還遠著，卻又如此逼近。她急急跳過一個土坑往山路去，二叔跟過來，兩人抄著山路走離墳區，邊聊著兩人在外的所見所聞。二叔長得俊俏，身材挺拔，眉宇間氣勢開朗，說起話來，幾分俠氣幾分溫文，她走在他身邊，深感安全。二叔對她離家並不在意，畢竟長居海口城市，見慣世間風景。二叔還拍拍她肩說：「在外吃苦難免，但要去找尋生活的目標，才不枉費離家一場。」

他說的是追尋自己所愛嗎？

遠遠地，飄散一股藥草味，寒風中，竹林仍然垂青，曾祖父的藥草屋隱約浮現在群綠之間。泊珍一腳跨進毫無遮掩的前門，曾祖父就在成堆的藥草間搗著藥汁，抬頭望見他們，也無驚訝，也無喜悅，只說著：「接我回去？搗完這串就行了。」

「又是爲誰家搗的呢？」泊珍問，忍不住用力嗅嗅那藥草味，帶著一股腥氣。

「哦，他們一個個受寒死了，我吃這個保命呢！山下的人也來拿，好用的。」

「我在漢口的醫院病人多，把這藥煉成藥丸，帶回去給軍人保命吧！」

「軍人？軍人吃我這藥有啥用？這藥不拿來應付子彈。妳那西醫院哪信我的藥草。」

泊珍也只是隨口說說，何敢隨便帶藥給病人。她在藥草堆裡翻翻弄弄，說道：「哪種藥吃了可以鎮定？」

「做啥？」

「給媽吃，莫要再爲我離家發愁。」

「喔，」曾祖父返身從後面摸出一把藥草來，攤在掌中說，「這把給妳，吃了這種藥，腳上會長出黏液來，哪裡也走不動。」

哦，親愛的曾祖父，眉上幾根白眉垂立，像個神仙道人坐在他的領空上觀看人間。泊珍坐在藥草堆上看著他，彷如來到一個神仙的岩洞，虛幻不實，一旦走出岩洞，她又要面對親情糾纏，曾祖父如何能做到把親情丟棄一邊，煉藥爲樂。她以爲他只差個剃度，他與修道的僧人何異，他修的是對藥草的癡迷。而沒有一帖藥可以治癡迷。

曾祖父說，這兩年寒冬帶來傷寒，山下體弱的老人在死亡的陰影裡，而他有她父親提供的最暖和的被褥、最乾淨的空氣和飲水，和自製的最強身的藥草，每天走一段山路，年年這樣下去，他會成爲村裡的人瑞，他會看著這個村子的老人死去、孩子長大、年輕人出走。

「曾爺，一走出去，就很難回頭了，外頭的時局亂著呢！」泊珍爲出走辯駁。

「孩子，時代是要變的，一切順勢而爲。」曾祖父起身披了風衣。

他們沿原路下山，經過左方遠遠的祖墳區，曾祖父側首遙望，沉默無語。那裡有他的父母妻兒，生前死後都在這座山環伺之處，難怪她離家遠去，母親難以釋懷，然而江水不會復返，在戰線服務，她有了一個更勝於家的責任，她終得回到一個覺得自己有用的地方。

整個年節，即使全家團圓，母親仍是悶悶不樂，她有時哭泣，對丈夫常年來往海口與內陸經商、女兒遠走，感到缺乏安全感，有時對著山嵐喃喃自語，遙喚早夭的兒子，有時在房裡數天不出門。

初五泊珍整理行囊準備回醫院，除了母親，家人似都接受了她的外出，深知小姐攔不住，一旦反對她回醫院，恐怕她更不願回家。父親站在渡船頭，千般叮嚀，「有假就回來，想家就回來，時局不好，需要幫助，隨時連絡珠江的二叔，急事就打電報。」

雖然小翠告訴她王順提著一隻帆布袋就走了，但怎麼能走得那麼乾淨，他才是一個憑空消失的人，使人懷疑他到底存不存在。剛才離家時，兩個孩子躲在小翠身旁無聲的望著她，昨晚她就告訴小翠，不准帶孩子來渡船頭送她，她不要一切拖泥帶水的感情，也許是在逃避，也許是不願正視事實。小翠眼裡冷靜的神情像一潭平靜無波的湖水，不像她那個年紀該有的沉穩。

她快步踏上渡船，沒有看見父親眼裡的淚光。河面水氣凝霧，山色蕭颯，寶叔啓船航行。船隻劃霧輕行，山線模糊，好像一個迷失在霧裡，不知目的地何在的航行。岸邊父親的身影早已渺茫，唯村莊的山丘浮在水岸線上，在寧靜的冬霧中昇平靖好。她得很快調適心情，回到漢口後，將是一個時間匆忙的殺戮戰場。

13

他身上確實有股綠草的味道
跟著我的走動飄過來

跟老太太做過兩次錄音後，第三個週末我來到眷村，平時安靜的眷村這時有些喧嚷，幾戶人家的門前停著搬家公司的小貨車，工人用棉毯包住衣櫥傢俱，排列在貨車上，火車廂似的房子裡也有幾戶已搬空，玻璃窗甚至沒關上，一眼望進去，空空蕩蕩，有些牆面報紙翻垂，有些牆面粉漆斑駁。蹲踞在矮牆上的白貓安靜的看著這戶那戶門前的貨車，我穿過小巷，感覺白貓翠綠色的眼珠隨著我的身影移動。

進到老太太家，她的一隻衣櫃打開來了，昏暗的廊道燈光幽幽的照出衣櫃裡顏色黯淡的冬衣。衣櫃前的地板上擺了一只陳舊的皮箱，裡頭有幾件衣服，她站在散發樟腦味的衣櫃間，好像正打算去哪裡遠行，或把陳年老衣收藏塵封。她關上衣櫃門，用腳將皮箱移近衣櫃，以免防礙通道。

我們依舊來到客廳的桌前。我問爲什麼村子看起來好似在遷移。

「要拆建成大樓了，大家都等著這一天，大樓値錢呀！大家一輩子都獻給國家了，最後剩下這房子，可是蓋好也要付錢的，老人家沒錢，只好孩子付。」

「不要付很多吧？」

「基本成本，轉賣可以賺養老金，可是賣了房子要住哪裡呢？若要住下來，將來得利的是孩子們。」

「什麼時候動工？」

「下個月，預算已經下來，爲了消化預算，自然就急著動工，大家也只好遷出去找臨時住處。」

我的疑問當然是老太太將遷往何處？她整理好的衣物將拎到哪裡？幾次來到老太太家，都只老太太一人，平時她自己拖著菜籃車過馬路去市場，自己把衣服扔到洗衣機裡，自己把衣服高高掛在曬衣桿上，自己把漂白水稀釋在水桶裡，戴上防水手套、攪動水桶裡的抹布、擰乾水分擦拭流理台和馬桶。

「看來今天大家都忙著搬家，巷子裡有好幾部小貨車。」

「唉，村子裡都是老人，假日孩子們有空才回來幫老人家搬，大家陸陸續續搬，這村子就要空了，明天會更安靜，到了月底，大概只剩那幾隻野貓，下個月推土機一來，這裡夷爲平地，不會剩下什麼，野貓也得到別的地方找食物了。」

她停頓下來，表情嚴肅，望著窗口的陽光，陽光照在玻璃、窗框、院子的花草和聖誕紅寬大的葉子上，紅磚牆上攀爬的茂密長春藤鮮翠閃亮，而這一切將淹沒在瓦礫中，被送上卡車載到廢棄場，也許我該錄下堆土機推倒房舍的聲音，做爲這棟房子消失的證據，爲曾存在這房子裡的聲音做一個結束的紀錄。不過，我可能想太多了，沒有人會爲即將消失的房子留下毀滅的聲音，留著聲音已經沒有意義，房子不可能再出現在巷子的任何一端，它將只在曾見過它的人的記憶裡，或者無足輕重的被遺忘了。

老太太點燃一支菸，她不問我介不介意菸味，吸幾口，向空中吐出煙圈，像要把這房子薰出菸味，她在煙裡訴說，下午她的兒子會來幫她整理行李，她並不想搬去和兒子住，若不是兒子堅持，她原打算在外頭租房子，但她若那樣做，別人，包括眷村的老鄰居會以爲她的兒子不孝順，爲了兒子的名譽，她勉強在那裡暫居，兩三年後，大樓蓋好了，她要搬回來自己住。

「兒子家離這兒不遠，週六我們可以找個安靜的地方談話。」老太太說。

我不知道爲什麼不能在兒子家裡進行錄音記錄，也許她認爲這是件私事，不想兒子干涉其中。基於職業紀律，我將遵守委託人的吩咐。

我們溫了壺茶，她像在用茶香清洗口腔裡的菸味，一杯接一杯的喝著。我攤開筆記本，經過兩次記錄後，筆記本上凌亂無比，我習慣這種凌亂，喜歡安靜旁若無人的盯著筆記本盤算那些註記的意義和串連方式。錄音機在左手邊，我正想按下錄音鍵，老太太站了起來，走到通道又踱回來，說：「來看看這房子吧！」

後院有棵橘子樹，現在不是結果的季節，它將不再有機會結果，花圃裡種植許多不同種的灌木植物，老太太說，過去朋友送或孩子種的，花圃用紅磚並排圍起來，另一面是牆，牆外是另一戶人家，主宅的右側是一列加蓋的長形房子，有四間面積不一的房間。

「這是個大宅，當初的院子大，我利用院子的一部分加蓋了這排房間。」老太太說著，卻無意打開房門。我從門邊窗戶的毛玻璃望進去，隱約可辨識一張床一副桌椅，一個書櫃或衣櫃，就沒有別的東西了，較大的那間門邊有個通風口兼視察窗，可以看見裡面堆著老舊傢俱。她只簡單說，以前孩子們還小時住的，現在用不著這些房間了。走回主屋，來到一間小臥室，牆上掛著明星海報，那年輕妝容妖媚，穿著無袖上衣的女明星，推算起來，海報上的明星如今應有五十幾歲，使人懷疑這幅海報已經掛在那裡二十幾年了。對門的主臥室擺著兩張單人床，中間以一隻床頭櫃隔開，一面是壁櫥，一面是窗，窗外是曬衣的陽台，桿子上掛著幾件尚未收下來的衣服，略微遮掉光線，使室內昏暗。她拉開壁櫥裡的一個抽屜，拿出大姑送給她的八十歲禮物，那個A4大小的紙盒，語氣輕柔的說：「這個東西請妳帶回去幫我保管，裡面是一本照相簿，請妳有空時翻翻那些照片。」

「這是很私人的東西，您不自己留著？」

「我兒媳來替我打包，每樣東西都會經過他們的手，這項我並不想和他們分享。」她說的時候臉上有一股堅毅的，像老早就做了決定的神情。我將那滿載著回憶的相本收下，她找來一個紙袋讓我可以放進那紙盒。

再來到廚房，那是我已熟悉的空間，唯一不同的是，流理台上有料理好的菜色，一條鹽酒醃泡好的馬頭魚，一盤雪豆和鮮磨菇、切丁的冬筍，打平刷上醬料的排骨，熬湯用的蘿蔔，爐台上有一鍋正熬煮的湯汁，她彎腰檢查火源後，打開鍋蓋注入一碗水，蓋回鍋蓋，繼續讓小火燒著。

「晚餐很豐盛呢！」我說。

「兒子既然下午來，就留下他們吃晚飯。妳也留下來一起用晚餐。」

「不了，我得去接女兒回家。」

「把女兒也帶來，我還沒見過她呢！就說來看看婆婆。」

我以另有事推辭了。實則，我不想把私人生活和工作糾葛在一起，週六晚上我和女兒可以輕鬆愉快的看一支影片，或在地上打滾玩鬧，把她弄累了早點上床睡覺，剩下的時間就是我的了，在深夜裡安靜的聽音樂，或讀點書，想點事，心裡才能覺得踏實。我不想破壞和女兒之間建立起來的規律。

湯汁的香味一直溢滿室內，老太太老是站起來去檢查鍋子裡的水分，而我的錄音機按了又停，停了又按，筆記本上的線條斷斷續續。她後來又站起來去拿下牆上的照片，終於介紹到照片裡的人似的說，這是我大兒子的小孩，住在美國，不常見，所以掛起來，現在應該又長了一個樣了。

電鈴響時，我看看手錶，四點十分，安安已經結束課程在教室裡等我，老太太去開門，我收拾起錄音機、筆記本，放到背包裡，返身想趁此離開，來人已走進來，她口中的兒子站在客廳入口處，像早已預知有個人在客廳裡，臉上堆著禮貌性的笑容，隨後一個高大的女人站到他身邊，入口處因此顯得太窄小，兩人只好一前一後進來，一個六七歲模樣的小男孩和老太太一起進來。老太太說：「是林阿姨，叫阿姨好。」那小男孩很有禮貌的鞠躬叫了人，我也反射性的說，你好。老太太介紹雙方時語氣愼重：「這是林小姐，以前在我們家做事的菊子的姪女，週末常來陪我。林小姐，這是我小兒子和媳婦。」

我們彼此打招呼，兒子說：「謝謝林小姐常來陪我媽。」

媳婦很殷勤的對婆婆說：「媽，什麼東西要帶走？小傑很興奮，一直說要來幫奶奶整理。」她留著波浪短髮，好幾絡挑染成棕紅色，左耳上方夾了一隻閃亮的蜻蜓髮夾，露出半個略顯方形的臉頰，膚色白皙，卻無能把她臉上的神情烘托得比她的頭髮和髮夾生動，略腫的上眼皮像一直遮住眼神，看不出神采。但她高大均勻的身材使她站在哪裡都引人注目。她隨便掃過我一眼，視線便落在衣櫃前翻開的皮箱上。

「急什麼，老人能有多少東西！」老太太說。

「這哥哥姐姐的照片要帶走嗎？」小傑發現桌上攤放的照片，拿在手裡說著。

老太太說：「你喜歡就由你帶走保管。」

我抓緊背包和紙袋，再次跟老太太告辭，老太太跟家人解釋留我吃飯我不肯，兒子的兩手一直抄在背後，看我走往通道，隨我過來，替我推開紗門，等我彎下身子換鞋。我只覺背後有團影子壓迫著，套了兩次才把右腳套進鞋子裡。他和我一起走下階梯，一邊說著：「媽搬到家裡後，歡迎常來家裡。」他指的應是他的家吧。他遞來一張名片，上頭有他家的地址電話。我抬頭望了他一眼，長形的臉五官分明，臉頰和鼻端似乎剛在太陽下烤曬過，紅紅的貼在曬黑了的膚色上，下顎有些鬍渣，身上是寬大的長袖藍格子休閒棉質襯衫，卡其長褲，布面磨擦得斑痕累累，布料刮出一條條的白色痕跡，我懷疑他剛從森林裡闖出來，可能在森林裡睡了幾天而尚未甦醒，或者根本沒睡，他的聲音和他的眼神都像在飄蕩，從空中緩緩降下來，不肯定底下是不是陸地。

他抄前替我打開那扇荷香色大門，我跨出去，他身上確實有股綠草的味道，跟著我的走動飄過來。我往巷口走下去，一直覺得背後有人盯著，我不由自主的挺直了腰脊，卻不知如何走路了，腳步凌亂轉過巷口，看到牆上那幾隻坐踞或走動的貓才總算覺得身子輕盈了起來。

到安親班時，安安在櫃台前和別的小朋友奔跑嬉鬧。我替她換好衣服來到大街上，站在紅綠燈前突然感到很疲憊，老太太給我的支票已經存到銀行裡了，借給前夫的錢好似又回到口袋裡，暫時沒有經濟壓力，為什麼我還覺得若有所失。也許是下午的工作並不順利，老太太一直無法專心講故事，但什麼是故事？過去或現在發生的事？那鍋小火煨煮的熱湯難道不是故事裡的一部分。想到此，我稍覺心安，並且決定，把老太太交付的工作當成一個額外消遣，只有這樣才能讓我免除趕稿的焦慮，何況老太太沒有定下完稿期限，這件祕密進行的事也沒列入公司的出版計劃，即使我把書寫酬勞花個精光而沒寫出半個字，除了老太太又有誰知道？我也懷疑老太太不過是找個人陪她消磨時間罷了。

手裡握著老太太交付保管的相片，我轉身到壽司店買了一盒壽司，又到隔壁的麵包店買了一條法國麵包，這就是女兒和我的晚餐，有時候我眞認爲，把女兒送給別人家養可能對她比較好。

14 離了家的人會建立起自己的家

回到漢口後，接到命令，所有醫療隊將遷往重慶，日軍占據沿海城市，向湖北壓境下來，往內陸遷徙的人民像條綿延不斷的河流，匯聚成一條流亡之路。泊珍和醫療隊伍一起往四川去，遠離煙硝，又擔心煙硝追趕過來。第三次長沙會戰，新曆年前開打到年後，殲滅日軍獲得大勝，日軍餘眾倉皇逃離，中國軍人傷亡亦不輕。送到醫院來的傷兵難以計數，那也是龐正送來醫療補充品的原因。打了四年多的戰，彼此都耗到快山窮水盡，日軍不但在太平洋諸島與內陸擴張煙火，還襲向美國珍珠港，報上引用國外資料，評估日本軍力吃緊，日本國內民生用品缺乏，婦女老弱都投入軍需品的供應。

中國境內流亡的路線如螞蝗搬家，前方戰火不歇，後方勤開鐵路做為軍事補給，日軍沿海抄截港口，又從西南方的緬甸封鎖國際補給。在西邊遼遠國土的人民和沿海大城淪陷區的民眾過著彷無國家的日子，淪陷區是因日軍收管，民眾多所噤聲，西邊則國土偏遠，一向民生自給，暫時炮火遠不能及，這是中國打長期消耗戰的利基，偌大的國土，打了這點，往那點逃，全日本人民塞到中國來，也塡不滿沿海任何兩個省。

泊珍所屬的醫療團往重慶移，這個戰時首都四面環山，唐朝詩人李白對蜀川有詩曰：「蜀道難，難於上青天。」要進四川，比登天難，時常凝聚盆地間的濃霧也不利敵機攻擊，在這裡，日子彷彿可以暫緩緊張的打仗氣氛。過去一年多經歷了火線邊的搶救工作，時常驚心動魄看著傷兵剛進來就變成鬼魂移往太平間，一顆子彈發到死亡的位置，搶救也徒勞。位在重慶的這個醫院，整個氣氛緩和多了，藥水味也沒那麼嗆鼻，醫院前方過馬路有片油菜田，綠油油的葉子上盛放鮮麗的黃花，像無數個小太陽照著心裡溫暖。院裡的傷患多半是前方轉來需長期調養的軍人，不乏高級軍官。至於醫療團爲什麼被調到後方來，一說是他們有豐富的戰地醫院經驗，一說是中方評估日軍三次攻不下長沙，應不會再攻湖南了，而且一半的湖南男子都跟著軍隊一路打仗爲家人掙糧餉，是個半掏空的地方，所以把醫護人士轉調到重慶。醫院裡傳播想當然爾的揣測消息並不稀奇，而他們也一向這麼做，沒有一條消息可靠，所有消息都可能只是傳播者的揣測而已。

有時候也有空襲，靠山邊的躲到防空壕裡，無處可逃的，躲在房裡不出門。他們在醫院和宿舍裡接收傷兵，在傷痛的氣氛下，躲空襲就像陣痛，經歷數次後，也有些麻木了。

夏日裡某一天，泊珍照常在晚間時刻到餐廳用餐，青菜豆腐湯，豆腐青菜湯，從類似的菜餚間抬起頭來，隔了數桌的重重人影處，那個低著頭和旁人說話的不就是龐正。他又來送醫療品了嗎?她趕緊吃淨碗裡的食物，即站起來往那桌走去。

龐正望見她走來，也站了起來，她上前問:「送醫療品來?」

「是送完醫療品回來。緬甸的戰區需要醫生和醫療品，那裡不是傷兵就是得癘瘴的，我們去支援藥品。」龐正回身端起桌上剩的半碗浮著稀疏蛋花的湯，一口飲盡。放下碗，和她一起往餐廳外走。

「那麼你一直在這個醫院?」

「不能說一直，我們是隨軍隊走的。今天在這裡，明天不一定在哪裡。不過剛回來，總會待一段時間。」她打量他，好似上回見面已經是多年前的事，他身上有一股穩重沉靜的氣息，好像無論身邊發生什麼事，都可以冷靜對待。他們身旁是兩部軍用車，隨時送來傷兵又送走傷兵。

「是你設法將我們醫療團調來的嗎?」

「這麼大的調動，我哪有這個能力!是時局，漢口打敗仗，我們在往南移。」

她一方面為以為他想辦法將自己調來難為情，一方面又擔心南移的事實。望著他，一時無話可講，好像前景一片茫然。他拍拍她的肩，說:「別擔心，大家反而在一起了。有空帶妳去見桂花，她的醫院離這裡不遠。」

他們約了隔天黃昏在醫院門口相見，一起探望桂花。她回到宿舍，六個護士住一間，每人一張床，牆面六個壁櫥，一人一個，除了衣物放櫥櫃裡，其他家當塞在床底下，皮箱、臉盆、閒暇玩弄的胡琴，或者幾個紙箱，裡頭放一些書。隻身在外，其實沒有太多家當，是壁櫥太小，擱了冬天的棉被就剩一個隙縫塞衣服。

她打開壁櫥，翻挑了一番，找到一件棉質的淡紫色細花洋裝，明天下午可以穿去見桂花，又想找個鞋子配，怎麼也只有腳上這雙黑色皮鞋。唉，見桂花何需盛裝，人在戰地怎麼還能像在家鄉擺出一副闊小姐模樣。但她還是一直去檢查那件洋裝有沒有脫線，確定沒有後，把它掛在床柱上掠平。

隔壁床的護士說：「唷，有喜事啦？沒見妳這麼慎重。」

她回頭望那護士，驚覺那真是張如花燦爛的臉，年紀輕輕就投身醫護行列，彼此在忙碌之中，都忽略了這樣一張年輕的臉應該有許多風光，而不是把青春都流葬在煙硝灼燒的傷口上。她問：「妳回過家嗎？」

「我沒家了。爹失蹤，娘死在一口井裡，哥哥去打仗，嫂子和一群姪兒女還靠我接濟呢，我寧願沒家。」

他們都是以醫院為家的人，在這裡成為姐妹，六個人在一個房裡呼吸，彼此照顧。

她難以入眠，聽到蚊蚋振翅的聲音，樹葉在窗外彼此磨挲，窗面的樹影像散開的花，隨著月移，慢慢消失無影。

白天仍打起精神值班，沒有傷兵進來似乎是好消息，卻無法阻止那些接引亡靈的鬼魂，有人因打錯針，臉色腫脹死了，她交班時，醫護人員正將那死掉的人推進太平間，醫生替死亡原因寫上「藥物過敏」。她穿過推動床鋪撩起的死者氣息，回房裡脫下護士服，沖了冷水澡，換上掛在床頭那件洋裝，是她從家鄉帶來後第一次穿上。

龐正已等在醫院門口，她走過來，兩人轉向北邊，走離醫院，走個三十分鐘就到了，桂花原是在這家醫院，因新遷來一批官員，在那區域需要一家小型醫院，她才被調到新醫院。

他們邊走邊聊，經過新式建築，商家並排營生，也經過歷經數代的老舊住宅區，薄陽映照老牆裂縫裡暈開的苔痕，宅院老枝跨牆探看街景，街上來往軍用卡車，車上一群群著軍裝的軍人，車輪下揚起的輕塵在斜陽裡飄飛，屋角上反射的白陽也蒙上一層淡淡的昏黃。除了車聲，四周似乎安靜，仔細聽聞，倒可以聽到老枝橫生的宅院裡有起炊的聲響，女人在廚房準備燒飯。泊珍心想，這時候，能安心燒頓飯恐怕是最幸福的了。她沒有說出口，對前程的揣測放在心裡比講出來安全。龐正隨意介紹重慶印象，誰來了這裡都是外地人，先來的充當假地主，介紹給後來的知道城市的一部分。龐正一邊講一邊比劃，結實的身材隨著手的晃動生動了起來，他口齒清晰，每個字都像排好隊才從嘴裡出來，和他的肢體語言不太相稱，但那種結實與一板一眼好像可以信任，她一直注意自己走路的姿態，在乎鞋子有沒有跨出裙襬擺動的範圍。

這是一個小而精緻的醫院，漆上白漆的外牆一溜煙到底，再轉個彎，整個醫院就是個L造型，其他空間是座小花園，花園旁邊是兩層樓的宿舍。他們到櫃台找桂花，當班的護士說桂花下班了，在宿舍裡，還指向宿舍的方向，說是，樓下右邊第三間。

繞過花園，那裡有病患坐在一把椅子上，腳上蓋著毯子，閉目屏息。來到第三間房，她敲門。裡面沒聲音，又敲了一次門，有人來到門把邊，轉了門把開門。出現門邊的是個小婦人，挺著五六個月的身孕，半個身子靠著門框，臉色倦怠，眼神像剛從一場睡眠醒來，乍見來人，揉了揉眼睛，又傾過身子望著來人的臉，停了幾秒才喊：「泊珍！」看見龐正，似乎更清醒了，把泊珍拉入屋裡，一邊說著：「怎麼會是妳！沒有預告，說來就來。」

「妳也沒有預告。」泊珍指指她的肚子。兩人相視大笑。

廚房有鍋蓋晃動的聲音，桂花急忙走向後方廚房，她跟著過去，原來桂花在爐上煮一鍋粥，沸騰了，粥水滿出來頂開了鍋蓋，桂花半掀鍋蓋，澆息其中幾塊炭火，留下溫火，她彎下腰把澆息的炭塊挾出來放在一個鐵盆裡。

「他是誰？」泊珍問。

「在兵工廠做事，一來就認識了，彼此照應，就成了孩子的爸了。」

「辦結婚了？」

「還不簡單，找幾個同事吃個飯，就算公證了。」

「伯母知道了？」

「我們都過二十歲了，她還攔得了？女兒有個家總是好的。」

這個家正飄著粥香味，除了爐上的粥，沒看到其他食物。

「妳每天交班就做飯？」

「輪晚班就不能做，我在醫院吃，他自己想辦法。我做飯多半是興致，這樣像一個家。」桌面望上去空蕩蕩的，桂花卻說：「妳和龐正就留下來晚餐，等會劉德會帶東西回來。」

前頭有了聲響，兩個男人在小客廳裡自我介紹，她們走出來，劉德身形剽悍，站在牆前幾乎遮掉小窗，濃眉大眼，嘴角上揚，像一直笑著。他也用打量的眼神望著泊珍，泊珍站在龐正旁邊，桂花接過劉德拎在手上的提袋，說：「你不要見了生人就發呆，這是我常提的白泊珍，她調來重慶了，一定是老天的安排。你買了什麼？哦，一條魚嗎？還有這些菜。」她提了袋子往廚房去，劉德跟過來，從牆上的掛勾取下砧板，將魚取出洗淨，擱在砧板上，一手持刀處理起魚來，桂花在一旁洗菜，幾滴水花跳出來濺溼地板。泊珍和龐正站在他們背後靠著通道口的牆面，廚房窄小，他們彼此轉個臉，就幾乎貼近，泊珍迅速別開臉去看兩人忙著的背影，劉德魁梧的身形站在廚房裡，廚房顯得更狹隘，她除了端菜，不會做飯，一餐都沒做過，但現在她想彎下腰去幫忙桂花搧起爐裡的炭火，想站在這廚房裡取別人身上散發的氣息。悶熱使暑氣更盛，龐正推推她的肩，示意她往前廳去。

「妳終於看到桂花了！」

「桂花是好女孩，劉德很幸運。只是這時懷孕很辛苦，她還得照顧病人。」

「幸福可以抵銷辛苦，結了婚，養小孩，是天經地義的事。」

她心裡震顫了一下，不想繼續這話題，隨手整理散在小几上的報紙，低頭讀報上新聞，覺得龐正的餘光一直望著她。窗外只剩一縷細細的弱陽，劉德滿頭汗來到前廳扭開燈光，一邊喊開飯，還望向她，眼裡閃過疑惑，好像還不能相信家裡突然出現這個妻子的友人。

四人分享原是兩人吃的飯菜，碗裡都是稀薄的粥水，這是戰時，他們跟著軍隊遷徙，早知每餐飯得來不易，能夠聚在一起用餐便是珍貴的情誼。她和桂花對望，在她們分離時，並沒想到再次相聚是和兩名男士用餐，也許彼此都想到這點，相視而笑。別家的炊聲也起了，離家在外，直到這時，她才知道，離了家的人，會建立起自己的家，與千千萬萬個家庭一同搬演一個家庭該有的節奏。

15

這些照片像蜘蛛絲牢牢抓住我

前夫在商業區尋到一個還算顯眼的店面，利用約三十幾坪的空間開了一家電腦與影印相關產品的門市。週一早上開幕，門前花團錦簇，那些曾委託他的公關公司辦理活動的老闆們毫不吝嗇的送來花籃。店裡雇用三名技術人員兼店員，架上貨物排列整齊，配合開幕推出的超低特價品大概是他倉庫裡逐漸要被淘汰的過時產品。那些堆滿騎樓走道的花籃，應該表示推銷新產品的商機。我終於了解，他開門市路線是爲了和辦理活動的公關業務相互利用。

架上那些商品的排場和店裡專業人員的薪資，顯得我借給他的錢微不足道，他必然有其他資金來源。他和參與開幕的客人寒暄，我和女兒走過去，和他一起招呼舊識，他希望我這樣做——帶女兒去看他的開業盛況。他在朋友面前介紹我們，好像我們一直是一家人，其中有幾位朋友知道我們已離婚，在那場合，沒有必要對不知道的人多做解釋，事實會由已知的人散播出去，不勞當事人費力。他希望安安看爸爸的努力，我是贊成的。

象徵性的將店招的燈扭亮後，我說我得走了，帶安安回學校。他一一送走朋友，回頭跟店員交代了事情，帶我們到附近一處停車場。我們上車，他往安安學校的方向開去。安安童稚的聲音問：「爸爸，這個店要開很久嗎？」

「當然，會開很久。」

「那你就沒空回來看我們嗎？」

「我會回來看妳們，還會帶妳出去玩。」

他從後視鏡看我。我探向窗外，沒有說話。我們很久沒有一家人同坐在車內，我感到很難適應這個密閉空間，安安卻是興奮的，一直站著往前探身和爸爸說話。

「這個地點還可以吧？」他問我。

他問我是多此一舉，他的決定何曾因我的意見而改變過。

「很顯眼。」我覺得有必要投其所好，爲他的開業送上興奮劑。

他心情愉快，說還得回公司，繼續處理公關公司該做的業務，手上有幾個公關活動案要提企劃競標。

車子到安安學校，我們下車。他的車子駛入車陣，我將安安帶到教室交給老師，回到校門口已近中午。我往他車子駛去的方向望去，不斷川流的車陣，已沒有一點他的車煙。我穿過馬路，沿著騎樓走，又穿過馬路，走向辦公室。車陣不息，每部車都各有去處。我只能去我的辦公桌前，埋首在一堆書稿中。那是我唯一能去之處，除此之外，不知該往哪裡。

同事都在桌前忙著，我回到屬於我的那張桌子，例行的先拿起這天的行事進度表查看，打了幾通電話。從抽屜拿出版權代理公司送來的書籍資料，通常我會把書發給同事交叉閱讀，再開會討論意見，以便評估出版的市場價值。我先讀了一些內容介紹，然後拉開抽屜想挑出其中一本原文書閱讀，我的手指觸到抽屜裡與書並排的Ａ４紙盒。最近我都在看這盒子裡的照片，我把它從家裡帶來辦公室，以便白天可以隨時翻閱。是的，打開這個抽屜翻原文書只是藉口，我想看那些照片。

有些同事離桌外出吃午飯，有人約我一起用餐，我說：「不要，替我帶份便當回來吧！」

他們離去後，辦公室冷清了些，從窗口投射進來的光線中，我看見塵灰飄飛，像我八歲時在大姑家喝喜酒，從陽光光束中看見的塵灰一樣，給我一種時間漫漫恍惚之感。我彷彿又回到八歲，站在那束陽光前望著游塵飄落，一落便已這些年，三十二歲，一些事在前面等著我。

我攤開Ａ４盒子裡的照相本，每張照片都放在一個塑膠格子裡，最前面那張是個嬰兒，黑白照，臉頰豐潤、額頭寬闊，頭上毛髮稀淡，不確定的眼神正望著鏡頭；第二張是約足歲的嬰兒，光著身體側看鏡頭，屁股結實，笑容天真爛漫。整個相本大約有四十幾張照片，按著男孩的成長排列下來。最後那張，男孩大約四十幾歲，微胖的身體靠在一根木椿上，下顎已然鬆垮，不確定的眼神，望著鏡頭，似有所求。這四十幾張照片裡的眼睛由明亮而略顯暗淡，但都透出一種不確定感，仔細看，眼神又似乎正急著做某件事。

這些照片是大姑送給老太太的八十歲生日禮物，而我的記憶裡不曾有這個人，大姑如何擁有這些照片？他是誰？

老太太曾說，這些照片是記憶。

老太太搬家後，有天來了電話，說：「先不要來，我們可以開始做紀錄時，我會打電話給妳。」三個星期過去，老太太沒有來電。她不知道她兒子曾給了我名片，如果我願意的話，我可以找到她。但我假裝不知道她的居處，假裝很忠實的等待她的吩咐。

這些照片像蜘蛛絲牢牢抓住我，但在未收到她的吩咐前，我不會主動跟她問起這些照片代表什麼。我只是揣測，那對眼神到底訴說什麼。

我正仔細看照片，同事特地爲我送來便當，又下樓回到餐廳用餐。我乍然抬頭，辦公室幾乎只剩我一個。電梯噹的一聲，老闆從電梯出來，他穿一件白色的薄夾克，這是初秋季節，我想起山間的葉子即將枯黃，不久落葉將紛飛，將山頭染上幾許淒清。

我收起相簿，打開便當，他走來，低頭看便當菜色，一顆滷蛋、一條小魚、九層塔茄子、碎肉玉米，這些食物蓋在白飯上。

「眞豐盛呀！」他說。

「吃過了嗎？」我問。他通常來無定時，去無定點。既在中午出現，想必還沒用餐。

「外面有約。我進來拿點東西。」他說，隨即走向他的桌子翻了幾個抽屜，拿出一個信封套，邊翻看邊走過來，「我就知道一定是放在辦公室，還好找到了。」

我好奇的伸長脖子看封套。

「是機票。我明天去東京。辦公室交給妳了。好好看著。」

「你最近總是很忙，忙什麼呢？」

「也許沒有妳忙。聽說妳平時總是準時下班，週六中午也是時間一到就走。什麼事讓妳那麼急？約會了嗎？」

「我得接孩子，孩子是媽媽最好的鬧鐘。」我看他，他也望向我，那眼裡有疲憊和曠野般的沉寂，好像一個人走在什麼地方，四周沒有人影。我心裡一震，忍不住問：「去日本有要事？」

「看一個朋友，」他眼睛移到機票上，說：「也暫時離開這裡。」

「散心？」

「要說這樣也可以。」

「出版讓你心煩？」

他沒有回答，眼神又回到我臉上，他好像要用眼光透視我，從我的鼻尖到後腦勺，又從頭頂到下巴，他伸出手似乎要往我臉頰捏一把，手指在半空停了一秒，笑了笑，收回那手，回頭探視整個辦公室，沒有人。

「我幾天就回來。」他回望我，往電梯走去。我收回視線，拿起筷子，飯菜都冷了，我只是要塡飽肚子而已，不在乎飯冷飯熱。電梯又噹一聲，載走那個沒有明說的理由。

往後幾天，我時常想起他那停在半空中的手指及匆匆離去的身影，我望向身旁窗外，窗戶所見的世界只是個格子，群樓上飄浮一條灰藍的狹窄天空，有時風把灰藍送走，換上明亮的白色，或陰雨來臨，綿密的雲層像頂帽子將群樓蓋住，潮溼的，淚水流竄。天空的變化彷彿只是預告時間的流逝，時間的流逝又代表了什麼？

我拿起話筒，撥了電話給大姑。

那邊電話響了，表嫂接電話，問候幾句後，我說我要和大姑說話。她把電話接到大姑床邊，大姑低沉的聲音問：「汝打來眞罕得，汝在台北好否？」

我說我看到了照片，是老太太交給我保管的。

「伊為何交給汝？」

「伊搬到後生家住，不想給後生家人看見。」

大姑沉默，似乎在等我繼續說下去。我也沉默。

「伊答應讓汝看？」

「嗯。」

「伊說了什麼？」

「什麼也沒說。」

「那伊為何讓汝看？」

我不打算說出老太太委託寫紀錄的事，這是我和她的私人交易，付費的一方才有公開權。我說：「這些照片很重要嗎？伊不應該給別人看嗎？」

大姑沒有回答。

「老太太要我保管，替伊保管記憶。」

話筒裡，有沉緩的呼吸聲。她輕聲問：「汝打電話來，想知道什麼？」

「對那照片裡的人很好奇。」

「汝去問伊，是伊交給汝的。」

「也是大姑交給我的，照片從汝這裡出來，我送去給老太太，老太太又交給我，我不知道這些照片到底代表什麼？對兩個老人是什麼意義？」

我的語氣有點急，大姑的呼吸也急促。她洗腎多年，平日足不出戶，電話的聲息是她與外界交通的方式之一。我聽到她費力調整呼吸，用低沉和緩的聲音說：「汝若有閒，來姑這裡一趟，後山樹林很密了，我這個窗口看得到。」

我知道她的意思，她有些話要當面跟我講，那也是我希望的。我說這個週末，「希望天氣好，我可以去樹林走走。」

時間停在那些照片上，我不斷翻閱照片裡那個逐漸長大又逐漸變老的男人的眼神，他到底在望著什麼，那麼迷茫無神的凝視，吞沒了我的時間，無論走到哪裡、做著什麼，我只存在那眼神裡。

週末，我帶著安安搭早上的巴士到中部。自從我爲人婦後就不常到中部拜訪大姑。出嫁可以阻隔一個女人過去的交往世界，我鮮少與自己的親友連繫，父母在才親友在，嫁出去的女兒離開父母的羽翼，感覺和親友就疏遠了，只有節慶婚嫁的時候才可能見上一面，上回來到大姑處還是因爲父親說，「大姑日子不多了，可以陪我去看伊嗎？」我剛離異，彷彿又回到原生家庭，我跟父親來到中部山區，像小時候那樣，走入那片林邊的家園，舊時光的溫暖氣息環繞所經之處。

我和安安轉了一趟車，往山邊走，車子接近山林，臨秋之際，黃葉逐漸妝點綠林，望過去，像綠波上浮晃著澄紅相間的光線，那是大姑的兒子建雄沿山一片一片買下的地，又一片一片種植上去的木林，十年前就已沿區收成再分別種植，他靠這片山林發財，那些砍伐下來的樹木已變成傢俱，在豪華寓所或尋常人家逐漸透出光澤。表哥在原屋往上坡的地方，蓋了現在居住的二樓洋房，前後都留了庭院，陽光從每個窗口探進來，一面向山，一面是市區幽遠的塵囂和夜裡迷炫的萬家燈火。

車子停在公路站牌，我一手牽著安安，一手提著行李，往上坡走了一段再拐入小彎道，這已是私人路徑，路徑的盡頭，庭院的鐵鑄大門敞開著，我走進來，大廳右邊那間可以望見後山樹林的房裡，有一對飽含語言的眼神，正等待著。

16

這條美麗的江水似乎醞釀著一場暴風雨

桂花生了女孩，時近初冬，山頭樹葉逐漸轉黃，桂花夫婦給女嬰取名初梅，泊珍每天交班就爲桂花帶來食物，待滿月，泊珍請人爲女嬰拍了照，照片攢在身邊。她向醫院告假，搭上火車回家鄉，父親來信說，家裡的貨船在外海給日軍炸了，二叔在那船上，人貨全落到滾滾江流。

家鄉有流淚的人。她得往那條安慰之路去。火車所經之處，軍人整隊的上車廂，民眾攜帶龐大行李，像逃難遷徙，片片落葉給風捲起吹向一個方向，車煙在空中慢慢散去。打了許多盹後，火車在城裡停靠，天色陰霾，混淆時分。在車站攔了黃包車往桂花家去，她一向不記路，繞街轉巷全靠車伕帶路。拉了一會兒，停在桂花家門前，清冷的巷子裡車輪的轉動聲戛然停止，蹲踞門前的貓瞇著綠色眼珠靜靜望著，好似感覺到她的氣味了，緩緩站起向她走來。車輪聲又響起，一頓一頓的越過磚地，向巷口轆轆行去。

桂花母親來開門，貓咪迎向這位老主人腳邊，用嘴邊細長的軟毛磨蹭主人腳踝。桂花母親一手抱起貓咪，一手摟住她的肩膀，那隻抱貓的手也輕輕撫著貓毛：「妳和桂花這兩個孩子都不在家，這隻老貓成了陪伴我的唯一親人了！」

進到內裡，桂花母親仔細瞧她，說：「這孩子瘦了。我們桂花呢？妳最近見過她嗎？」

「來見伯母還能沒帶訊息嗎？」她從行李掏出嬰兒照片，「她結婚了，您知道吧？」

桂花母親看著照片中細白的嬰兒，臉上流露慈愛，說：「有託信來。人離得那麼遠，年紀也大了，總有她的意見，能說什麼？她的夫婿我還沒見過呢！」

「是好人，小倆口滿愉快的。」

「那就好。這嬰兒可愛呢，回程妳告訴她，若沒人照顧，帶回來我照顧。」她話方落，兩人眼裡都有不確定的神色，誰知道明日又將如何，孩子離開了父母，千里迢遠，見面難，心肝肉如何捨得。泊珍想到自己的孩子，一年見一面，年年更認生。

泊珍說得趁還有船班時趕回家去。二叔的貨船給炸了，家裡有傷心的婦人。桂花母親不便留人，只說：「那些黃金怎麼打算，放在家裡，我成天擔心哪天土匪來了，抄個淨空。」

「還用不上呢！若哪天得用，想來大勢也不好。到那天，大家不知得過什麼樣的日子。」

一番話說得氣氛沉重，桂花媽媽從項間解下一條細細的金鍊，掛在泊珍脖子上，說：

「代我送給我的孫女。」

到馬路上攔了黃包車往渡船頭，雲層仍厚，船塢有渡船等在那裡，漁船靠岸歇息，魚簍上幾點黯淡光澤，江色沉沉，渡船裡渡客稀少，寶叔坐在船頭見她下了黃包車，連忙起身迎上來。寶叔臉色給江上的風日吹得黧黑，眼角和額頭皺出暗沉的紋路，他張開厚實嘴唇說：「小姐，您回來了，見到您真高興。您在外頭，這一向好。」

她踏上舢舨，看見寶叔眼裡流露憂戚，她盯著他的眼睛問：「家裡的情況怎麼樣？」

「老爺幾天不出門了，家裡也不出貨，沒有船隻往來呢！」

寶叔說，那定時來載貨的船隻不來了，原該在白家門戶進出的工人無處可去，船塢裡沒有運貨人，村子很沉靜，好似沒有人住在那裡，船隻來到這一站就像來到空村。

「不只白家村像個空村，沿岸幾個小村都是。人一直往外去，沒有再回來。也許逃了，也許死了。聽說日軍就要攻到這裡了。小姐，您這路上看到軍人嗎？」

「滿火車都是。」她進到船艙，不再說什麼，寶叔也不追問，白家小姐肯多講一點，已像個禮物，何況白家有喪事，適當的沉默是對喪家的尊重。

初冬的雲氣難料，方才還積著厚雲，這回雲層露出一線光芒，好似天氣要放晴了，雲層卻變化飛快，風從遠山上空急吹，一下又把光線遮住了。船行間，浪雖平靜，卻雲靄沉沉，越感江面遼闊。望著江面，她心上如有積石難放，早上從火車廂下來，發現載滿軍人的車廂空了一半，換民眾搭上去，那些軍人是在哪站下來的？無論是哪站，離此地都不遠，龐正說的沒錯，軍人在往南移，有天，他們會駐紮這裡，或是棄守這裡。這條美麗的江水似乎醞釀著一場暴風雨，她不禁打了個哆嗦，江面冷風襲擊，風聲蕭蕭，初冬已見水寒。

她恍惚打了個盹，睜開眼，見江面水氣氤氳，迷霧瀰漫，雨似下未下，她方要到船首問寶叔這航途駛不駛得，只聽得一聲碰撞的巨響，船身激烈震盪，全船的人都抓著行李提包站了起來，接著嗶剝兩聲，船腰猛灌入一大灘水，船身搖晃中，眾人驚呼，有個人已被水沖到船舷邊，她連忙抓住身邊漂來的一隻大木箱，一手扣在把手上，胸前緊壓著自己的提包，一灘水又灌進來，船身慢慢傾斜，大家喊救命，言猶在耳，她已浸在水裡，木箱浮在水面上，她緊抓著木箱把手，半個人攀在箱上，江水寒涼，下半身全浸在水裡，幾乎快僵掉，胸前的提包被浪沖走了，船隻在迷霧間逐漸失去蹤影，呼救命的聲音漸去漸遠，眼前只剩白茫茫一片迷霧。她第一個念頭是自己即將沉沒到海裡，與二叔相迎，千里迢遠回鄉來，就爲了陪二叔遠行嗎？她忽然記起小時候父親爲她和堂弟妹請來游水老師，在江河邊訓練游泳，每個孩子在浪裡都驍勇善泳，那位全身肌肉結實發亮的老師要他們踢水，她想起水裡應有的姿勢，她深吸一口氣，浮起雙腿，不斷打水，好讓身體暖和。腦裡同時閃過生長過程的點點滴滴，像夢一樣沒有邏輯的畫面跳動著，令她懷疑眼前這場迷霧，這一身浸泡在江水中的溼冷也是一場夢。忽然她看到二叔就在面前，告訴她往右邊滑去，她的腳使了勁往右邊打水，也許她整個人都僵掉了，掉到一個漩渦或根本躺在木箱上失去知覺。

醒來時，人在岸邊灘上的一叢灌木間，旁邊擱著那隻木箱，現在她認清楚了，這隻木箱是寶叔一直放在船上放個人用品的，寶叔人呢？船上的人呢？全身溼冷令她一直打哆嗦，她爬到木箱旁邊找到封鎖處，想翻開木箱看裡面有沒有衣服，木箱沒鎖，只是用麻繩繫住兩個扁形鐵環，她解開麻繩，翻開箱蓋，裡面是一瓶水、一個餐盒、一頂帽子、一件長袖襯衫、兩件汗衫，但全泡水了。

雙腿發軟無力，前方似有建築，她使盡力氣站起來，往那方向去，腦裡一片昏沉，走到腳乏力，人快昏厥，聽到市囂聲在一排楊柳樹後，她使力再走過去，是廟宇前的黃昏市集，幾攤賣吃的，有人在那兒用餐，她走到最近的麵攤，坐下來就要麵吃。那賣麵的見她一身溼衣服，手無提物，不禁心生懷疑，問道客人可帶了錢。泊珍這才想起身無分文，隨身提袋早掉入江裡了，她頓時沮喪萬分，現在她毫無身分證明，可以從地平線上消失，說不定她的二叔跟她一樣，從水裡爬上來，自願當個沒名沒姓的人跟過去斬斷。但她沒有理由這麼做，她是白家的大小姐，她並不卑微。她摸摸身上，摸到頸項間掛著那條桂花媽媽託給小孫女的金鍊，上天眞無絕人之路，拿下金鍊，交給賣麵人，說：「就這條鍊子，換碗麵！」

賣麵人一邊吩咐太太做麵去，見她一身狼狽，一邊問道：「小姐渾身溼淋淋，這天氣寒，恐怕要著涼的。」

「沒在水裡溺死，算命大了。先生，你告訴我，這裡是哪裡，還是民國吧！」

那先生聽她這樣一說，問了原委，忙吩咐太太將泊珍帶回不遠處的家裡，給換了套乾淨衣服，又爲她加了飯菜，煮了碗薑湯下肚。泊珍一日折騰，顧不得客氣，由著賣麵人安排妥適後，倒頭就睡。

一方陽光斜射入窗，刺醒她的眼睛，這方陽光彌足珍貴，令她想起水難前的江河景象，她深吸口氣，下床來，慶幸遇上這個好心人家，更慶幸整個水難事件她記憶深刻，只不知這一睡睡了多久。來到前廳，出了宅院，賣麵人和太太正在一側廚房裡準備生意所需用料，見了她忙迎出來。賣麵人還拿來一份報紙，說：「這日報，報導了昨天那場船難，只找到兩名生還者，可都男生，沒有小姐哩。」

「哇，那我豈不成了鬼魂。」

「您的家人見了報，恐怕要急壞了。需要我先去送個消息嗎？」

「謝謝呀，這樣的好人，恩情我會記得的。我得回家去，只消幫我叫部車。」

賣麵人抵下那條金鍊再折了些錢給泊珍當路費，雙方說好來日贖回金鍊。泊珍換回已晾乾的衣服，儘管全身痠痛，仍得把握難得的幾日假期。

再次站在渡船頭，天氣一掃前日陰霾，船塢裡是另一艘船，開船的是另一個村落的船夫，她問船夫，寶叔呢？

「小姐，妳沒看到報紙嗎？船難死了呀，大江滔滔，哪裡撈人？」

她心裡百味雜陳，誰知道她昨天也在那艘船上呢，即使家人看了報，也不會知道她大難不死，她並沒有預先告知歸期。如此又置身船中，像是另一個魂坐在那裡，她一時也理不清時間與空間的關係了。

待回到家鄉，渡船頭折損了寶叔，小涼亭結了白絲帶，擺了一張桌子放上寶叔畫像，給鄉人祭拜。她走進小涼亭，合掌拜了幾拜，沒有跟誰提起那隻木箱，寶叔的亡靈若在江裡，應會知道她有多麼感激那隻木箱漂到她跟前救了她。

家門前掛著白紗燈，門內氣氛肅穆，守門的福哥像早料到小姐此時會回來，快步迎出來，泊珍抬頭往二樓望，那裡悄無動靜。福哥說：「老爺夫人也許在後院裡。這些時候，他們常常在那裡散心。」

「除了那兩盞燈，家裡還有什麼布置？」她問，聲音微弱，福哥當那是傷心的語氣。

「屍身都找不到，只在當地做了法事，把靈位請回來。」

「先帶我去拜靈！」

福哥帶她到大廳神龕前，祖先牌位處多了一座新靈，福哥替她捻了香，她舉香念的是：「既尋不著人，也得不到衣冠，這時人說不定在哪個岸邊人家享福，這一拜，算是拜二叔找到一個圓滿人生。」二嬸來到身後，聽到她的禱詞，面無表情，那臉像久浸在水裡，肌肉都鬆了，對現實還反應不過來，靜靜的看著她。她往二嬸胳臂一提，二嬸才像回神，說了句：「人是走了，否則妳爹不會設這靈堂，那屍身一定撈上來了，給那女人優先埋了。」二嬸將臉朝向大門方向，頭上的白花顫了顫，掉到地上，二嬸彎身撿起來又貼著耳朵插回髮裡，一抬頭，眼前來了黑壓壓一群人，聽說小姐回來，家人婢女都往這邊來，二嫂見著泊珍的爹，瞪著他對泊珍直嚷：「妳看，這鬼頭帶著軍隊來，就是這些人炸了妳二叔，他們終究走不出冤魂的土地，他們自己回來招認了。」她伸手往前抓，撲空，手掌落到白老爺的掌心裡，白老爺吩咐福哥將二嬸帶走，二嬸一手抵在牆上，摸到一把椅子將自己托在那椅子上，說要守靈，囔囔如何珠江那個女人可以埋屍，她不能守靈。

白老爺將泊珍帶離靈堂，泊珍跟在父親身後，心裡像注滿江水無處宣洩，來到小偏廳，昏黃的夕陽徘徊門邊，照見父親黑灰不勻的髮絲，他一向自豪一頭黑髮像山川水月光澤，如今枯乾無光。他坐在他接見客人常坐的椅子上，枯瘦的手掌覆著椅背，兩眼炯炯有神看著她，她也望著他，全家族只有她敢直視父親，父親像射了一發子彈過來，劈頭就說：「妳二叔沒了，我也損失了一艘船，雖然還有整片山的產業和幾艘船，但這些東西很快就不值錢了，妳既在外面見過世面，我也只妳一個女兒，妳回來接二叔的工作，戰爭有歇息的時候，家業不能不繼續，我們不能等到戰爭結束，家業一敗塗地。打仗時就得趁勢壯大自己。」

「還有三叔。」她語氣淡然。

「這是我一手建立的家業，我們這房需要有人接下事業。我原寄望王順，王順既然走了，妳來佐助我無不可，現在時代不同了，女人也可以發揮長才。」

既然時代不同，當初何必安排婚事，現在不過一時找不到人力，拿我充數。泊珍心裡如此想著，卻沒說出口，說出來的是：「我有更多的責任在傷兵身上。混在男人堆裡的工作不適合我，村裡有的是壯丁，你給他們優渥的薪水，他們有的是時間和體力為你賣命。」

家族對他們的爭辯無可置喙，眾人將這位從戰區回來的小姐當個男人看，儼然就是家業的繼承人，也只有她敢與老爺爭辯，老爺雖要求她代替二叔的工作，心裡卻猶豫一個女人指揮男人工作不是一件輕易的事，就是這點考慮，讓泊珍還有爭辯的機會，老爺坐在暮色的廳堂裡，等著泊珍自己願意擔下來。泊珍靠陷在椅子裡，不再反駁，周圍的暮色逐漸下沉。

她回房裡後，先打開鎖在五斗櫃後方的一隻暗箱，搬出漆金的鐵盒，裡頭的金飾還在，之前帶去桂花家的金條只是一部分，這隻鐵盒裡還有阿爹過去從外地替她買回來的寶石。她將這些飾品全裝在一隻錦袋裡，又放入一個櫃底翻出來的帆布袋，置回櫃子裡上了鎖，決心將這袋寶石也帶去重慶。之後便倒頭栽在床上。小翠端來一盆洗臉水，見她已躺在床上，擰了毛巾給她，不禁問她：「小姐，妳回家裡來，怎麼沒有行李？」

「妳倒細心了。人需要行李嗎？沒行李反而輕鬆呢！」說罷擦淨臉，便昏昏睡去。

睜開眼，不知何時何日，窗外天空一片淡藍，後山青竹仍然翠綠。她略事打扮，往靈堂去，二嬸不在靈堂，拐個彎到後院，孩子們全在那裡打拳，原來白老爺爲孩子們請了師傅來教拳法，最小的櫻也在孩子群裡揮拳踢腿。櫻五歲了，白皙的臉頰透紅如桃花，圓圓的身子，十分靈活，她一眼就看到她混合著壯族人的外形，壯族山區的孩子們莫不長著一副同樣可愛的模樣。她別開臉，往二嬸的房間去。

不見家眷，推開門去，二嬸坐在一隻桌前，手持一串佛珠，閉目禮佛。泊珍坐到她面前，二嬸聽聞聲響，緩緩睜眼，姣美的臉色此時看來有幾分鬼氣，二嬸伸手撫弄她的衣衫，還是船難穿的那一套，像二叔的眼神，在水裡撫著她的神魂，叫她向右滑去，她才能往岸邊靠近。她望著二嬸，問：「二嬸，妳還好嗎？」

二嬸抿起嘴一直笑而不答，笑僵了，沉靜下來，久久才開口：「昨天在大廳裡，見妳氣色不好哇。

「妳才不好呢，似乎胡塗了！」

二嬸低頭，又一陣沉靜，才說：「妳二叔來夢裡，說在水裡見了妳。」

泊珍突然覺得背脊一片寒涼，坐直了身子。

「那麼他是眞的死了。」她近乎喃喃自語。

「他是生是死，說到底，對我何妨。除了那兩個孩子，沒留下什麼。」

「阿爹不會虧待妳和孩子。留在家裡，衣食總不愁的。」

「我們不如妳，可以自己去外面掙口飯吃。只我不服氣妳阿爹任由妳二叔在外地立一個家，從來沒說過妳二叔一句不是。現在二叔爲了家業亡命了，若能有些選擇，我希望離開白家，活得自在一點。可妳阿爹在家一段時日了，沒說過一句怎麼安排我和孩子呢！」

「所以妳就由著自己瘋了性子！」

「送我去瘋人院恐怕比賴在這裡看臉色強些。」

「那當然不行，以後孩子怎麼跟人說，說娘是個瘋子嗎？不如我勸阿爹讓妳去接替二叔的工作。」

「那不成，我沒這個能力。」

「總有辦法。在家裡替我照顧壯和櫻也名正言順，就說是我託的，誰也沒話講。」

二嬸這時將佛珠放回桌上，一隻手托著腮幫子凝視她。「虧妳有這個好心，可妳沒想到，也許我想再嫁人呢！我何時要把餘生埋葬在這裡，我可不像小翠那婢才命，給夫爺占了便宜，便認了。」

泊珍等二嬸把話說下去，二嬸卻是站起來到床邊梳妝鏡前整了整頭髮，她坐的角度看過去，銅鏡中的婦人皮膚白皙，頭髮烏黑，模樣標緻，比實際年齡年輕，眼裡有股寂寞停留不去。婦人可能也從鏡中看到她的凝視，手盤著頭髮，回過頭來說：「我這樣像個帶喪的未亡人嗎？」

「妳沒有把話講完。」

「什麼話？」二嬸放下頭髮，手肘抵在鏡台上，眼神穿透鏡子，嚴肅的望著她。

「小翠。」她的聲音也嚴肅起來了，好像有人用刀子抵住她的咽喉，「王順為什麼離開白家？」

「他睡了小翠，不只一次。他們在妳的房裡，像一對夫妻。小翠自認在為妳留住王順，妳阿爹不這麼想，他說這個家要有規矩，小婢納為偏房也得經他同意。他說，王順是他買來傳白家後代的，小姐有天會回來。」

泊珍玩弄那串念珠。

「是王順自己走的，也許他也沒有眞心要小翠，小翠倒默默的照顧那兩個孩子，不多話。」

泊珍站起來，不斷在房裡踱步，這是二樓的西邊，往外望下去是花園，另一扇窗可以望見院外湖泊，藍天綠湖，遠處淡描山巒，她幾次走到靠湖的窗口，驚嘆這邊的景色如畫。她聞到一股氣味，從廚房那端飄上來，她的腸胃絞動，像要絞出汁液來，她感到飢餓暈眩。靠在窗邊，望見湖上似有軍隊泛舟而來，舟連著舟，與從山巒那邊下來的騎馬軍隊連成一個丁字形的隊伍，不斷結集的軍隊覆蓋了山巒的高度。她感到胃部痙攣，低頭捧胃，再抬頭望向那湖，茵綠色的湖面遙映淡藍的天空，湖的盡頭連接著靜默不語的山巒。她以爲那些軍隊幻影終將進到村子來，她在火車上看到軍隊南移了，如果這村子也變成一片戰場，再大的產業也可能成爲砲灰之地，許多人將伏地爲白骨，生前的喜怒哀樂，恩怨情愁將成爲骨上的一點塵灰，隨風飛滅。

「二嬸，我是離了家的人，現在沒有退路。若妳還沒有和這個家決裂到非走不可，將來哪天我不回來了，替我照顧壯和櫻。」

「說傻話，小翠畢竟是婢女，王順要怎樣也由不得她，別因此賭氣不回來。」

飯菜香一逕飄上來，她全身疲累，餓到可以吃下一頭大象。她拉著二嬸的手說：「一定是吃飯時間了。走，我們下去吃飯吧！」

17 你是做什麼的出賣幻象的

冬日裡的某一天，老太太打來電話，約我是否可以撥空到家裡。她給了我地址和電話，並問，可以平時時間來嗎？

當天下午，我跟辦公室交代外出，收拾了桌子就往那地址去。搭公車需要轉幾條街，從城市的這端到那端，公車一向溫吞吞，慢慢的遊走在城市的道路上，這段時間正好可以讓自己的步調緩慢下來。

下車的地方是城市的商業鬧區，商業大樓與住宅大樓林立。巷子兩旁停滿機車，轟隆隆的摩托車聲和排煙管排出來的廢氣像牆一樣堵住行走的速度。我躲開那些可能隨時竄出的機車，來到巷裡一棟白色大樓，鍛鐵大門邊是管理室，大約五十多歲的管理先生問明我要去的樓層後，打開大門讓我進去，並指示我搭哪座電梯。我走到一排開滿洋菊的花道盡頭，踩上拼花地磚，搭走道邊的電梯上九樓。

來開門的是老太太，她坐著輪椅，自己用手滑動輪椅。她的右腳綁著木板，木板與小腿間繞了好幾圈紗布，看起來像一根很大的柱子架在踏板上，這個傷勢必然讓她受夠罪了。

「這是您一直沒要我來的原因嗎？」我替她把輪椅推到餐桌邊，這張餐桌寬敞，介於客廳與廚房間，面對大片玻璃窗，光線明亮。

客廳不大，空間好像都留給了這張吃飯的桌子，看來是個常宴客或者重視飲食的人家。客廳的電視機前是張看起來很舒服的L型米白皮面沙發，少見的彩色玻璃茶几，兩層式落地窗簾，米白紗配同色系的厚質布料，牆上一幅藍色的幾何造形油畫，難以說這是什麼風格，也許只算是一種喜好的組合。

老太太說搬來不久就跌傷了，她不過要去外面看看環境，認識哪裡可以買到日常用品，以免勞動家人為她購買，卻被轉進巷口的機車嚇了一跳，自己腳軟跌在地上，把骨頭跌斷了。

「老了，不中用，石膏一綁就兩個月，拆了後，皮膚潰爛，稍微好了些，腳還是不能走呀，醫生說是我心理害怕走路，為了讓我壯膽，這回用板子幫我固定，可我認為這骨頭仍沒力氣呀。」

她說她仍然不想與兒媳一起住，但這腳傷限制了她的行動，她得忍耐在這裡住到房子改建完成。她戴著眼鏡，一手扶著鏡架，犀利的眼神從鏡片上緣投射過來，好像要把我看清楚。我看看四周，沒有其他家人。我問她茶水在哪裡，也許我可以幫她沏壺茶。她告訴我媳婦幫她把茶具茶葉放在伸手可及的流理台面上，自動熱水壺也在那裡。我到流理台爲她沏茶，這像個聊天的儀式，而我並不只爲了聽故事而來，接到電話那刻，我有要去看老朋友的心情。我說不上來爲何原來設定爲工作的關係會開始在我心裡發酵成爲另一種感情。也許是去中部見過大姑後，從大姑講述的故事，我發現自己的成長記憶透過大姑，與這位老太太有了重疊。

「家裡沒人陪妳嗎？」我問。

「我媳婦上班。本來請了一個太太幫忙，現在我可以自己推輪椅、從輪椅上站起來，我不要那位太太來了。」

「吃飯怎麼辦？」

「我拿得到爐子上的東西，碗盤都在流理台上。不吃也沒關係，我不在乎。」她整個身子縮入椅背裡，像隻厭食懶洋洋的貓，語氣裡含有氣憤。

「那不行，我們的故事還沒講完呢。」我故意逗她。

她說：「是呀，我只剩這個了。」嘴角開始微微上揚。

待倒了茶，她的興致來了。這時約莫三點，她沒有午睡，或剛從午睡醒來，像要出席一場盛會，把自己打扮得整整齊齊，略施薄粉，塗上磚紅色口紅，那才是整個故事儀式的開始，沏茶不過是接續的儀式，坐在這位女士面前，她又回到一段已不存在的時空。女士仍舊掏出錄音機和筆記本，女士也不在當下的時空，她的眼前是槍彈，是馬匹，是冒著蒸氣吐著黑煙的火車。女士期待她講述下去，與大姑的故事相遇，兩個故事將撞出奇妙的火花，那火花已存在了，就等她點燃。女士像在一堆灰燼裡扒尋裡面還沒燃盡的金屬，那金屬上或許有銘刻的文字，可以幫助一本書的完成。

不知何時背後已站了人，我彷彿聽到有鑰匙轉動的聲音，只是那聲音比不上老太太清脆的聲音吸引人。我聞到他的氣息，感覺到他的呼吸，就在我旁邊。老太太突然中斷談話，抬起頭來問那個呼吸：「你哪時候進來，怎不出聲？」

「我跟平時一樣進來。」他去推推老太太的輪椅，好像要確定那確實是把牢固的椅子。然後轉頭看我，「很意外，林小姐今天有空來。」

「她特別抽空來看我，她有班要上，不能久留的。」

老太太的用意很明顯，不想讓家人知道我們進行的事。我只好順應她的意思，一面站起來，一面挪動筆記本將錄音機蓋住，我想我的身體可以擋住他的視線。

他說他早一點回來，是爲了確定單獨在家的媽媽安然無恙。他手上提了兩袋東西，他把那東西翻出來，一盒仍冒著熱氣的小籠包，五個碩大的水梨。他說在太太還沒回來做晚餐前，媽媽可以先吃這些東西充飢。我看看手錶，將近五點。

爲了不打擾他們的時間，我打算離開。我將皮包靠近桌緣，用身體擋住手，將筆記本和錄音機掃進皮包裡，一邊和他說話，引開他的注意力。

「現代男人還是沒進步喲！等著下班回來很累的太太做飯。」

本想開玩笑，說出來卻像在責備。他的眼神閃過我臉上。那是個野心勃勃想去河裡撈蝦的大男孩的眼神，是個攀到很高的山上，站在山頂仍尋不著靈草的惘然眼神，是個流連酒肆不確切自己能獲得什麼的眼神，如果我能確認這男人的與眾不同，只要能發揮想像力去形容那瞬息萬變的眼神魅力，即使寫禿了筆，我都樂意，但他卻只是如此平凡站在某個主婦廚房裡的人夫，一名中年男人，爲了生活而有了某種職業。

「可惜我沒有福氣吃太太做的飯。我又得出門工作。我不過特地繞回來看媽媽。」

他的卡其褲仍飄散著草香味，似已是洗不掉的氣味，其中還挾雜著菸味，從上衣的纖維飄散出來。

「有林小姐陪我，你可以回去工作了。」老太太說。

他將小籠包移到盤上，叮嚀我和老太太一起享用，身手俐落轉了身，開門出去。我坐回桌前爲老太太削梨，老太太一臉漠然。我回溫他在我腦中的殘影，那推門而去的身影彷佛什麼事也沒發生。室內有片刻安靜。

很厚的梨皮掉在桌上。我手上沾滿了甜膩的汁液。

半小時後，我下樓來。

走之前，老太太從廚櫃拿出一罐自製蜜梅，說：「給孩子吃，妳也嘗嘗，就這滋味。我的腳雖不方便，頭腦還清楚，手也管用，我記得怎麼製作蜜梅，老骨頭化爲灰也不會忘記。」

她眼裡閃過湖泊的光澤，飄出梅子成熟的氣味。那些光澤與氣味足以讓一營餓死的軍隊復活。我的身體好像被那氣味帶到空中，輕飄飄的失去時空感，雙足落地時，已在門外，前面是一座覆蓋不鏽鋼冷涼材質的電梯。

走出鍛鐵大門，汽車機車緊塞整條巷弄，車煙與噪音占據暮後城市，附近大樓、公寓已有幾戶扭亮夜燈，爲即將來臨的夜色塗上初妝。我走向馬路的公車站牌，那裡有公車可以直達安安的幼稚園門口，若不塞車，應趕得及六點以前接她。

從巷口轉向馬路。他在右前方，一家百貨公司的騎樓下，步履匆忙的人群穿過他的身影，他的背後是明亮的化粧品櫥窗，可透視展示架上簡單的擺設，玻璃面也反映了街上的形色，我的身影映在玻璃上。他攔住我，說，嗨。

他移動腳步，像一個障礙物堵住我去處，他身體兩旁，市囂光影流燦，好像這裡的一切正在倒退。我聽到自己游絲似的聲音回覆他，嗨。

這個面對面太突然，他頎長的臉上，線條剛硬，好像剛遇到了什麼挫折還沒解決，杏形的眼睛笑起來，拖出幾條笑紋，使他的線條柔和下來，變得親切。我的記性不會錯，他說他要回去工作。

他似乎讀到我的疑問，拉開笑容說：「專門爲了送妳一程，只好編個說法，尤其看見妳把錄音機蓋起來，我就不能不好奇的等在這裡。」

他要我等他，他回到大樓開車。幾分鐘後車子來了，我坐在他的駕駛座旁，他開的是部小貨車。他的黑色棉衫和卡其褲包覆他修長靈活的身型，樣子和氣質不像個送貨員或搬家公司司機，倒像個沙漠或曠野中的旅行者或探險家。我告訴他這點想法，他說人該做什麼就像個什麼嗎？「情報員常常都不像情報員呢！」他說。

「比如妳對錄音機那麼謹慎，我絕不會誤會妳是個情報員。」

「情報員不會做得這麼拙劣，讓你一眼識破。」

「那麼那部錄音機是爲了什麼？」

「替你們家記錄老太太的聲音。你們自己家人想過這麼做嗎？」

他沉默，忙著打手排檔，然後記憶的河流一下翻湧過來，他說他的母親曾記錄他的聲音，那是他四五歲童言童語時，他與母親的對話，那捲帶子裡母親的聲音清脆甜美，還是個年輕的婦人。他最後一次聽帶子可能是十幾年前，如今他想不起帶子放在哪裡。

「爲什麼要記錄她的聲音？」

「不打算告訴你，這不在我談話的範圍。」

他側過頭來看我嘟起嘴來打定主意的模樣。

「告訴我沒有壞處，還可能有豐富的收穫。」

我仍然緊閉著嘴，像生怕走漏口風。我想我嘟嘴的模樣大概讓他想到女人翹起臀部的樣子，因爲他笑出聲來，那笑聲輕狎，令我不自在。

「什麼事？」

「沒事，妳還沒告訴我妳要去哪裡。」

「哦，前面路口向右轉。」我告訴他幼稚園的所在。

小貨車的座位比一般車子高，居高臨下望著前方的車，眾多車子將分散到不同角落，我也有一個角落，在這刻，在人生當中，能擁有一個自己的角落就算是幸福了吧！我望著前方時，總是有點迷惘，我講話的聲調通常平淡不帶感情，我可以去買花，而沒有任何受花感染的愉悅心情。我看見車陣，不確定那些開車欲往一個目的的人，能夠眞的幸福。

他的車子靠近幼稚園，我問他：「你是做什麼的？」

「出賣幻象的。」

「幻象！你不會告訴我你是個軍火商吧？」

他呵呵笑著。放我下車。

之後我仍然爲履行我與老太太的約定，往他們家去。通常我利用上班時間的某一個下午，他有時不期然出現，不是早下班就是回來拿個東西，起初我懷疑他在家裡哪個角落安裝了一部錄音機，祕密得知我和老太太的談話內容，預知我來的日期。有一次，老太太告訴我，她不會主動告訴兒子她委託我寫一部她的人生，若有幸書成，在她死後，代她請她兒子將書放入她的棺木，或者燒了，或者什麼都不必做，讓它變成只是陳述。

有時老太太約我帶著女兒在假日去家裡吃飯，純粹吃飯，不帶錄音機。我們變成熟識的朋友，包括他的太太。而我寫書的事變成了老太太與我之間共同認知的默契。她從來不要求進度，我坐在老太太面前聆聽，她精神奕奕，情緒時或高亢激動，時或悲情不能自抑，我相信她希望我一直坐在那裡聽，直到她走到人生的終點時，都有一個耐心而和善的女士做爲她心靈的伴侶。

他的太太會在假日時計劃好一家大小下週的伙食，並在必要時調來幫手大宴賓客，她說那是因爲老太太講究宴客排場，嫌她做的菜不好，需要師傅幫忙。所以我在她的宴客餐上吃過鮑魚、排翅、純正的黃魚、精緻的甜點，那些賓客的名字偶爾或經常出現在報紙上，他靠這些人爲人們織造幻象，他的妻子盡本分的讓賓客的味蕾得到滿足，高大的身影像一隊服務生的領班，面無表情的只專注上菜的程序和餐桌上的需要。他在賓客間縱聲談笑，每回都從大口袋裡取出一個小玩偶送給安安，眼光穿透喧譁聲投注在這個賓客那個賓客上。

老太太抱怨那些喧譁，她通常在宴客後的第二天頭痛，需要吃止痛藥鎮痛，那星期老太太會叫我不要來，她需要一整個星期讓自己從賓客的喧鬧與人影杯盤的交錯中恢復過來。

與老太太交談的次數遠遠超出我的預期，我們的交易緩慢而持續的進行。我像一隻爪上塗了黏液的螃蟹，陷在沙灘上用觸角探視著海上的風雨陰晴，這是已發生而無可逃逸的宿命，就像八歲那年在大姑山上的樹林裡看到滿地落葉，從此一見落葉便有時光悠悠之感，命運又讓我回到那山上尋找時光的軌跡，回到那樹林裡了解到那是大姑的兒子一手經營的事業。八歲那年，哪會知道有天得回到那裡記錄生活的片段。記錄，不，也許我不應該用這字眼，我不再爲誰忠實記錄，老太太將不知道她的口述在我的文字裡已揉合我那凝滯在沙灘裡的所見所得，此刻，我只忠實的當一名在沙灘一角觀察著風雲變化的螃蟹。

18

我們這一去是不是不會回來了

「斃敵五萬六千九百四十四員，俘敵一三九名，馬二百七十匹，步騎槍一千一百三十八枚，機槍一百一十五挺，砲十一門，手槍二十餘枝，擲彈筒二十具，無線電九具。」

蔣介石政府領軍的軍隊打勝仗的明確數據出現在報紙上，民國三十一年，一月。日軍第三次攻長沙，留下這串羞澀數字，以「掃蕩完了，返回原地」掩飾失敗。日軍敗戰的損失雖遠遠不及屠殺中國人民的數目，對長期處於敗戰的國軍而言，卻是嘗到一個大蘋果迷人的解饑氣味。

前一個月，日軍襲擊珍珠港，大戰局勢就預埋了伏筆。熾焰的軍國主義、敢死的年輕壯士，不再是領導世界的通行證。太平洋海域另一端的新大陸，歷經南北戰爭後逐漸累積的國力，因這一擊而激發出爆發力，科學家在他們的實驗室裡研發遏阻敵人的武器，一個改變刀槍大砲戰爭型態的新武器正在成形中。美國正式加入戰場，日軍像踩在泥沼裡，腳已在那裡了，沒有抽身餘地。

長沙勝戰深深打擊日軍，自此，抗戰與第二次世界大戰緊密連結，鼓舞國人對戰爭前途的期待，國軍卻也深陷在戰力不足的憂慮中。空襲仍然在戰區頻繁發生。重慶上空機群環伺，戰時首都充彌與日軍纏鬥不休的氣息。尋常百姓為生活算計著節支度日的方式，躲空襲成為一種生活習慣，苦中尋樂也是解放對未來焦慮的一種方式，歌舞藝文表演者在他們的舞台上為戰火撩撥希望的火花，擁有財力的人藉海口城市運來的貨物滿足財富的實質享受，以刀槍為配備的軍營裡的男人，不會放棄向人生尋樂的權利，沒女友的鑽向花街柳巷，有女友的，亂世裡成就姻緣，亂世的驚慌失序讓許多失去經濟力的女人，以身體的原始本能謀生，走入妓院或者走入婚姻，無論哪一種，起碼都在大海裡抓著了一段浮枝，暫時沒有滅頂之虞。

泊珍不確定自己和龐正結婚是不是為了抓住一段浮枝。水難回來後，她時常感到關節無力，值班時便得常常坐到椅上休息，不值班時，大部分時間躺在床上。龐正提著特別請農婦熬燉的雞湯，站在宿舍樓下，幾度走到掛在樓梯口的男賓止步的牌子下，又止住腳步，待有清潔婦或其他護士經過，便央那人把雞湯送上去。

有天，龐正又來了，等了半天，不見半個人影經過，他拎著那湯，快步登上樓梯，在她門前報出名來敲了幾下，泊珍只從門內答應著，請他自己推門進來，他一進門，連說：「等不到人，只好自己上來了。」泊珍笑說：「一日裡，多少男生上來，沒人管著，只你呆頭呆腦，硬在下面徘徊，反而招人注意，現在誰也知道你天天送雞湯來。」既是這樣，龐正便壯了膽，將雞湯擱上桌，打開鍋蓋，室內頓時飄散雞湯鮮美的味道，龐正見泊珍半坐在床上，便蹲下來，要她伸出腳來，爲她按揉雙腳。泊珍沒有拒絕，雙腳懸盪在床邊，任他揉捏，雞湯的香味攪得她胃液翻騰，飢餓難受。樓下傳來其他護士上來的腳步聲，龐正迅速站起來，漲紅著臉說：「泊珍，嫁給我吧，我天天給妳揉腳。」泊珍也漲紅了臉，輕輕點了個頭。

第二天醒來，她不曾後悔。太陽明亮，她的生活即將有所改觀，這是她自己選擇的婚姻，不再是依照家人的意思，這次她完全自己做決定。龐正沒有王順壯實的肌肉和胸膛，但他像個眞實存在的人，可以跟她講運送醫療品途中的所見所聞，可以走在她前面，回過身來替她提東西，她讓他揉了腳，不會再有第二個男人能揉她的腳。

他們幾乎即席即地辦結婚，第二天下午去街上看中了西式婚紗禮服，又找了一家小餐廳辦兩桌像樣的食物，即通知朋友來觀婚禮。

桂花和劉德帶著即將滿週歲的初梅一起來祝賀，桂花肚子微凸，爬上二樓宿舍看著泊珍打扮，貼近她的耳邊說：「三個月了。婚姻就像製造業，造了一堆家務，也造出人來，孩子有個性，長大了有自己的想法，眞是有趣呀！」

見泊珍無語，桂花擔心她勉強，又說：「妳早該跟他結婚了！別想著家鄉那些事了。」

「怎能想？我跟他提都沒提起。」泊珍與桂花對看一眼，兩人都笑了笑。

「三番兩次想講，都無法開口。」

「他也不好奇一點妳的過去？」

「我們沒有談到過去，連他家住哪裡，家裡有些什麼人，我都不清楚。」

兩人又相視而笑，目前也只有眼前重要，誰的過去值得一提？高官顯要不會在軍隊裡，像泊珍這樣有點家世的，雖屬珍貴，卻還是有有家待不得的苦處。

午前來到餐廳，請醫院院長證婚，在手寫的結婚證書上用了印，劉德和桂花特別請人來給他們拍照，陽光和煦，照亮頭紗上的花朵，龐正的眼鏡也閃閃發亮，兩個人站在餐廳旁邊小花園的台階上，倚著一株杏樹，對鏡頭微笑。劉德在鏡頭前做手勢，吆喝大家和新郎新娘合照，自己也抱著小孩拉著桂花湊入合照的人群裡。待合照的喧鬧結束，劉德趨近兩人身旁說：「哪天去相館補拍婚照吧！」一邊撩起自己不小心誤踩的新娘裙，裙上留下一個灰黃的腳印子。

餐廳裡服務人員擺盤的聲音嘈嘈急奏，把大家推進用餐空間，龐正穿的是軍裝，滿桌的人穿的都是平時穿著的衣服，除了她，沒有一個人像在參加婚禮，幸好有桂花和劉德央人在餐桌前擺了盆花，又在牆上結出綵帶，撩起一點喜氣，不然還真像一場普通的同事聚餐。這是一個自主的婚姻，她不在乎排場，雖然，新婚夜裡，在龐正簡陋的宿舍裡，躺在鋪著新穎棉墊的木板床上，她有那麼一刻腦裡閃過一個念頭：第一次婚姻太隆重，第二次又太草率。

空襲的次數不如過往，日軍大規模掀起太平洋風雲，因擴大戰區而逐漸消耗戰力，日軍不斷徵召男人，連殖民地的男人也不放過，女人在家鄉為男人縫製戰衣，日本國內的民生物資匱乏吃緊。中國稍可從對日抗戰的緊張中鬆一口氣，共產黨卻在此時壯大軍力，伺機與國民黨領導的政府爭食國土，以勞動人口對抗地主的觀念深深打動長期屈於無產勞動階級的民眾，打倒地主，反對權貴與腐敗的活動悄悄從一個村落傳到一個村落，像漣漪一樣向全國擴散。

重慶的國軍仍為保護自己的國家努力工作，龐正為戰區的醫療資源做補給，泊珍在醫院裡照顧病患，清晨的濃霧劃開時，他們的日子像充滿希望，因為嬰兒等待食物的啼聲會緊隨著陽光響起。泊珍在戰時首都的堅固防禦下，接連生下兩名嬰兒，先是生下女兒，第三年又生下一名男嬰，懷第一個嬰兒時，每日醒來，陽光似乎特別亮，即使是陰翳的天氣，胎兒在子宮裡滑動時，她仍覺眼前會閃過一道光芒，不由她想起懷壯和櫻時，為何眼前沒有閃過光。

她雇用一名保母照顧孩子，自己仍然去醫院上班。她知道自己的子宮是塊肥沃的土壤，可以隨著日蝕月移孕藏跳動的聲息。她常常想起壯和櫻，現在她已經生下四個孩子了，骨盆擴展如可以承接雨露的花蕾，那雨露就是上天撒下來的母性。她雙手抱起嬰兒，撫著毛髮稀疏的頭額，注視嬰兒良久，掏出奶子，心甘情願的將奶頭放入嬰兒的小嘴。但有一種複雜的情緒像漁網一樣撒遍她心裡，總有一股拉扯的力量蠢動著，那是每當想起壯和櫻時，她就草草結束餵奶，將嬰兒推給保母，她想自己對待孩子應該不要厚此薄彼，又想著只要一顆子彈從天空降下，這一切發生在她身邊的事情將煙消雲散，只要這場戰快快打完，眾人都像做了一場夢，夢醒後，在戰中發生的一切都不見了，甚至更久以前的什麼都可以重新來過。

這兩個孩子，女的叫如意，男的叫澄明，像壯和櫻的化身，四個孩子的影子重疊，在她腦海翻騰，她只好用忙碌去壓抑翻騰的力量，在醫院的病床間感受時光的存在與不穩定。

有天她醒來，眞像她想像的做了一場夢一樣，街巷有鞭炮聲，醫院人員爭拿號外，好幾部收音機扭開最大的音量，所有可看到的文字和聽到的聲音都談論同一件事——日本投降了。美國在日本國土投下兩枚原子彈，戰爭隨著爆向空中的蕈雲狀幅射物結束。美麗蕈雲像巫婆的毒液，降臨之地生物成灰，侵略的帝國主義者終於信服船堅利砲不再是展示國力的唯一利器，在實驗室裡埋頭苦幹的科學家發明的原子彈可以催毀整個國家至不留一草一木。

幽魂遍野，帝國低頭。日本放下器械，那些被其蹂躪過的國家泥土開始溼潤，泥縫裡探出花草的芳香。

全國沉醉在抗戰勝利的喜悅，婦女不再畏懼軍刀的淫威，母親等待從軍的年輕孩子歸來，離別的夫妻盼望擁抱，失散的家庭期待團聚。遠離家園的人還沒找到回家的方法，內亂又起，正待收拾的國土像長滿疥瘡的膚體，共產黨員挾持著無產階級的憤怒做為治療疥瘡的藥物。有識之士一邊慶祝抗戰結束，一邊擔憂內亂會拖垮政治國體。

醫院為了終戰舉行慶祝晚會，當晚泊珍流失一名腹中胎兒，那是跳了整夜舞後，一陣腹絞痛帶來子宮的下墜感，溫熱的血液滲透內褲流竄過大腿，滑向後腳踝，像蚯蚓扭曲著身軀隱匿土裡。血液來得太急，她弓著身子無法動彈，晚會中醉紅著臉的護士和醫生合力將她抬到手術台上爲她清洗，迎接那垂出半個身子的小小人形。這片沃土也有氾濫的時候，抗戰勝利的慶祝會上她失去一名小孩，她突然強烈的要這名孩子，她要求醫師將孩子泡在福馬林玻璃罐裡，她要將孩子放在家中，每日看著他，醫生以違法拒絕她的要求，她只好親手埋下孩子，像埋掉了自己的一段歲月。她向醫院告了一個月假，整天只待在床上，家務全由保母打理，龐正每天下班後帶開兩個孩子到友人家把時間挨過去。兩人沉默的度過一個月，泊珍從床上跳起來說，我要回家。

龐正不阻礙她的任何想法，建議她：「就找個代班人，休個長假，回家看看也好。」

「我要回的是你的家！」

龐正從來沒有提起自己的家，也未曾帶她回過他的家，在大家考慮返鄉的可能時，龐正似乎不提任何關於返家的計劃。

龐正沉默。凝滯的空氣像響雷之前的沉悶。霞光流連在窗口不走。

一日不走，兩日不走。兩人不再說話。夜幕來了之後，新的黎明又起。屋裡只有孩子們的喧鬧。而全國返鄉的人潮蠕行於蹂躪殘敗的大地之上，各人帶著營建未來的心思，踩過脆弱的夢想。

泊珍在護養身體期間，索性辭去護士工作，仗打完了，總有太平日子可過了，雖然當初是趁著打仗離家，現在突然像一腳踩空，不知道自己站在哪裡。心想，父親就這麼個女兒，料想不會對她另擇婚姻而斷絕親情，而龐正又不願帶她回他的家，她於是提起行李，帶兩個孩子回家鄉。

泊珍回來的首日就當著眾人指示如意和尙牙牙學語的澄明說：「那是壯表哥和櫻表姐，叫人呀！」壯和櫻看到陌生的母親，躲在小翠的裙裾後，探出頭來望著新來乍到的如意和澄明。泊珍從小翠身後拉出那兩個孩子，手掌滑過他們的頭髮、肩膀，又捏捏胳臂，長壯了結實了，現在若他們叫她一聲媽，她肯定愧疚，還好他們沒叫，他們縮回小翠背後，小翠嫻靜的臉上沒有任何喜怒，只是轉個身，將壯和櫻帶到設在家裡的學堂，說那裡有功課等著。

在家鄉一住就一個月，白家上下盯著那兩個孩子看，對這四年來不曾再回過家的白小姐不敢多說一句。白夫人在思念夭折兒的悲傷與泊珍離家的震驚中，一直未能釋懷，鎮日病懨懨，白老爺和三弟爲重整事業與避免共產黨發動農民對抗，每天過著提心吊膽的日子，不再要求泊珍回鄉掌理事業。王順不知去處，白老爺私心裡又擔心泊珍棄家，因而對她的再婚沒說什麼，反而安排一個嬷嬷替泊珍帶孩子，又說，這嬷嬷可以隨侯泊珍差遣，隨她返回重慶照顧起居。

壯和櫻童稚的笑聲和身影，原已是家族的中心，那滿地爬的如意和澄明彷有搶奪注意力的架勢。泊珍常把如意和澄明託給嬷嬷，自己帶著壯和櫻在村裡走動，走到渡船頭，走到曾祖父的藥草房裡，鶴髮慈眉的曾祖父坐在滿室草香味中，幽暗的角落燒著一爐香，她彷佛走錯時代，又拉著兩個孩子走到山巒走到墳塚，那兩個孩子偶爾露出天眞爛漫的笑容，但大多時候是驚恐愼戒的跟著。無論她帶他們走到哪裡，在海邊在山裡見著了什麼人，唯一見不到的是他們的父親，她這樣帶他們走著又是爲什麼呢？夜裡，躺在沉寂的床上，窗櫺空有樹影晃動。多夜難眠，她喚來小翠，說：「我思前想後，無法帶這兩個沒爹的孩子去重慶。將來若日子順利，我還能多回來看看他們，若日子不順利，見面機會不多。妳在這家裡要替我多擔待，不看我的面子，也要看在王順的面子。」

小翠低下頭來，好像她和王順都赤裸裸在泊珍面前，她臉頰飛紅，欲言又止，泊珍又說：「我當初離開這個家，就無權多管事，這期間妳若有委屈，我向妳道歉，妳耽誤年華，爲我看顧孩子，這個恩惠我會記住的。」

小翠輕聲說：「小姐妳就放心吧，小翠怎麼樣是小翠的命，孩子一定替妳照顧好。」小翠轉身欲走，泊珍拉住她，解下手中一隻鐲玉，說：「去找王順，妳若有意，我會說服阿爹成就好事，讓孩子有爹娘，這隻鐲子就當我今日所說的憑信。」她將鐲玉塞入小翠衣袋裡，小翠拿出欲還，泊珍又塞回那鐲子說：「若妳不要王順，鐲子留著，當是我們姐妹的憑證。」小翠沉默無語，站了一會，轉身離去，口袋裡壓出鐲子下墜的弧線。泊珍心想，小翠妳無言以對，我講出這些話又何嘗容易。

沒幾日，泊珍去桂花家取出當日埋在書堆裡的黃金，留下三錠做爲對遺失金鍊的補償，當初那寄於麵攤家的鍊子，雖說要贖回，然而事過竟已不記來時路，她心想，在遺失水難記憶前，不如就讓鍊子留在麵攤家，讓那店家替她記憶那場災難。她要伯母多保重，世事還在變化中。黃金沉甸甸放在行李裡，她內心直覺來日必有用，但說不上來日到底將如何，來日變成一個模糊的影像，眼看江河山川，心裡如有陰雲罩頂。

回重慶後，終於有一天，晨間的雲靄方散，龐正的身影從殘霧中快步走來，推開家門，衝口即出：「妳要回家我帶妳去，再不回，將來可能沒機會了！」

「什麼意思？」

「有風聲，我們要先去南京再到上海搭船移到台灣，有船就走。」

啊，他們都知道這一天畢竟來了，可沒想到這麼快。

「跟著國民黨軍隊走，不然就留下來讓共產黨抄家滅祖。妳父親是地主，我是國軍，我們只有去台灣這條路了。」

「什麼時候去南京？」

「明天。部隊只這半天讓我們準備。」

「那我們又怎麼回家？」

「在南京等船期時，可以挪半天回家，我家離那裡不遠。」

一切來得太急，像逃難似的。她側過半個身子，看著正在翻箱倒櫃挑選隨身文件的龐正，他身子結實，但神色倉皇，正努力辨識哪些文件得隨身攜帶。

「我們這一去，是不是不會回來了？」

龐正抬起頭，凝視她一會，說：「也許會，也許不會。」

湯品

人生充滿選擇。路上有枚硬幣，你得決定撿或不撿；陽光很強，要不要把厚厚的脂粉塗在臉上；要不要去那裡，要不要買這東西，要不要去見一位朋友；菜單上有幾道湯品，你得選擇一道。選擇使內心像個滾筒翻轉不停，心情有時像車輪輾過凹凸不平的石路，有時像陽光照在凝滿晨露的花園，有時像沉沒大海，有時又像御風飛揚。選擇像個燈籠，引誘人們向前走去，堅信前方有秀異的風景。卻有兩樣事不能選擇，出生與際遇。

我們是如此不同的人。她說。

我們如此相同。他擎起她的手，放在唇邊，像嗅聞一朵晨花的香味。

你像從遙遠的地方涉水過來，身上布滿泥漿乾硬的痕跡，還要裝出一副帥樣；我像只坐在一棵樹下乘涼，大汗不流一滴，望著你走過來，就和你結合爲一。

沒有的事，妳身上有傷，只是妳忽略，那是妳可以安然坐在樹蔭下的原因。我的女士，我願意伏在妳腳下親吻妳的腳踝，從妳的腳尖進入妳的靈魂與妳合而爲一，柏拉圖的辯士們在千年前就描述了我們的相遇，我們各具一半的靈魂終於碰面結合成爲一個完整的個體。那個相遇的過程如此玄妙不受控制，只能稱爲冥冥中的安排。

就像受傷前不知道那將是走向危險之地，冥冥中有無從選擇的安排。她伏在他身上，聽到他緩慢有力的心跳。

是她要求他帶她來到中部這個陌生小鎮。她說，我們得去找出那個謎，那個也許連著我們兩個的臍帶，使我們註定有某一種切不斷的關係。在她書寫的過程，她知道終將來到這裡，尋到那對迷茫望著鏡頭的眼神，眼神後的奇山峻嶺。

但他把車子開到小鎮上的旅館，在那裡買了休息，她在他身上，像一隻蟲子在吮吸葉汁，從他身上吸取一切她所需要的能量來源。她的髮絲垂落成一縷紗帳包圍著他的髮絲，他含住她乳房堅挺的峰巔，舌尖帶來玉露晶華在那峰巔流轉徜徉，一股淡淡的菸草與芬多精混合的氣味流散。他屬於山林，屬於陽光，屬於那些街頭上製造幻景的一員。她從他身上滑下來，臥躺在他臂彎裡，問，那片子拍完了嗎？

他捏捏她的鼻尖，說，拍完了，還有下一部，沒完沒了的拍攝。

那表示你的經濟不虞匱乏。她說。

表示我繼續和廣告主一起詐騙人們的消費幻想，用經過許多矯飾與美化的畫面去讓人們產生幻覺。

有幻覺有時是幸福的，因爲人們總是對現實不滿意，能脫離現實到畫面的夢裡去，就不算是詐騙了他們。

那麼，妳是說，現實與虛幻都是人生的內容。他俯下臉來親她，說，妳的想法和我滿接近，是不是這點讓我們在這裡纏綿？

他又去追逐她溫滑的肌膚，她的呼吸，她扭動的浪聲裡每一個細微的喘息，輕撫她披散在枕頭上的髮絲，她滑進一句話到他舌裡——因爲無可抗拒的吸引。

過了晌午，他們走出旅館，坐上他的車，這次他開了一部黑色小轎車，灰暗的隔熱紙，阻絕外面的車囂與陽光，好像車內一直都是涼快隱密的地方，他在這地方一手操控方向盤，一手緊握著她的手，她低頭看地圖，告訴他每一個轉彎的方向。

來到山腳下的道路，往上坡開了幾分鐘，他們停在一個育幼院門口，那門口有一個公車站牌，沒有人等車，陽光輕蕩蕩游過一片山頭與育幼院建築，落在那隻站牌。他直接將車子駛進前庭，她想，哦，眞慶幸，這裡還有一個前庭和一片山林。

院方知道她的來意，她打過幾次電話連絡了這天的時間，一位修女迎出來，請他們到一個小辦公室，桌上已放好所有資料，記載從入院的第一天起，身分與身體的紀錄，還包括了每年家人所繳的生活費及送到院來的衣服用品等明細。姓名欄上他叫林育生，父親欄空白。

她並不急著看紀錄，她說，她要先看那「孩子」。

穿著黑袍的修女帶他們走過幾個房門，爬上二樓階梯，在二樓面山的方向停下來，那裡有一個閱讀室，只有一個「孩子」在那裡閱讀。

這是你們要找的「孩子」。修女說。

透過玻璃窗，他們看到那個孩子，他的頭髮粗硬，微鬈的頭梢緊貼著耳鬢和頸端，他有一副垂肩，手臂從垂肩延伸下來，彎曲的手肘靠在桌上，曲坐著的身材看起來略胖，皮膚有點鬆弛，側邊的臉看上去，略圓的臉形有專注的神情，眼睛一直盯著書上的一幅圖畫。她轉過頭來問修女，他閱讀嗎？

可以讀一些，很簡單的。

他常讀嗎？

他常常看圖，不說話的看著圖，我們以爲他有些想法，但不知道他想什麼。

他是不是不常運動？她想他肌肉鬆弛是因爲少運動。

我們有一些運動的訓練，除了那些，他通常安靜的坐著，或在閱讀室看點圖文。修女停了一下，補充說，他是個安靜好照顧的「孩子」。

但這孩子看起來已是中年之身，她走進閱讀室，他和修女都跟著她走進來。她坐到他對面，看育生會不會自己抬起頭來，育生仍然注視著那幅圖，那只不過是個坐在樹下盪秋千的孩子圖像，孩子旁邊還有一條狗。

育生抬起頭來時，是他正要翻頁。他眼神游過眾人，然後注視著她。

她也注視他，那個她在照片中已經熟悉的臉，迷茫的神色中略透一點專注，眼角下垂，原本應該美好的輪廓因爲缺乏表情而有鬆弛的線條，眼裡彷彿有話，嘴巴卻無法訴說，她因而無法判斷這一張臉曾遺下誰的影子。

她聽到自己的嘴裡發出一連串的問題，你知道你在這裡很久了嗎？你知道你是誰？有人來看過你嗎？你平時都做什麼？在這裡有沒有朋友？想不想有朋友？知不知道你有父母，有兄姐，有一個你不知道的世界？……她的嘴角滑進鹹鹹的淚水，在那淚水中，對面這個不說話的人模糊成一團白白的霧氣。

他們走出育幼院，坐上車，他啓動引擎，按開冷氣，在突然降溫的幽靜車廂裡，他用冷靜而疑惑的音調問，我的愛人，妳爲什麼哭泣？

她像坐在一團交錯的織線中，正在抽出線頭，低頭說，因爲書寫。

他無語，掌握著方向盤駛出山路。等她把話講下去。

有人選擇有人被選擇，上帝並不給人同等的優勢，要聽我說故事嗎？

小姐，我期待已久。他俯過身來親她。在她耳畔說，告訴我那個非來這裡不可的祕密。祕密說出就不是祕密，小心開車，別再把你的嘴巴湊過來，有些時候要正經一點。

她無非希望，在她講訴這些事時，他能當一回事聆聽。

19

窗前安靜的風日是夢中還是夢醒時刻

潮溼鹹蝕的海風晃漾船身，泊珍的手臂緊緊抱著暈船嘔吐的澄明，在黎光漸明之際，懷裡的孩子沉沉睡去，一弧陸地的影子浮在水面，歷經三夜的航駛，撤退的終點浮在黎明的水色間。擁擠的船艙流散食物、嘔吐物、體液交混的餿騷氣味，許多人站起來看曙光下的陸地，引動那股令人昏沉的氣味。泊珍也抱著孩子站起來，陸地，陸地，蒼灰色的弧線彷如蓊鬱的山林，林上浮著一抹淡淡的紫紅，三天前上岸碼頭的慌亂，一下被這蒼灰與紫紅給回歸平靜了。

離陸地越近，幾乎所有人都站起來，打盹的、閉目養神的、焦慮的、無所謂的都站起來，有的迫不及待認好了自己的行李等著下船。一直坐在泊珍身旁的桂花沒有動靜，屈彎著身體靠著艙壁，兩個孩子已站起來踮著腳尖想跟著眾人引頸望向陸地，泊珍蹲下來搖搖桂花，才一搖，桂花就向一旁傾倒，捧腹作嘔，她探了探桂花臉色，蒼白如蠟，急忙抽出行李裡的衣服，替桂花擦拭嘴臉及嘔吐物，又喚龐正去艙口叫回站在那兒觀望的劉德。

劉德彎下身來，大掌掐出手帕又替桂花擦了擦，像提物般的拎起桂花，說：「走吧，要下船了，馬上就有個新家了。」桂花又跌了下來，劉德陪她蹲坐下來，讓她趴在大腿上。不多久，有人喊下船，爲了逃離艙裡沉悶餿臭的味道，爲了在這塊陸地上找到安穩，大家搶著下船，龐正說：「別急，上得了船，就下得了船，我們慢慢來吧。」他們等到最後，龐正管照幾個小孩，泊珍和劉德左右攙扶桂花，泊珍突覺桂花像塊碎瓷，一不小心，可能就跌地碎裂。

上岸的一群人臉色雖疲倦，眼神還有些期待的神采，他們等在碼頭，觀山望水，不知身在何處，有人說是基隆，基隆對他們來講只是一個名詞，退到這裡來，他們更想知道落居的環境，眼前起伏度不高的山巒青鬱濃綠，飽含水氣，看來讓人心裡有一點安穩，他們腳踩泥地，慶幸不必在海浪裡隨波顛簸，心急的人在等待的空檔，就步出了碼頭去瞧瞧市容，才走了一條街，米行布行雜貨行沿街分布，但見幾部軍用卡車駛來，便都歸了隊，怕錯失搭車，落個無家可歸。

泊珍一家陪著劉德和桂花，寸步不離，桂花搭了一趟船，身體吃不消，直嚷頭暈，泊珍時時捏捏她後頸的穴位，提醒她，「振作起精神，生活才要開始呢！」桂花笑望來時的一汪海洋，回說：「是啊，還要好好生個兒，回家給媽抱呢！」

他們搭上同一部車，經過寂靜的山路、平靜的村落，階梯式嵌在山腰間的人家門前曬著衣服，一片風日靖好的樣子，他們心裡也就平靜下來，泊珍不禁掂掂手提著的行李，那裡頭有黃澄澄的金條，在島嶼落戶的此時，這些金條彷彿心裡的一線陽光。

在蓊鬱的山林間翻越，泥路不平，塵沙紛擾，空氣卻飄散著山林的淡淡清香，天藍雲淨，兩家人挨著坐，同車的人許是心情輕鬆了，孩子們有嬉鬧聲了，大人開始談論，不同的鄉音，都聊著故鄉事。

軍團從台北轉到新竹落居，那裡有一片偌大的日式房宅空蕩蕩等在那兒。

房宅由幾條巷弄隔開，各巷弄裡的屋子大小不一，他們各領了房門牌，走向自己被分配到的房舍，龐正和劉德隔著前後巷，各自帶著家眷走進各自所屬的巷弄。

數個月前，這些巷弄像鬼城一樣安靜，最後一戶搬遷的日本人捧著家裡老人家剛燒化的骨灰沉默離開，殖民國家子民輕細的語言和最後一絲喪親的哭泣聲從巷子裡消失，那戶人家的門口掛著兩盞紙燈，給風吹襲了幾個月，雨水把白色漿成灰褐，牆根的雜草漫越過燈籠，堵住兩扇荷綠大門。龐正配住到這戶房舍，首先取下那燈籠，除掉雜草，能配到這區房舍得具備某種軍階或某種相當的關係，許多小兵只能紮在像難民營似的露天帳棚裡等待分派住處。

屋內空無一物，他們忙著領配給，忙著給家裡添桌子椅子、鍋盤碗筷，沒床的暫且打地鋪，有個遮風防雨的屋簷，日子便也像個日子的過下來。

城市常颳風，一陣一陣颳得眼睛睜不開，道路寬敞，房舍低矮，空蕩的路面，偶爾幾輛吉普車駛過，揚起一片沙，時興的腳踏車穿過這條街又那條街，寬大的後座面板盛載貨物，塵風中，即使有浮動的車聲人影，因風裡的寒意，城裡仍有蕭索的意味。

往住宅區裡去，這股蕭索意味便像隔牆泥，嵌在空氣裡阻成了內外，他們的眷區，人潮一直熱鬧著，父母去上班的，孩童在巷裡呼朋奔跑，或有幾家婦女聚在門前聊天，巷子維持一股生氣，尤其黃昏時，當父親的從軍團回來，孩子下了學，巷子便熱絡起來。

桂花還擔任護士工作，被分派在軍醫院裡，兩家隔著一條街，泊珍因已離開軍醫系統，白天就把桂花的大女兒初梅和二女兒曉春接到家裡和如意、澄明玩耍，四個孩子趴在小小的後院翻泥土找小蟲，在家裡時，也儘是在地上滾著，她想把他們送出去讀書，附近還沒找到可以收幼兒的地方，眷區裡多著和他們類似的孩子，全在家裡吵鬧打架，女眷們反應給先生，先生報告給軍團，軍團便立意成立幼兒園，在還沒成立的這段時間，泊珍陪著孩子在家，她感到自己好像天天在原地打轉，準備早餐中餐晚餐，爲孩子洗澡，爲院裡的植物澆水，淘洗一家人的衣服，下午得空時，和鄰居在門口聊聊天，這樣一天結束，明日太陽又昇起，她大約又把昨日重複一次。

來年暮春，她和桂花先後懷孕，桂花早她兩個月，整個眷區，許多女眷懷孕，女人們守著家裡，守著一群同時渡海而來的孩子。懷孕的女人，臉色有時露出憂慮，多一張吃飯的嘴巴，得多挪一個睡覺的位置，多縫製幾件衣服，有限的食物配給，讓他們老吃饅頭水餃，有時，也盼望吃吃別的東西呀。於是，有人在院裡養起雞鴨，犁出菜園，架起絲瓜棚，有人加工製作家鄉風味食物，在眷村裡兜售，也有人走出眷村，走進典當店變賣渡海帶來的家當。巷裡的屋舍緊緊相連，對門相望，吆喝孩子與夫妻對罵的聲響穿牆透窗，通常在晚餐時間，那些聲音成爲飯桌上的配菜。

泊珍興致來時，採買李子梅子釀蜜分送鄰居，那是父親調教工人的老手藝，她看久了記在心裡，如法炮製一番，滋味也很上口。村裡每有初懷孕的孕婦，便來跟她要蜜梅，泊珍又起鍋弄灶，洗梅曬梅，這些程序像道陽光，替生活送來光亮。等她肚子大起來，腰不好彎了，她便丟下這些爲人製梅的工作，厭倦的坐在窗戶邊的餐桌前，想起家鄉的父母，及那兩個孩子，眼淚沿腮滾落。懷著孩子的這幾個月，她就這麼常常趁孩子們在後院玩時，自己一人坐在窗前，模糊的淚眼中，前塵往事一一放大。

上船前兩天，時間十分漫長，彷如被一面紗帳罩覆，一揭開那紗帳催促時間前進，才看到欺瞞的事實，她曾希望時間倒流到某一點，永遠不要前進。

龐正的家在湖邊，他們在暫時安置的住處搭火車，又轉了拉車，才花了兩個小時就到這個湖邊小村，龐正一路上沉默不語，待拉車進了村，龐正不斷移動身子，好像背上有虱子，她一直問他，怎麼啦，怎麼啦。龐正嘴邊囁嚅了什麼又吞回去，只交代車伕，在門口暫停，回頭還要搭。

車子在門口一停，她帶著兩名孩子下車，在門前一站，好一棟文雅的住所，上等的木材當簷柱，木頭的色澤沉著，隱透香味，牆門的木材也是泛著光澤，暗紅色的門扉漆色光亮，房子有二進，他們跟著龐正越過天井來到正廳，龐正在門口就差人通知母親。來到正廳時，母親已從偏門裡出來，藏青色的衣服使她顯得嬌小，頭髮盤得整齊，素容乾淨，皮膚乾縮出許多皺紋，但眼神精利，像一泓湖水反光，落在他們身上。龐正一見母親，向前下跪說，軍隊暫時要移到台灣，回鄉與母親告別，也帶新媳婦來看母親，向母親請罪結婚沒有告知。泊珍連忙帶著孩子向前叫了媽，當母親的，向後走了幾步，坐在一把色澤沉著的扶椅上，沒有要兒子起身的意思，像是低頭沉思了一下，才問說：「去好久？」「還不知道呢！也許很快就回來了！」母親又問：「你帶回來新媳婦，那對雪兒要有說明。」「我會跟她說明的。」「她正在廚房裡給你們準備午餐！」母親的眼光在她身上迅速探過，又回到兒子身上說，「這樣急忙忙回來，你快去跟她說明。」龐正站起來，卻是在原地不動，望著泊珍，泊珍抓著兩個孩子的手說：「既是回家了，你到哪裡我們就跟你到哪裡，該看的人就去看，車伕在外頭等著呢。」

那當母親的端坐在那裡，臉上沒有表情，龐正轉身輕步往廚房去，泊珍帶著小孩跟在後面。位在西側的廚房有一面小窗，從那小窗裡看見兩個接近少年的男孩對桌而坐，眼睛盯著灶前忙碌的母親，那母親彎著身給鍋裡下菜，壯碩的背影晃動如一縷迎風的剪影，令人難以輕易辨識。龐正步入廚房，泊珍拉著孩子在房外的小院裡，孩子蹲到地上追撲一隻蚱蜢，她從那口窗，彷彿看到一個時光的甬道，可以通到過去，把躲在腐草爛泥裡的故事都翻過來。龐正撫著那兩名男孩的頭，把大的那位的頭攎到胸前，還試圖抱起小的那個，那小的已到他的胸肘高了，窗裡的女人始終低著頭，龐正跟她講了一些話，她轉身去照顧鍋裡的食物，回過身來，往她這裡望了望，然後走出廚房，龐正跟在後面。他們兩個正往她這邊走過來，她拍拍衣服，只跟那後頭的龐正說：「我知道你的家了，你留家裡一會，我先和孩子回車站。我請車伕回頭來載你。」她匆匆抓起孩子的手，走過天井，女人和龐正都追過來，龐正說：「留下來，一會就一起走。」手沒搆到她的，泊珍已邁出大門，坐上車，催著車子往前走。

車輪骨碌骨碌轉動，壓過青磚地的苔衣，帶起那裡的塵灰到另一段路上，她急速的心跳令她臉色燥熱，孩子一路叫著「爸爸沒來，爸爸沒來」，她說：「等會就來。」她的腳懸在車軸前，西斜的陽光照亮她眼裡的淚光，車伕的額邊冒汗，她頓時失去空間感，車伕要將她拉去哪裡呢？他們兩人各自守著婚姻的祕密又是為了什麼？回家，對，她想回家，回她河流邊山腳下的家，若現在轉個彎回家鄉，棄他而去，他會怎樣？他為什麼放棄自己的家和她另成一個家？他為什麼要隱瞞自己已婚的事實，哦，我又為什麼隱瞞我的前一個婚姻？現在又該怎麼辦？沒有歧路可走，已經跟著軍隊移動，難道渡江離鄉，各自遙想自己原有的家，是未來的命運？她明知道龐正只是哄他母親，讓母親誤以為渡海只是短暫的遷移，實在是他選擇了她，沒有能力帶走母親，只好由家鄉的女人與母親相依為命。那麼，她還要追溯龐正的欺瞞嗎？還要在這亂世中去找一片清淨之地嗎？

她在火車站等著龐正會合的那段時間，於她是一片空白，在龐正那邊，和夫人小孩又是什麼情景？

彷彿是漫長的等待，龐正來娶時，她淚流滿面，龐正也只是說了：「我帶妳去台灣。」他們就置身火車廂裡、渡輪裡、日夜滔滔翻騰的海流中，靜默無語的等著另一個未知的將來。

龐正的處境已明朗，而她還沒說出口自己在家鄉遺下兩個孩子，如果說了，龐正會不會放棄她帶著元配去台灣？她千思百想猶豫該不該說，看龐正一路討好她，爲她抱孩子，提行李，話到嘴邊又像塞了核桃。在碼頭看到劉德和桂花，她好想去抱抱他們，但也只是低著頭，跟著人們擠上輪船。

在異地的窗前，她彷彿經歷一場夢，窗前安靜的風日是夢中還是夢醒時刻？懷裡住進這個孩子，在她的沃土裡生長，也將在這片新土地開枝散葉。哦，窗前那隻飛過的黃蝶，姿態爲何輕盈如羽？

20

他眼裡乞憐的眼光 像一團遠方漸進的熣火

一九五〇年下半年，中共與韓國打仗，原本與中共交親的美國轉向支持台灣，美國爲了守住太平洋上的這塊島嶼，大量的支援台灣物資，美軍顧問團的士兵出現在台灣島，海峽中線劃起了互不能侵犯的嚴密防護，國軍知道那表示什麼意思，他們像一棵棵的樹，搬到這裡來，得生根、茁壯。軍隊的調動很頻繁，龐正和劉德常常出差幾天，眷村的婦女多半守著院裡的幾株樹和孩子們，炊火過日。

隆冬接近新年之際，有天劉德走進前院，低懸的帽沿下的臉色看來有點陰鬱，他敲了兩下門，站在門前說：「桂花生了。」

泊珍放下手邊正削皮的蘿蔔，迎出來說：「生了？男孩女孩？」

「男孩！」劉德說。

「太好了，她一直希望生個男孩給母親高興呢！」泊珍見他臉上並無喜色，詫異問道：

「剛生？人呢？在家裡還是醫院裡？」

「在醫院裡，她大出血，整個人都暈了。」劉德垂著頭，拱起手來握著她的手說：「泊珍，她太辛苦了，在醫院工作到臨盆進產房，我帶著孩子去的時候，孩子已生了，她躺在床上無法講話，泊珍，請妳幫幫忙，我現在完全不知道該怎麼辦！」劉德眼光停在她臉上，好像可以從她那裡得到力量。泊珍馬上回身返屋拿了皮包，交待老大照顧小的，在桌上留了字條給龐正，便跟著劉德往醫院去。

醫院裡，曉春坐在床邊，磨蹭著媽媽的腳踝，桂花臉色蒼白，手背上掛著點滴，新生嬰兒睡在旁邊台架上的一隻籃子裡，初梅站在籃子旁，注視籃裡的小生命，桂花原是閉著眼睛，聽到泊珍問初梅：「誰把小傢伙放籃子裡？這台架怎麼擺這裡？」

「是媽媽請醫院的人這麼做。」初梅說著，偎到劉德旁邊，好像在那裡等劉德很久了，桂花睜開眼，望著泊珍說：「我要回家，泊珍，帶我回家。」她氣若游絲，聲音好像從幾層紗帳後飄過來。

「妳看來很虛弱，醫院有病床讓妳住，妳就多住些時候。」

「孩子們沒人照顧，劉德一個人忙不過來的。」

「孩子交給我，我也會請人給妳送食物來，我們是姐妹，妳別客氣。」泊珍看她眼中無神，轉身到籃子邊瞧著熟睡中的小男嬰，說：「這傢伙很結實，長得像劉德，將來長個好樣子，帶回去給媽高興。」

桂花討著看嬰兒，劉德將整隻籃子捧到床邊，桂花轉過頭來對著嬰兒微笑，她的嘴唇發白，眼睛翕上又睜開，睜開又翕上，泊珍將手伸進被子裡，揉壓她的子宮，強迫子宮收縮，桂花忍痛蠕動身子，臉色慘白。劉德在一旁說，「她大出血，還不能太用力。」

桂花瘦弱如一襲薄紙，小嬰兒待哺，泊珍替桂花拉拉被子，她自己的肚子也夠大了，頂到了床緣，她拉起兩個孩子，跟劉德說：「你留在這裡照顧她，等會我請人帶雞湯來，孩子就交給我吧！」

回家的路上，她去市場買了雞和菇類，生壯和櫻時，家裡有人侍候，不勞自己張羅飲食，和龐正結婚後，戰亂流離在外，她根本不遵傳統做月子，爲了出奶，頂多喝湯，現在要爲桂花準備食物，她只會做最基本的雞湯，她腦裡浮起桂花媽媽在廚房準備食物的身影，如果媽媽在身邊，看到桂花虛弱的樣子，應該會爲她準備補品，悉心照顧她吧！現在她得代替桂花媽媽照顧桂花，還要照顧四個小孩，而自己肚子越來越沉重，兩家的男人都隨時可能被部隊派遣到外地，哦，她覺得自己的手和腳似乎都不在身邊了。這樣想的時候，她已到了家，所有人都等著她做飯，她先做了雞湯，請鄰居的太太跑一趟醫院送雞湯給桂花。喔，她再也不要過這種生活，她從來不擅長照顧人，不擅長爲許多人洗衣服，不擅長爲一個孩子洗了澡又燒水爲另一個洗澡。

第二天，孩子還沒醒的時候，她來到市場，那裡從六點開始，就有攤販準備一天的生意，她找了幾家認識的攤販，一家家傳遞訊息，「我要兩個傭人，有好的人選幫我介紹呀！」

攤販大多講台語，一兩個懂華語的，再加上比手劃腳，訊息很快傳遍市場，馬上就有人說家裡有閒置的人，需不需要呀，泊珍說要有經驗的，太太最好。然後，她來到市場邊早開的銀樓，從懷裡拿出一塊金條，五兩，是，我要換現金。太太，這很多，要不要切塊呀，金價會變的喔，錢也會變薄！

不必，全換了。

陽光斜曬，她捧了滿手的錢，放在提袋裡，回到家又把錢放在衣櫃裡。下午就有人來敲門，說鄰居的女兒想找個工作，那鄰家的先生幾個月前中風，躺在床上無法工作，太太照顧著，留在家裡的大女兒二十出頭了，還沒找到人家，平時照顧弟妹外，還隨著媽媽到人家家裡打掃，現媽媽無法出門工作了，這女兒還年輕力壯，想找個工作養家。泊珍約她來見，這大女孩長得清瘦安靜，低著頭，害羞的擠出在華語班學來的華語發音，說自己叫春信，淨白的臉上不脫稚氣，似乎未經世事，泊珍問她，平時在家做什麼事，一旁帶她來的人協助以台語華語交談後，春信回說，洗衣燒飯帶年幼的孩子這些事都會做。

「現在我的朋友急需要一位幫手。妳得待在那家裡工作到孩子上床睡覺，還照顧一名產婦和小嬰兒，這個工作需要體力，妳可以嗎？」那叫春信的女孩捲起袖口，提起兩隻手臂往前做了一個握拳的動作，表示自己做得了那些事。

泊珍帶他們越過一條巷子，來到桂花家，狹窄的前廊靜佇溫和的陽光，地上盆栽鮮綠生氣，推門入內，幽暗無明，她捻亮一盞五燭光，照亮小客廳的擺置，家裡唯一的桌椅就是一張方形餐桌和四把椅子，正放在小客廳中，隔著一道牆，即是廚房。她帶春信進入廚房，讓她熟悉鍋灶的位置，從手提包裡掏出一些鈔票到她手中，說：「好好做，我不會虧待妳。妳得去買菜，照顧這一家人，替產婦做東西吃。」春信自己比劃了市場的位置、醫院的路徑，表示她熟悉這些地方，她只要泊珍將桂花的名字寫在紙上，說自己可以送晚飯到醫院給桂花。泊珍因此在字條上也寫了訊息給劉德，「為你們請了傭人一名，安心照顧桂花。」她想，她也只能做到這樣，她的大肚子已令她走路沉重，無法走到醫院，她只好把桂花一家交給一個素昧平生、未曾打探過身家的陌生女子了。這樣做好像太草率，但她不打算花太多時間思考，春信會是個伶俐的助手，她看到春信眼裡的慧黠，她和桂花都得賭賭運氣。

回家後，陸續有人上門介紹幫手，哦，需要工作的人真多，可她得先休息，她看了她們幾眼，都沒有允諾，她走到隔壁家，跟那家的劉太太說，今晚可有空為我們做一鍋麵送過來，我會給妳錢。那劉太太也答應了，無非多下點麵條，加點青菜，泊珍不會少給她的。確定晚飯有著落後，泊珍關起門，今晚不打算再應門，她需要坐在椅上休息一會。

近黃昏時，龐正推門進來，那是他最近難得的連續在固定時間回家，她知道這個時候他會回來，她的廚房冷鍋冷灶，她告訴他這一天她為桂花請了傭人，桂花的孩子有人照顧了，她不再需要為桂花看管孩子。「我賣了一塊金子。」她說。

龐正從公事包拿出一疊資料，放在桌上準備閱讀，一邊聽她講，一邊進入房間換了便衣，回到桌前，應了一聲「喔」，就低頭翻閱那疊資料。直到夜色漸臨，劉太太來按鈴，他才挪開資料騰出桌面放麵鍋，抬頭跟她說：「妳安排好就好。」

她招呼在如意房裡玩耍的四個孩子出來用餐，如意在這段日子成爲一個懂事的孩子，領著弟妹讀書玩耍，或者替她做點小事。四個孩子，每個都聽話的坐在椅上，龐正安靜的吃著，好像眼前並沒有那些孩子，好像他的世界可以和眾人隔絕。

她去還麵鍋，穿門臨巷，漆黑的牆邊一個人影走來，高大的身影占據半個巷面，他問她：「妳拿著鍋子去哪？」

「隔壁幫我做晚餐，我還人家鍋子。」她站在他面前，抬起頭來問他：「桂花今天情況怎樣？」

「謝謝妳的安排，春信把飯菜送到醫院，她看起來很盡職。」他的聲音有點猶豫，「我們……，妳也知道，我們很難負擔……。」

「桂花是我的姐妹，她的事交給我，我答應過她的媽媽照顧她，所以我沒有徵求你的同意，自己做主請了人，她需要有人幫忙，你們都需要，我也負擔得起，我……」

劉德黑色的身影臨頭罩下，他摟著她的肩，替她接走那隻鍋子，說：「謝謝妳，妳自己也需要有人幫忙。」

泊珍抽回手，望見他眼裡乞憐的眼光像一團遠方漸進的篝火，她說：「進來吧，把孩子接走，以後春信會幫你照顧孩子們。」

21

站在門前的這名婦人叫菊子

桂花從醫院回家，似乎是一場災難的開始，她在哺餵嬰兒時頭痛，在往洗手間的走道上昏厥，春信像照顧一隻虛弱的小貓般，小心翼翼扶著她走動，托著她躺臥，爲她燉熬補品，洗刷一家人的衣服，替嬰兒及孩子們洗澡，爲他們準備食物，直到夜深的時候才回到自己幾條街外的家。

家裡的父親躺在床上，鼻息深重，夾雜長長的喘息，昏暗的燭光下，深陷的眼凹像兩塚年久傾陷的廢墟，母親坐在一邊未眠，好像在那裡等待她歸來、等待丈夫的死亡。春信接下看顧死神腳步的工作，要母親休息，母親起身時總要叨念，「伊要走了，最未放心汝的終身，一個老姑娘將來依靠誰？」春信催促原已昏昏欲睡的母親上床，重複回答的話語，「老姑娘要給汝當奴才照顧汝一生啦！」她在兩張板凳架起的床板上與死亡氣息共眠，桌上藥壺滲出的中藥味帶著一絲苦辛，她在那苦辛中沉沉欲眠，腦海裡盤旋桂花一家人的顏容，那是她的工作，明天，每一個明天，她都將爲那些顏容演奏生活進行曲。

泊珍臨盆的時間逐漸迫近，她每天去市場購物時，仍不忘打聽適合的女傭，雖然來了幾個婦女應徵，但因看來不夠俐落，她擱在心裡沒有決定。這天提著一盅雞湯來看桂花，桂花囑她：「肚子大了，莫再天天來，家裡有春信照料，妳儘管放心。」

「肚子大了算什麼？能走動就走得到妳這裡。做家裡那些瑣瑣碎碎的事還更累呢。」

「妳生產，就請春信去照應，我家裡的事我該自己打理。」

「別逞強了，妳媽在身邊的話，要掉淚的。」

「這讓劉德聽了會難過，是我自己要這麼過生活的。」

「生活沒這麼困難，妳頭上那片天我來撐，把身體養好了，帶胖兒子回家給媽媽高興。」

「不要一直講我媽，妳的媽也等著看妳，妳也不能讓自己累著、累老了。」

「靠著我父親給我的家當，日子能不好？可一時找不到適合的幫手，不像看了春信就有安心感，老天還沒想好怎麼賞我一個好幫手。」

那春信耳尖，半想半猜的，在一旁摺疊著剛曬乾的衣服，就接口了：「太太要找人？我有個遠房表姐最近託我媽找工作，太太有需要，給她一個機會。」

「什麼樣的人？」

春信猜想那話的意思是要她形容一下這位表姐，她就說了，死了丈夫了，三個孩子都由婆婆看顧，原在一個木材工廠裡做女工，那木材行給火燒了，伊急著找別的工作，人在中部，寫封信伊就會來。「太太放心呀，表姐是有責任的人。」她豎起大拇指，泊珍雖然不很清楚她說的內容，但看到那豎起大拇指的俐落動作，就像是張保單。她了解那是位外地人，外地人是個不錯的選擇，可以長住在家裡，她要一個可以隨時處理勞務的幫手。她沒多猶豫，就說：「妳保證她勤勞，就請她上來，薪水請她放心，我發在先，不會虧待她。」

這時已快翻年，過年的氣氛隨著嚴寒的冷風凝聚起來，這是他們在台灣過的第二個新年，第一年因初來乍到，忙著安頓，沒有新年氣氛，第二年，眷村裡陸陸續續添了新生命，家裡的鍋盤碗瓢漸數齊備，加上美軍對物資的增援，家裡多了些食物配給，這個異地的年，就突然有落地生根的感覺了。眷村裡有些善書法的，到市場裡擺起寫春聯的攤子，婦女也糊了紙花打了中國結掛在攤子上販賣，給市場增添過年氣象，圍觀的台灣民眾不少，識字不識字的，都圍過來討新年氣息。泊珍也給門楣貼上春聯，她的門廊雖簡陋，無法與家鄉的門廊相比，但貼上春聯那刻，她感受到這是一個家，一個將充滿各種生活氣息的家。

桂花家卻因她產後身子虛弱，而毫無過年氣息。桂花夜裡醒來哺餵嬰兒，劉德協助她，劉德要擔心的不是那個時常熟睡的嬰兒，而是桂花一直未從生產的虛耗中康復。

有天夜裡，桂花醒來，為嬰兒換了尿布後，坐在椅邊低泣，劉德聽到那低低的飲泣聲，急得伸手找她，輕觸到她膝蓋，覺得那膝蓋在顫抖，他連忙起身，俯近她，問她：「怎麼啦？」

「我看不到你，我替兒換了尿布後，就什麼也看不到了。」她把身子弓縮在椅背裡，泣聲逐漸放大。劉德摟肩安慰她，「妳只是太累了，我會帶妳回醫院檢查，我讓妳太勞累了，我不該讓妳繼續在醫院工作……」他的自責淹沒在桂花的泣聲中，心裡的恐懼漫過黑夜無限延伸，一個產後的婦女怎麼會虛弱到眼睛看不見？他要桂花躺回床上，自己卻在房裡像盲目的螞蝗驚慌無據，初梅在另一張床上安睡，桂花躺在嬰兒旁表情茫然絕望，若現在去醫院，家裡三個孩子怎麼辦？唯一的辦法是找泊珍幫忙看顧三個小孩，但泊珍已近臨盆，現在去找好像太不近人情。他站到窗口，望著屋外一襲樹影，祈禱天快亮，亮了或許發現這只是一場惡夢。

樹影不動，天際一線淡淡紫暈，他心想，還是去找泊珍吧，她知道該怎麼辦。他回到床邊跟閉著眼的桂花說：「我去找泊珍照顧孩子，我立刻帶妳去醫院。」她伸手抓住眼前這團白霧，白霧漸漸散去，她睜得大大的眼睛像一時要把所有東西看清楚，她說：「這會兒看清楚了，等天亮吧，別折騰了泊珍。」

晨光初現，桂花攬手向眼前抓了抓，像要抓住眼前的晨光，她說：「我看得見，窗上有隻蛾還不走呢！」劉德因此懷疑夜裡那短暫的盲視或許只是幻覺。

桂花是受過訓練的護士，她心知肚明，暈眩伴隨的短暫視盲，與產後虛弱的症狀無關，她害怕再次失去視力，在春信叩門之前，她俯身細看熟睡中的孩子們，撫摸他們的臉，擁抱他們的身體，告知劉德衣櫃裡儲放金錢與證件的角落，把貼身衣物放在一個伸手可及的位置，努力記著每個常用的東西擺放的位置。

春信推開前院大門，她像平時那樣像朵乾淨的白茉莉走入院子，桂花一聽到那推門聲，就拎起隨身小提包，在客廳門邊，她看著春信溫和誠懇的眼神，交代春信照顧孩子，不確定春信聽得懂不懂，還比手劃腳讓她知道，若她去醫院久不回來，就餵嬰兒喝米湯。

桂花嬌小的身影與劉德高大的身影並肩走出晨曦，劉德身穿軍服，送桂花去醫院後，他還得回部隊執行公務。他眉頭緊鎖，桂花抬頭看他，他的輪廓在晨光中突然變成模糊的一團白霧。

日子便在這樣一陣清楚一陣模糊之間進行著，那些頭痛、暈眩、視盲全起因於腦部一顆逐漸擴大的腫瘤壓迫了視神經，這個消息像顆炸彈落在屋頂上，劉德覺得自己坐在一片破瓦殘垣間試圖支撐出一塊可以生活的地方，但他不知道自己可以使上什麼力，他每天固定的時間要到軍中，在軍隊擔任文書工作，官拜中尉，那還是退守台灣後拿到的位階，在這個位置上聽命行事，在戰事情況還不明朗的情況下，軍隊可能隨時調動，這個病妻的癌細胞已經擴散，軍醫認爲動刀枉然，那麼日子是等待死亡的召喚。劉德看到的未來一片黑暗，唯一的一盞弱光，是春信。一個安靜認分的台籍大姑娘爲他扛下所有家務，還照顧著他的病妻，每天下班走到家門時，也唯有這盞弱燈引他進門。

醫院特別准予桂花長假，泊珍每天都來陪桂花，眷村裡熟識的太太們也輪流來看看桂花的情況，泊珍在時，會替桂花把那些太太們擋在門外，防止人多替病人帶來疲勞或感染。劉家籠罩在死亡的陰影下，春信每日回家和出門前，都不忘在自家廳堂的觀音像前撚香爲劉家的太太祈福，她每天調米漿餵食嬰兒，爲兩個女孩梳辮子，和這一家人語言溝通雖不順暢，靠手勢和眼底的那點意思，大略可取代語言的不足。春信將從泊珍那裡拿到的薪水，買了一台簡便的收音機，邊做家事邊收聽華語廣播，剛開始不明白播音員的意思，聽多了，似乎也能猜測一點意思了，也更敢多使用華語和來往於這家的人溝通。

元宵過後，又挨了兩週，已是仲春，泊珍接近臨盆，春信住台中的遠房表姐拎著一隻簡便布包，由春信領著，來龐家叩門。站在門前的這名婦人叫菊子，從容的彎腰向她鞠躬，那姿態有點謙卑又有點自信，二十七歲，身高中等，雖已生養三名子女，身材窈瘦有致，略方的臉上有點鬱抑的神色，但整體精神痲利，穩重誠懇，幾口簡單的華語聽來乾淨清脆，大概是來之前努力學過，泊珍當下覺得這婦女有學習力，似乎可以信任，便延她進門，安排她和孩子們同房。菊子也沒耽擱這般順利的好運，放妥布包，就來請示該做哪些事，泊珍吩咐了三餐固定事項，細項沒多說，菊子便拿起掃帚抹布把庭院掃過一遍，廚房裡的廚櫃都擦得水亮。

雖然泊珍所講的話，菊子還不太能完全懂得意思，但見廚房裡擺放的蔬菜和桌上三碟殘餚，魚肉菜齊備，大略對這家的飲食有點初入印象，心裡縱然有點忐忑，但想在人家家裡做事，多聽主人吩咐，多看眼識，多守分寸，應是唯一可以讓自己安適的方法。

她的布包放在孩子房間一個壁櫥裡的小方格，那一格擁擠而幽暗，但讓她有安心的感覺，她將壁櫥裡塞得凌亂的衣服一一摺疊好，反而騰出了多餘的空間，可以有餘裕的收納衣物，更覺有了歸屬感。

她與婆婆同住的那個家裡，一個壁櫥也沒有，他們一家五口，婆婆，她，和三個孩子，東西全放在通鋪床上和幾隻紙箱裡，唯一的一張桌子是飲食也是堆放碗筷鍋具的地方，幽暗的房裡是她幽暗的記憶。去年丈夫過世前，足足咳了一年，滿屋子迴盪著他咳嗽的聲音和逐漸萎靡的氣息，她和婆婆每天替人家洗衣賺取生活費，漿洗別人家衣服的汗漬，搓洗自己丈夫沾染在床單上的血跡，擦拭床上的血痕。丈夫靠在她溫熱的手掌間呼出最後的氣息時，她三歲的小女兒玉娥正趴在他腳上玩著數腳趾的遊戲，天色昏暗，是臨近晚炊時刻，她的丈夫來不及吃下一餐，鄰居說，伊留晚餐給汝們呀！她的眼淚幾乎流成一碗祭祀的酒水，五歲的大女兒玉香緊緊抱著哭得呼天搶地的阿嬤，七歲的大兒子建雄蹲在她身邊，和她一起為丈夫淨身，幽暗的房裡，丈夫的身體閃著溼巾劃過的最後澤影。那副乾瘦的身體啊，像截粗乾的枯枝，逕行回歸塵土，留給她幾口荒乾的嘴巴，等待她去餵飽充澤。

她把他放在一片早為他準備起來的木板上，兩把長凳架著那片木板，他穿著灰色壽衣的身體躺在那板上，蠟黃枯乾的面容比平時小了一圈，她的眼淚成串滑落，淚眼中，他的面容時而模糊難辨，她不敢哭出聲，覺得死亡是一種莊嚴，他熬了那麼久，終於向痛苦的人世與病痛道別。她借錢為他買了簡陋棺木，親手抬他入棺，在他的腳下與身邊埋下冥紙，她彷彿看到棺木邊緣已有蟲蛀的小洞，她用冥紙吸乾他臉邊的血水時，心裡對他說著，將來有錢，為汝換付好棺。一個月後，她在木材工廠工作，每分每秒搬運一才才的木板，她把木板扛在背上，總以為背上扛著丈夫那副乾瘦的身體，她工作了將近一年，木材廠在大火下盡成灰燼，她心頭竟輕快了起來，她決定離開山林，離開木材廠充斥的小鎮。

菊子的母親和春信的母親原是住在同村的表姐妹，各自遠嫁後，一個在高雄，一個在新竹，平時只有婚喪喜慶才聚首，兩表姐妹年齡相近，感情親近，菊子和春信也因這層關係，從小在親友聚會中偶爾交談，彼此印象深刻，卻說不上親暱，畢竟聚會的機會太少，兩家父母手頭吃緊時，即使有喜慶，也不見得可以出門與親友聚會。所以菊子雖然託人寫信四處求職，春信引介她來到泊珍家，她和春信間反而礙於親屬關係，儘量避免接觸交談，僅守分寸將時間給予雇主。

泊珍看這名婦人，做事還算麻利，分寸掌握得還好，就算彼此言語不熟悉，溝通上較費時，但泊珍並不需要跟她說太多話，她只要她做家事，那些固定的事做幾天便有基本模式了，她完全把家事拋給這位安靜的婦人，天天往桂花家去。

桂花花太多時間躺在床上，她要桂花起來，隨她到巷弄走走，桂花幾次試著走出去，但到了門口，只能扶著門框，兩眼茫然停在半空中，佝僂著身子又蹭回床邊。

在桂花完全無法看到眼前景象時，她給桂花講最後那趟回家鄉，桂花家青磚縫長出的蘚苔多麼青翠美麗，她說：「妳會好起來，我們要回家鄉去，我替妳抱兒給媽看。」

原想振奮桂花的精神，桂花的臉上卻像剛淋了一場雨，淚水溼了半張臉，哽咽著說：「這些日子尤其想念媽。我的眼睛雖然看不見，但在夢裡，我看見媽。」

她緊緊握著泊珍的手，「我離開家到醫院後，竟然就沒有機會看見媽了，我可憐的媽媽，我知道她想我，在夢中，她一直站在門口望著我。」

桂花摸著泊珍的手肘，撫著她的手指，然後從自己的小指褪下一枚翠玉戒指，套到泊珍的小指上，說：「這是離家時，媽給我的，我現在既看不到也用不到，妳留著，泊珍，我的姐妹，有機會回家鄉，替我叫一聲媽。我也託妳照顧劉德，他還是個需要人家照顧的大男人，在他找到適當的女人之前，念在我們的姐妹情感上，幫助他把孩子拉拔大……」

「妳莫要講這些話，妳的小孩就是我的小孩，什麼時候我都疼愛，妳儘管休息養病，家裡的事我來打點。」

「我知道妳會幫我，泊珍……」她講不下去，拿了被子蒙住臉。泊珍揉揉她的頭，撫著她的髮絲，她小指上的翠玉戒指滑過桂花烏黑的髮絲，耀人奪目，桂花套上去的，她便不取下來，那是她們情誼的印記。

她讓桂花安靜睡著，她想，桂花心知時間已不允許，她不能再提家鄉事，每提一次，只是更加深桂花的感傷罷了。

春天第一道雨來時，泊珍的陣痛加劇，午後安靜的巷弄裡只有春雨斜斜打落在屋上葉上的聲音，她收拾簡單行李，要菊子撐傘去路上叫三輪車。菊子陪她到醫院，她沒等多久就給推進產房，沒有太多痛苦，這是第五個孩子了，她有足夠的經驗忍耐生產的痛苦。孩子滑過產道，熱流從母體衝出，是陣痛的解脫或生的喜悅？她寧可相信是喜悅，即使生活裡得忍耐這麼多的痛苦，忍耐這麼多逃離的苦難，忍耐桂花在她奔向醫院的途中，在春雨乍臨且將綿延數週的微涼午後，吐出最後一口氣，與人世告別。

22

我們只能往前 不能留戀失去的東西

溼濡的雨氣綿延兩三個月，屋裡的每一個角落幾乎都透出霉味，六月陽光一投射到屋簷，戶戶人家拿出棉被、潮溼的座椅，擱在小院裡曬太陽，陽光一直持續著，好像日子就會一路亮下去，到一年的盡頭。

七月裡來的第一場颱風，馬上擊碎了期待陽光普照明月昇平的心情，前一天傍晚的滿天彩霞猶如血染天際，紅色的霞影捲入墨青色的濃雲中，以飛奔的姿態向西方沉入黑幕，一陣一陣狂肆的風波打得樹影婆娑。家家戶戶把門窗都關牢了，家裡準備了蠟燭，以防狂風吹斷電纜導致停電。路上幾無人影，三盞細弱的路燈照著飄飛的細雨，泊珍交代菊子去劉家抱來小嬰兒，菊子將小嬰兒裹在小棉布單裡，一手撐傘擋強風細雨，走過小巷，以手肘推開門，反身收傘後，把門緊緊拴上木栓。

桂花棄世後，泊珍可憐桂花遺下的嬰兒，自出生後就沒喝夠奶水，便天天將嬰兒接來喝她的奶水，她生了一個兒子，因是生在來台後，龐正給他取名澄台，桂花遺下的孩子大家就叫三兒。泊珍一向在白天將三兒留在身邊和澄台輪流喝奶水，待晚上劉德下班，便讓劉德接回去，可這天因颱風即將來臨，泊珍心念劉德一個人夜裡帶三個孩子，明天又是風災不好出門，不如就將三兒留在家裡過夜，因此囑菊子將原已由劉德帶回的三兒又帶了回來。

夜裡風雨加劇，風聲呼嘯如波浪一波波打上來，擊在屋頂簷前，雨水帶來溼氣，涼意在七月的深夜裡滲屋而入，泊珍睜著眼睛時而注視窗外狂風吹動的樹影，時而探探身邊孩子們，替他們蓋好被子。龐正雖閉著眼睛，身子卻不時翻動，泊珍對著一室的昏暗喃喃說道：「這颱風好像來得大。房子不知道挺不挺得住？」她的聲音幾乎被風聲襲沒。

龐正翻了兩次身，回覆她：「海島地方，每年颳幾次颱風很正常，以前日本人就住了，房子不是好好的？」

泊珍不知道龐正是安撫她還是眞的那麼樂觀，這時刻無論如何她樂觀不起來，兩個小時前還飄著的細雨，現在已經變成傾盆大雨，和狂呼的風聲一起打在屋頂上，斜斜的灌落牆面，去年的颱風沒有這麼急促的風雨。

她下床，摸黑來到廚房，捻亮一盞五燭光，將放在地面上的儲米桶和軍方配給來的麵粉、油罐一一搬到吃飯的小桌上，廚房的地勢較低，不像主房有架高，若是雨大進水，一定先從廚房進來，她連碗盤、儲存的蔬菜糧食，都挪到比較高的枱面上，還檢查水缸裡的水，幸好水還是滿的。待她把這些東西打點好，龐正才遲遲走來，環視四周，又抬頭看看屋樑，說：「這風是颳得太強了。」

「就這些家當，大水若來，沖走就算了，但吃的還是要緊，這麼多張嘴巴要吃，不能餓著。」

置放在地面的東西已都搬到枱面和桌面，龐正無事可做，兩手懸盪，扶扶鏡架，又捻熄了燈，室內驟然黑漆，越發感到風雨狂打屋瓦的力道宛如急浪拍岸，夫妻一邊摸黑往前廳去，一邊尋找通道牆上的電燈開關，摸觸了一會，終於按亮正前廳的電燈，木地板上一灘水漬反映電燈的黃色光暈，屋樑滴下的雨水持續將那水灘擴大，泊珍急忙奔回廚房拿來僅有的兩個水桶，龐正將積水擦掉，將水桶置放在水滴處，雨水落入桶子裡的滴滴答答聲，讓泊珍頓時失去心緒，她盯著龐正，彷彿在說，看吧，這房子是不夠牢的，日本人留下的是已經破敗的房子，禁不起風雨，看吧，我們還得花錢在這房子的整修上。

她坐在一旁的椅子上，看著雨水持續落入桶子裡，不到十分鐘，在牆角邊，另外一支桶子也派上用場了。現在，她只希望睡覺的房裡可以度過這場風雨，其他地方若再漏水，她無計可施，因為家裡再也找不到桶子了。

龐正回廚房搬出兩隻湯鍋備用，泊珍此時站起來，兀自回房，捻亮燈往天花板巡視，嘴邊露出微笑，沒有一點水漬。她彎下腰往床底下鑽進去，拉出一包沉重的布包，在熒黃的燈光下，布包裡黃澄澄的金子閃著溫潤美麗的色澤，她打開衣櫃，用一個特別留置起來的塑膠袋包裝起那布包，放進衣櫃深深的底處。

一點疲倦再加一點茫然，她躺回床上，自從桂花走了後，她就經常對著虛無的空間發呆，腦中浮現一幕幕桂花老家的庭院，庭院裡的貓，庭院曬衣架上飄動的衣服，桂花住重慶的家，家中狹小的廚房狹小的客廳，狹小的四個人聚餐歡笑的空間昏暗的感覺。她在回憶的疲憊中睡去，嗅不出任何一絲風雨聲響，好像沉到一個黑洞裡，曲踞起身子冬眠，乍覺一絲暖意時突然睜開眼睛，眞像一個季節已嬗變，四周景象起了變化。孩子們都起床了，在前廳喧嚷，兩名嬰兒還在沉睡，龐正也不在身邊，聲音都從前廳傳來，在雨聲中聽不清楚。這時她驚覺雨聲的持續，或許代表她熟睡的時候，雨勢沒有停歇，她坐起來，兩腳著地，一陣溼軟的冰涼感浸漫腳踝，低頭一看，是一片水漾漾的積水，她連忙涉水到前廳，菊子、孩子們都手拿飯碗或鍋子在門前汲水，將客廳的水往外倒，她趨前一看，外頭水汪汪一片積水，雨絲還下個不停，汲水有什麼用呢！龐正忙著把書櫃的書和文件字畫移往架子的上層，泊珍過去幫忙，底層的幾幅字畫已經浸溼了，那是父親從經商的廣州帶回來給她的藝品，她特地從家鄉帶到重慶又帶來台灣，是爲了留住父親的氣息，現在那些墨色都已變成水痕，她默默無言把第二層的書也搬到最上層。每個人的臉上都有焦急憂慮的神色，測不準這場雨會下到什麼時候，水會不會繼續累積。

這天停班停課，收音機播報員以哀矜的語氣發報，由於雨勢太急，幾處低窪地區水淹一尺，颱風圈已出海，中午過後可逐漸脫離颱風中心，雨勢也可望變小。整個早上，他們只能待在屋裡等待颱風過去，泊珍禁止孩子們玩水，要他們回到通鋪床上，孩子在床上玩起牌來。龐正也坐在床上翻閱手上的公文，他專注的神色好像風雨未曾發生過，或者對他一點影響也沒有，泊珍輪流將澄台和三兒攬到胸前餵奶。菊子在廚房，站在積水中，利用前一天買的蔬菜和儲在水缸裡的水熬煮中飯，她穿著夾趾拖鞋，腳泡在水裡，皮膚起皺，燒碳的爐子放在枱面上，爐裡的碳火讓室內有點暖意，菊子經歷過許多颱風，她平靜的臉上看不出任何對風雨的懼怕。

泊珍卻是覺得心裡的一些什麼東西在流失，她半夜在昏暗的五燭光下搬動廚房的東西時，就覺得生活好像有威脅，即使沒有這場風雨，都覺得有種寂寥乾荒的景象在前頭，她得設法扭轉出欣榮的景象，不然就會被那些荒涼吞噬。

中午過後風雨逐漸減弱，風有一陣沒一陣的輕輕颸著，樹梢的葉脈翻飛，人們打開家門往外尋索這一場風雨的殺傷力，孩子們都來到門前玩水，那些混雜著泥濘、斷枝落葉、廁所糞便、垃圾浮屑的混濁積水使巷子裡的房舍像河上人家，左鄰右舍的男人合力打撈水溝的堆積物，好讓排水順暢，婦女則清理家中積水。街上，穿著草綠軍服的軍人跳下卡車搬除倒塌的路樹和斷枝。傍晚時分，街頭像剛理了頭髮，彌漫一股清新氣氛，只有風輕颸時，雨絲細飛，炊飯時間，天空甚至也清澈的等待著夜色了。

婦女和孩子們排隊到抽水機打地下水，他們需要乾淨的水沖洗家裡的泥濘和燉煮晚餐，前一天沒有儲存食物的家庭，只好敲鄰居的門尋找協助，泊珍在門口擺上桌子，搬出那包半夜搶救起來的麵粉，吩咐菊子，凡有人需要就把麵粉送了，缺糧的家裡起碼可做點麵疙瘩或煎餅吃。

桌子才擺出來，就有鄰居來到桌前要了麵粉，消息很快傳散出去，陸續有人來，這時劉德高大的身影從巷口走過來，他兩手插在口袋裡，頭髮凌亂，臉上有點疲倦，泊珍帶他進屋裡，孩子們跪在客廳用溼抹布清理地板，泡過水的地板顏色泛白，像要脫一層皮似的，讓人一看就想皺眉頭。泊珍領他往廚房去，那裡已被菊子洗乾淨，食物、用品都歸位，泊珍找到一隻鍋子裡還剩著蔬菜湯，她放火種到爐子裡，劉德靠在牆上，看著泊珍點燃火種，泊珍放入三塊碳，拿著小扇煽火，背對著他說：「看你這樣子，一定沒吃好，我給你下點麵。」她看他沒回答，就問：「孩子們好嗎？昨晚能不能睡？」

「下雨天涼爽，孩子睡得好。」他停了一下，好像在算計時間到底走了多久，才接著說：「我不能睡。」

她回頭看他，劉德眼裡有血絲。

「怎麼？房子還好吧？有沒有漏水？」

「漏不漏都一樣，家裡是淹水的。」他嘴角微彎，好像在取笑她，他提起兩隻手抓了抓自己的頭髮，又說：「放在抽屜底層的照片都泡在水裡，我想起來時，已經沒有一本僥倖了，一整個早上，我把照片一張張攤在桌上床上，用衣服壓乾水跡，照片上的人臉都浮腫了，影像都模糊了……」他又去抓自己的頭髮，泊珍知道他心裡正說著「照片上的桂花也模糊難辨了」。

她心裡突然呈現極大的空虛感，那些照片必然也有她和桂花的合照，有她和龐正結婚時，大家的合照，那天是劉德請來的照相師，在杏樹前大家歡歡喜喜拍了照，那點歲月好像就在水災中淹沒了，爲了壓制心裡的空虛感，她得說點話：「孩子們吃了嗎？」

劉德沒回應，她想，風颳了一整晚，早上還有風，回家過夜的春信不可能出門，劉德必須自己做吃的，她一邊把麵條下到滾水裡，一邊又問：「你盡整理那些照片，沒給孩子做東西吃？」

才說完，狹小的廚房空間不知是滾水冒上來的蒸汽還是爐火的熱氣，突覺更幽閉悶熱，她一抬起頭，劉德的下顎已抵在她的右臉頰，髭鬚刺痛她的臉頰，他雙手環抱著她，下顎磨著她，近乎呢喃的聲音說：「我想念桂花，沒有女主人的家很悲慘，幫幫我，我不知道該怎麼辦？」他似乎在哭泣。

泊珍拉開他的手，將他按回牆上，說：「別這樣，龐正在家。」她的聲音很輕，像保護一件祕密。她得替桂花照顧他，他是個男人，高大，但無助，他是個孩子，需要母性的疼愛與照顧，他男性氣息的高大身影，站得這麼逼近，也會讓她不知所措。

「我也想念她，但時間會過去，我們都對孩子有責任，我們只能往前，不能留戀失去的東西了，振作起來，三兒留在我這裡，直到你爲他找到新媽媽……」

他的啜泣聲音變大，她把額頭抵在他胸前，又很快離開那胸膛，提起自己的袖口替他拭去淚水，返身將麵條撈出放進一隻大碗裡，又將那隻放蔬菜湯的鍋子放上爐子加熱。看著她這些動作，劉德止住了聲音。泊珍將熱好的湯倒入碗裡，留下一副筷子，指著堆放雜物的桌子說：「若你想安靜一下，就在這裡吃吧！」

她留下他，走到客廳，孩子仍然邊擦地板邊嬉鬧，幸好有這些嬉鬧的聲音，劉德的來臨才沒有驚動在房裡小憩的龐正。

門口的麵粉全發完了，夜色靠攏，泊珍差菊子去看看春信替劉家做飯了沒，若還沒，就全到家裡來吃吧，她的廚房裡還有醃肉、鹹魚，及幾樣菜，爐火已起了，熬鍋稀飯，打發這一晚沒有問題。明天，只要太陽出來，再貴的菜她都會毫不吝惜的買來餵飽眾人。

23

我想給父親寫信
你看有什麼辦法

她看著三兒滿地爬行，把抓到手的每個東西都放入嘴裡，同時也看到在重慶時第一次看到的劉德，桂花狹窄的廚房裡，劉德的身軀像條巨大的影子堵在那裡密不通風，他們四個人擠在廚房裡幾乎阻絕了空氣的流動，她看他料理魚的背影，那時茫茫然的，家庭生活只像窗邊的一道光，任何生活的細節不過是一霎時的印象，而今成家多年，生活細節成爲幾近不能承受的繁瑣，光看到孩子們在地上有的爬有的奔跑，有的磨破皮，有的打翻一杯水，就讓她覺得生活裡擠滿了人，而生活就是要去料理這些人這些事，若有天撇開這些人這些事，那麼生活又將是什麼？

她總是習慣去看窗外，幾株長在盆景裡的植物在光影中，似乎可以撩起她去到悠遠的過去，過去，即便是昨日，也已是傷感的過去，她經過戰亂，知道每一個昨日的過去，表示又苟活了一日，或許該慶幸，但心頭總是快樂不起來。她掉了太多東西，是不是包括她自己，她不知道，只知道再傷感都得面對今日、明日，及生活。而她也眞像植物間的飛蝶，想飛向哪裡，卻不知道是哪裡，她盯著飛蝶，眼神隨牠的身影飛去，飛蝶飛到大門前，轉彎向上飛向另一個不可知的地方。

那大門倒是半掩的，一眼望見門前一位老先生騎著一部鐵馬，後車架載運一個兩層木架的玻璃箱，玻璃反折的光線閃現箱子裡五顏六色的光影，老先生手上拿著搖鈴，口裡念著什麼。泊珍穿過狹窄的前庭，往那門口叫住慢騎過去的老先生，老先生下車將鐵馬往後推，泊珍近身一探，漬黑的醬瓜、染紅的豆絲、醃製的各式豆類，還有她家鄉特有的豆腐乳，這樣一部鐵馬後座就容納十幾樣食物，她比手劃腳跟老先生買了幾樣，返回家裡拿錢，順道將菊子喚來，問老先生花多少功夫製作那些醬料，一天能賣多少錢。

老先生說生意不好，在日治時代，許多台灣人家裡也學會自製醬菜，現在台灣人爲了省錢，家裡平時就會做幾樣當配菜，今日到眷區兜賣，介紹給大家吃，「好吃呀，先生太太來買呀，照顧我們辛苦人。」

泊珍吩咐菊子將部分醬菜送去給春信，爲劉家添菜。菊子一走，泊珍拿把椅子坐在院裡，點燃一枝菸，她最近有一次到市場邊的銀樓賣金子，附近新開一家雜貨店，門口擺報紙和成疊成疊的「樂園牌香煙」，紅底菸盒上一片白菸葉，她買了三包放入手提袋裡，以前在重慶時，她捲過菸草抽，和同事有時從田裡撿起乾枝梗就點上紅火星抽了。

菸絲嬝嬝，她望著樹梢頂上那片天空，想起家鄉後院那片飄著各種蜜餞氣味的廣場，工人揮汗在鍋爐前鏟動滿鍋的瓜子，倉庫裡製作完成的蜜餞、筍干、瓜子，和新鮮待製作的水果，混合散發鮮美濃郁的香味，那些熟透的香味和略帶酸澀的等待封裝的成品味道，彷彿從天空那片雲飄散下來，向她暗示著什麼。她不斷回憶起父親帶著二叔去農場檢驗水果，監督工人跋山涉水扛來的一簍簍貨品，婦女在倉庫前的廣場封裝成品，另一批工人押運成品上船，父親希望她接下事業，她卻在傷兵的傷口上挨過一天又一天。她像脫韁的馬匹狂奔遠方，如今來到一個再也見不到父親的地方，父親臉頰上的曬斑此刻如此清晰的浮現在她眼前，她沒有比此時更想知道家鄉的父母親是否平安。

一看菊子從春信那裡回來，她即刻請菊子去市場買水果，要當季的，菊子說這秋天時節，木瓜、梨子、楊桃正盛，泊珍問：「有沒有西瓜？」

「夏季已經尾聲了，西瓜沒有，荔枝沒有，芒果沒有，現在楊桃最便宜，太太，台灣有很多楊桃樹。」

「那麼，就多買些楊桃，和兩斤糖回來。」

菊子去時，她已迫不及待來到廚房，拿出製作蜜餞的所有用具，洗水果的桶子，漬鹽和漬糖用的大鍋，日曬用的平簍，這幾天看來是好天氣，有足夠的陽光可以讓她反覆醃製楊桃蜜餞，如果能夠多幾道漬糖和日曬的反覆程序，她的楊桃蜜餞必是全台灣最好的，那是父親的老手藝，如今她在老手藝裡回憶父親，和父親血脈相連。

菊子買回楊桃，她手洗楊桃時，心裡塞滿父親那隻淘洗水果的手，是呀，她終要繼承父志，雖是在這麼遙遠的地方，她畢竟要讓父親得到後繼有人的安慰了。

先做了一道鹽漬的程序，讓楊桃出水，洗過後曬乾，加糖醃製，隔天又曬乾又糖漬，如何反覆，到了第五天，她將楊桃蜜餞裝在一個個的玻璃罐裡，先是送鄰居吃，鄰居稱讚，餘下的幾罐，她便央菊子，敢不敢拿去市場，挪個位置，兜看看有沒有人買。

菊子一生沒賣過東西，她既在人家家裡工作，便說可以，她願意試看看。她將罐子裝進一只布袋，揹在肩上，拿起一張板凳，往市場去。她在成排的菜販間找到一個空隙，問那賣菜婦人，可不可以在她旁邊擺個攤賣幾罐蜜餞，婦人問：「汝有多少貨？」菊子把肩上的布袋放在地上，打開封口，八罐。不過八罐而已，那婦人讓了讓位置，把菜挪擠一點，騰出的空間，足夠菊子鋪上一整面報紙，擺上八罐楊桃蜜餞。菊子學著兩邊賣菜的婦人，向經過的主婦們喊著：「自家做的楊桃蜜餞，很實在的，喉嚨不好的，呷了保證好。」她一個早上儘喊著這句話，客人問一罐能留存多久，她看太太那些醃曬的過程，應該吃一個月沒問題，她便說一個月，可惜沒帶些試吃品呢，又不敢打開一罐來給客人試吃，有些客人看看便走了，和旁邊的蔬菜比起來，楊桃蜜餞是可有可無的食物，客人挑了蔬菜，便轉頭走了。

她便又喊著：「楊桃蜜餞，料好實在，俗俗賣。」來了一位小學老師，買走兩罐，一位戶政事務所人員，買走一罐，一位帶著小孫子的奶奶買走一罐，撐洋傘穿花洋裝的年輕太太買了一罐，一位戴眼鏡騎腳踏車的老先生買了兩罐。這樣到了近中午，市場客人漸少，太太交代，過中午賣不掉就帶回來吧。她又等了一會兒，始終沒人願意買，她便收起那一罐，放回袋子裡，收起小板凳往家走。原來沉重的袋子已經變輕了，菊子心裡好像長出許多花來，她第一次擺攤賣東西，從客人手中拿到錢，哦，好實在的錢，只要有貨品就可以出售，太太眞行，忙個五天就收回買楊桃買糖買玻璃罐的錢，還多了些零頭，若把送鄰居的那些也拿來賣，會賺更多哩，可是太太忙了五天，還要賣多少才划算呀？菊子一路盤算著，沒有什麼結果，開門見了太太，忙不迭把布袋和錢都給了太太，說：「可惜呀，就只剩一罐，擺久一點，可能就全賣掉了。」

泊珍拿回那罐子，臉上堆滿笑容，她從菊子的掌心裡拿了一角錢，就將菊子的手掌推回去，說：「妳賣了一早上，錢妳留著，下回再賣就歸我。」泊珍急步走回房裡，菊子握著滿手的錢，呆了半晌，也急速走回與小孩同住的小小房間，拉出衣櫃底部一隻小布袋，將錢放在那裡，每個月，她會拿著那布袋，到郵局請人幫她寫信寄錢給婆婆，餵養她的孩子。

回房裡的泊珍，坐在書桌前，從抽屜拿出父親的相片，將那一角錢黏貼在相片的背部，以原子筆記上日期，又附了「女承父業」四字。寫到「業」字尾端，其實她心裡不確定是否有足夠的能力在這塊小島復生父親的事業，但這是一個開始，她心裡覺得這是與父親與過去連繫的一個方式。她將不可能像母親一樣，在閣樓裡過著感傷的日子，她有孩子要養，有一家人要照顧，她覺得自己一點一點滲入父親的血液裡，了解父親賣力顧家的豪邁，了解父親不得不把她當男孩養的心情。

凝視了照片一會，她抱起甦醒的三兒，餵食母奶後，放三兒在客廳爬行，一邊爲自己溫熱中午餘下的雞湯，等會兒，她自己的兒子澄台醒來時，她還得有足夠的奶餵他。菊子在門前收拾曬了一天的衣服，泊珍疲倦的眼神覷見菊子臉上被陽光照平了眼角皺紋，臉上呈現一片光澤，那是張還算標緻的臉，但有些滄桑，她語言學得很快，才來家裡幾個月，就能用華語對話，泊珍相信菊子可以承擔許多她交代的工作，但這刻她看到菊子臉上閃過一絲憂慮，也許菊子心中也有許多難以承受的痛，她死了丈夫，這是個沒有男人照應、需要賺錢養活孩子們的婦人。一念之間，這下午她不打算再要求菊子去市場買水果了，做蜜餞的行當要持續下去，她就得有一些長期性的做法。

胡思亂想了一下午，其實她在等待時間過去，等待黃昏後兩個上幼稚園的孩子放學，等待龐正回來，等待用過晚餐後，她帶三兒回家時，可以看到劉德。這個等待的欲望讓她驚惶，似乎她一醒來就在等這一天過去，趕快到夜晚。這個念頭更令她坐立難安，她跪在地上和三兒玩，臥在地板上看著三兒和劉德一樣濃黑的眉毛，這個可憐的沒娘的孩子，一個大男人怎麼捏他長大。她的手指不經意撫弄小指上那環翠玉戒指，冷涼的觸感，讓她發了一會呆。

好不容易挨到了黃昏，菊子接孩子回來，龐正在巷口下了吉普車，一進家裡，泊珍就隨他進房，龐正一邊換下軍服，泊珍一邊就說：「我想給父親寫信。你看有什麼辦法？」

龐正的眼睛像要從湖潭裡射出來，掃過她一眼說：「妳要讓他抄家滅祖呀！中共對地主和右派份子一個個抓，一個個鬥，妳讓中共知道他的女兒在台灣，他絕沒有好日子。而且誰給妳送信？兩岸隔大海，那裡已經是自己一個國家了。」

「我父親的土地恐怕早也給沒收了，他會瘋掉的，我要知道他的安危，我擔心他像那些地主被公審上街，我怕我媽公然死在別人的掠奪暴行下。」

「就算妳有一千個擔心，隔了千江萬水，現在沒有音訊可通，也只好忍受。」

泊珍想，你說得容易，我看見你臉上肌肉的震顫，聽見你鼻子裡不流暢的氣息阻礙你的聲音像嗚咽，你的眼神茫然，你的意志脆弱，你屈服現實，你安於現狀，你任由命運支配，你發放的醫療品敷在軍人的傷口上，卻永遠敷不到我心裡的傷口，你嘴裡不講你的家你的妻兒，那是因爲你心裡一直放著他們一直念著他們，他們是你的傷口，你心裡一處隱密的幽泉。

她轉過了身，讓自己面對通向房外的那堵門，她心裡也有幽泉，她不能苛責他，他只是務實罷了。她走出房外，孩子們已坐上餐桌，等著大人吃飯，她交代孩子先吃，自己要帶三兒回家。她抱起三兒，和下午時早準備好的提袋，穿過花草繁茂的小院，往劉家去。

劉家的餐桌上已擺好食物，春信給曉春洗過澡，牽著她坐到餐桌上，初梅說她也要洗過澡才吃，春信帶了她往澡間去，嬌小的身影看來卻是無比安定的力量。劉德已換下軍裝，一副正要出門的樣子，迎面從院子來，和她碰個正著。

「我正要去接三兒，怎麼妳就來了？」

「我也得走走，不行嗎？」這聲音聽起來有點火氣。

劉德接過三兒，三兒坐穩父親懷裡，咧嘴注視父親的臉，咯咯笑著。劉德捏捏他鼓鼓的腮幫子，說：「謝謝阿姨養出你這腮幫子，長大了要給阿姨磕頭。」

「劉德，」泊珍叫住他，「我要給家裡寫信，你有沒有辦法？」

劉德高大的身影頓時像棵樹，立在那裡不動，嘴巴嚅囁：「怎麼啦？」

「我要知道家裡好不好。我聽說信傳得通的。」

「不通了，」劉德這時回神了，「要能通，我們和家裡都通起信了，還能這麼煎熬嗎？龐正怎麼說，他那邊也該有些說法。」

「這什麼意思，有別的說法嗎？他只管醫療，不如你做行政知道門路。就算信不能通，打聽消息也可以。」

「是，妳通信反而給了證據。」

「到底有沒有門路？」

「活動的人還是有，但那是出生入死，專替國家打情報的，妳死了這條心。」

「那些活動的人若在我家鄉，是可以打聽到消息的。有機會碰上了人，就傳個口信，我可以付酬勞。」

「活動的人能不能傳回訊息都不肯定。」

「全靠機會了，你碰著了人，就幫我，答應我，答應我。」她看著他的臉，他眼裡閃過一點憐憫，一點狡猾，好像有條門路在那幽深之處，他可以付出一點代價取得。他答應了她，在他工作接觸的範圍內，他會高度注意有沒有管道。

他繼續逗弄三兒，泊珍從提袋掏出玻璃罐。「我今早託菊子賣掉了七罐楊桃蜜餞，就剩這罐給你留著，我可以用手藝賺錢了，我們在這裡會有希望，沒有仗要打了，我可以靠手藝賺錢，讓生活富裕起來。」

劉德接過那罐子，眼裡閃過驚喜，說：「泊珍，我眞佩服妳，妳總是為生活想辦法，十個軍隊都不如妳一個女人。」

「什麼時候變這麼俏皮？不過你開心是好的，我希望你開心。」

她又掏出三包「樂園牌香煙」塞到他手裡，他寬大的手掌穩穩的握著這些，他以疑惑的眼光看著她。

「我幾天前買的，今天抽了兩枝，想到還在餵奶，不抽算了，你留著抽。」

他巨大的手還騰得出空間來抓著她的手腕，他注視她，柔軟而愼重的聲音說：「泊珍，三兒七個月了，可以不要餵奶了。」他握她手的位置斜對過去，是身旁桂花樹細細的花蕊，她抽回手，摘了幾蕊花，說：「下回做點桂花糕給你送來。」

這一說又覺唐突，冒了桂花的名諱，徒讓他想起桂花，或者她潛意識裡也埋伏著桂花的魂影。劉德倒是不在意，將手裡的罐子和菸握牢了，說：「孩子等吃飯，妳一起來？」

「不了，我回家去。」

她轉身要走，他攔過來說：「謝謝妳特別帶這些東西來。找到門路我會讓妳知道。」

「嗯。」

她要走了，手觸到門栓，他說：「妳搬去台北後，我們很難這樣碰面了。」

她迅速將身子轉回來，眼裡不知是驚恐還是迷惑，問他：「誰說我要搬去台北？」

「龐正那組醫療團隊要調到台北。」

「他沒告訴我。」

「我以爲他說了。是今天派下來的消息。」

「很快嗎？」

「很快，」他將菸盒與罐子擱在一旁盆景邊的紅磚塊上，騰出手來擋著門扉，注視著她說：「我們見面的次數已不多，妳替三兒和我做得夠多了，桂花會感謝妳，我也會時時惦念妳。」

她舉起手掌示意他不要再說，但她的腳也彷似釘牢在門前，成爲他園中的一棵植物，她望見春信從後面澡間牽著初梅走回到餐桌，她爲他們添飯，望向院子這邊。泊珍望了他一會，盤桓心裡很久的話終於講出來：「要了春信，她可以爲你照顧家，你需要一個女人，才能安心在軍隊裡工作，你的孩子需要媽媽。」

劉德一直看著她，沒有要移動的意思，臉上沒有任何神情，泊珍推開他，跨出步子往昏暗的巷子行去，她步伐緩慢，好像正在遊歷一片風景，好像什麼也不想，好像沒有目的。巷子完全沉暗下來，她觸到自己的家門，感到全身一股燥熱，令她腳軟差點無法跨進去。

晚上，龐正告訴她這件遷移令，她低頭咬破手指甲邊一塊浮起的硬皮，站起來到櫃子前拿來一塊棉花沾了酒精往那咬破的地方塗了塗，她聽到自己回答他的聲音只是一聲輕輕冷淡的「嗯」，她一度以爲自己聽錯了。

主菜

很多事情都很艱難，像我要離開妳。

他把一隻剛蒸好的大螃蟹端到她面前，將近一斤的螃蟹占滿十吋磁盤，螃蟹是美國西海岸空運而來，從熟友的餐館裡帶來烹煮，刷殼洗淨上鍋，他在她的廚房裡展現廚師的身手，其實他平日遠庖廚，他在工作必經之處即地即食，爲了饗飽工作時疲累的身心，有充裕的時間時，他會挑選上好的館子，滿足味蕾的貪慾，即使沒有充裕的時間，當地小吃也能帶來滿意的風味。爲了她，他說，男人該爲愛人送上鮮美的食物。他將螃蟹夾出鍋子，露出一絲詭譎的微笑，好像得意自己完成這次蒸蟹壯舉。

而她一想起他的遠行，兩眉間便又籠罩一層烏雲。他用手指撥開那層雲，輕柔的磨搓，貼上一個吻，他爲她夾碎蟹腳。

自從離婚後，她的廚房不再有男人的身影，他將曠野的氣息帶來，使她的空間變大，牆壁無足抵擋這股氣息，他在桌上點燃燭光，是曠野草原燃起的一線星光。她爲他送行，愛人走到遠方，在地平線消失後，應將回來。

是嗎？你會回來。

無庸置疑，我的心未曾離開，身體遠行又算什麼？

那才是困難之處，需要身體是爲了觀視，爲了撫摸，爲了感受溫熱，在心中而無法觀視，我將坐立難安。

哈哈哈。他的笑聲彷彿在空谷裡迴盪，敲擊四壁，滿室輝煌。

你的狂妄笑聲點亮我家裡的生氣，這裡長久以來像座沉悶的城市，沒有風景，沒有聲響，滿屋子的書，書不說話。

他過來攬她，讓她坐在他腿上，他的唇靠近她耳邊，輕輕把聲音磨進她耳裡。我抱著一本書，我寧願和這本書在家裡消磨時光，如果可以，我想隨身帶著這本書，哪怕去到天涯海角。

沒有天涯海角，只有生與死，活著時，再遠的路程都可以拚命趕去觸摸愛情的溫熱，死了，愛情在心中，是痛苦的折磨。她說著，緊緊環抱他靠在她胸前的頭，粗濃的頭髮磨刺她的下顎。

他抬起頭來捏捏她的鼻子。現實鬼，只要眼前可看到可觸摸的存在體，那麼我擔心我一走遠，妳當成世上沒這個人。

她拉他的手貼在她的左胸前，說，你在這裡，生與死都在這裡，心的方寸間，就是海角天涯，可以容納生之追尋，死之痛苦。

嗨，美食當前，話題不要太沉重，說說妳的書吧，我不在的時候，妳可以專心寫書。

他放下她、她唇邊的溫熱，起身掀開烤箱端出鮭魚片，爐上有一鍋咔嗞咔嗞冒著蒸氣的茴香飯，小鍋裡還有悶燒的納豆。

她陷入沉思，關於她的書、如幻影般的書中情節、盤繞她心中的人物、像風般侵入她皮膚的各種情緒。她此刻想坐在一座壁爐前，將自己烘乾，看乾裂後的自己，會蹦出什麼來？

直到她看見他，她蹦出一縷笑，因爲他托著鮭魚與飯盤的樣子，好像是托著兩塊石盤，隨時可以讓他重心不穩。她接過盤子，擺在餐桌上，眼前頓時豐富。可以吃到明早，讓你趕不上飛機。她說。

沒有永久的宴席，誤了班機，也得設法換到班機，爲了工作，人需要忠誠。他說。

對工作忠誠？對愛情忠誠？她注視他的眼，他眼前像有一片汪洋，他用深邃的眼神眺望汪洋。

對生活忠誠、對生命忠誠、對來到我眼前的所有事忠誠。他環抱她，像怕失去對她的忠誠。

她笑，是一株在籬笆邊燦陽下的玫瑰，肆無忌憚迎風搖晃，她的紅唇一字一字吐出。你──對──太──太──沒──有──忠──誠。

妳需要提醒我嗎?在某些狀況下，人生需要保持沉默。

他們有一段沉默，彼此注視，燭光晃動，空氣裡飄散燭火燃燒的味道，他動手爲她挾進食物，她開始說她的書，寫了一些，總是寫了一些，爲了讓書中的人有點事做，常常得去散步，尋找靈感，決定讓書中的人做什麼。

他插嘴。不是有現成的故事了嗎?當事人妳都做口述錄音了。

她一隻手靠在桌上，眼神迷茫，神魂好像飄去很遠的地方，說，要串連現實，要調味，要一點詮釋，一點想像，一點趣味，一點超越現實的東西，一點自己無法控制的什麼，一點可以讓自己義無反顧寫下去的理由，一點寫了以後可以帶領自己去到別的境域的享受，一點瀟灑，一點感動，一點決裂……

他命令她吃，享受她的食物，他說，妳可以講到天亮，對嗎?不如讓我回來時，看到妳完成的作品。

作品不會完成，當你成爲其中一部分，就不會完成。

他們再度沉默，彼此注視。

窗邊布幔吸足了燭火的氣味，隨窗口吹來的薄弱涼風一搧一搧撩撥室內離別前的感傷，她聞到他即將遠行沙漠、古堡拍攝短片的當地氣息，聞到桌上菜餚褪盡本色後的殘腐氣味像蛇般攢入每一條流動的血脈裡，聞到溼雨季節裡，這房子浸潤在雨中的霉溼味，聞到荒涼的生命裡颳起一陣熱浪的鹹灼氣味，聞到山林裡枯枝腐葉的泥爛味，聞到他衣服織縫溢散的菸味，聞到他肌膚上曠野的氣息。喔，你靠近我，我動不了。

她整個人被他挾在腋下，他的腿索緊她的，她也緊緊纏繞他的脖子他的肩膀，從床上望上去，昏暗的天花板懸吊的吸頂燈成爲一個巨大的影子，窺伺這一切，竊聽每一股聲浪，她閉上眼睛，拒絕那影子，她在他的節奏裡，沉入一首樂章，在霧中滑行，在水的旋渦迴轉，在花園曲徑不知盡頭，在他推起的高潮失去時間，他沉落在她身上輕吟，我愛妳。

24

一切努力是為了引進一道道心靈的水源

隨著整個醫療團隊北上，龐正在軍醫單位的安排下，住進一落設爲眷村區的日式房舍，整批日式建築占地廣，各住宅面積雖不同，但家家戶戶都有或大或小的前庭後院。他分配到其中一戶，正建築有三房一客廳一廚房，前後院植樹砌牆，遠比他們新竹的住所寬大舒適。

眷村入口原是一處空地和成排樹木，爲了安置更多眷戶，軍方砍了樹，連著空地建起一排二樓房舍，每戶單位小，安排給單身的軍人居住。

龐正的軍階爲他掙來的這戶宅院，在泊珍眼中已是無比完美，三個房間足夠家裡三個小孩和菊子居住，她時常坐在明亮的庭院裡享受暖陽，翻土種植花草蔬菜。兩個孩子上學去，澄台和家事有菊子照顧著，給澄台斷了奶後，她整個身子又輕盈起來，除了翻土播種外，她覺得自己需要向外走，需要去見識這個新的城市。

通常早上去市場的路上，她會走遠一點，沿著鐵路軌道走過馬路，走到一條小圳，馬路邊攤販林立，有幾處空地正在蓋新樓，皤皤的陽光下，新搭建的鷹架與露出模板外向天空伸展的鋼筋像在宣誓什麼似的，給空間刺入一種想像，好像那建築一完成，這城市將換一張臉，讓觀看的人充滿期待。她也好奇那些建築完成後會是什麼面貌，兩層或三層，有圓柱柵欄的仿古造型或現代線條，或者，只是一棟毫無特色的建築，強占了天空的視線。

泊珍會站在馬路的另一邊望向那些鷹架與鋼筋一會兒，她疑問著，蓋一棟房子需要多少錢，以軍人的薪水，餵飽全家已很勉強了，那些蓋房子的人憑什麼本事能夠蓋樓呢。她若再走遠一點，可以看到一片稻米田，和田邊幾戶低矮的泥磚房，門前一片曬穀場，房子老舊了，和那片圍在柏油馬路中的稻田一樣看起來十分古怪，似是父老輩留著的一塊田，後世子孫怎麼樣也要守著這片田。她總會不禁又想起父親，及與父親相關的那片家業產業，家園裡的那些人。這時她得迅速轉身離去，回到攤販那裡，那裡有現實的氣味，任何一種蔬菜的氣味，烤蕃薯、銅鑼燒的氣味都會讓她愉悅。

眷村所在之處，算是空曠又不失生活機能，城市既是國家的行政中心，繁忙的國務訊息似乎透過空氣就可以流通，無論是收音機、市場、商家、路上來往的車子行人、眷村裡左鄰右舍，都是訊息的符碼，他們的聲音與行爲即是這個國家正在發生的事，泊珍覺得這裡的空氣確實不一樣，生活裡充滿新鮮感，她會坐上三輪車去西門一帶找上海師傅做旗袍，買南北貨，帶全家到像樣的館子享用江浙或北方料理，她身邊的金條可以支應她收買一陣子生活的新鮮感，她抽菸抽得很兇，抽菸時，她常發呆的注視著什麼，一警覺，發現只是望著空氣裡的幾縷塵絲。

詭異的氣息好像隨著新居的遷移悄悄瀰漫到生活中，龐正的工作單位離家近，早出晚歸，常帶回幾卷手稿，翻閱到很晚才就寢，她問那都是忙什麼呢，龐正以軍人保密的本色，只粗略說，政府要建設台灣爲復興基地，許多部門和單位都在規劃中，草創時期最艱辛，凡事要顧慮周全。他一沉靜下來，表情嚴肅，好像天下的任何一個聲響都不能在他身邊響起，泊珍只好注視著天花板，沉沉睡去。

夏日的某一天，龐正回來時，就說，要去美國受訓，大約半年，加上幾個參觀行程和船期，少說也十個月一年。他說得簡短，略有點興奮，有機會去美國，好似一個極大的恩寵，她卻擔心他一去不回，戰時，許多人都是轉調了單位就不再回來，最近也時有所聞，某些人說是去哪裡，就再也沒有回來了，村子裡的王家，丈夫說是被調往南部，深夜裡一走就再也沒有回來，王大姐一人帶著四個孩子，莫名其妙的住在一個房裡，按月領著先生的撫恤金，每日到戲院賣門票，把日子一天天的過下去。龐正去美國，會不會是一個幌子，一去就不見蹤影，她說她要看到外派令。龐正隔兩天歡歡喜喜拿回美國受訓單位的住宿安排和課程概目，密密麻麻的英文字，她不知上面寫什麼，逐項聽龐正解釋，便有些安心。若眞是訓練，回國來想必重用，不是人才也不會受到派遣。那麼一切意味，她得獨力承擔大約一年的生活，獨力照顧孩子。

幸好眷村裡有左鄰右舍，家裡有菊子，龐正也似乎不擔心泊珍與孩子，他僅交代門戶小心，不要和生人多接觸，就很豪壯的挺起胸膛，提起一大箱行李坐上來接他的吉普車，無限期待的投向彷如天堂的美國。

發生在龐正身上的事情好像特別快，說搬家就搬家了，說出國就出國了，像部隊在移防，她得快步跟上他的步調。吉普車一消失在巷口，她就好像開始一則新生活，四周的空氣突然冷靜而蕭條，她陷在椅子裡，久久想著這孤單的一年會是什麼情景。而她萬沒想到，她起身做的第一件事，就是寫信給劉德，告訴他龐正去美國，問他什麼時候可以找到打聽故鄉訊息的人。

日子像荒原，乾焦灼熱，她每天爲三個孩子編織生活細節，老大如意已經上國小二年級，平日裡沉默，娟秀的臉上兩隻烏溜溜的眼睛，常是一聲不吭的盯著人瞧，雖會幫忙做點簡單的家事，和兩位弟弟卻也時常爭執，她得爲他們排解糾紛，要求他們管理好自己的文具和本子，避免互相懷疑對方偷走了他們的東西，讀幼稚園的澄明，放學後常在巷子和眷村的孩子們玩，她任由他從這戶玩到那戶，吃飯時間才由如意召回。澄台則由菊子全權照顧，泊珍突然發現，白天裡，自己有充裕的時間打麻將。唯有在牌桌上搓揉麻將，才能麻痺內心焦慮的感覺，在牌桌上，時間那麼容易流逝，使她很輕易的又度過了一天。

牌友皆爲眷村的太太們，下午打個兩圈，差不多就是孩子的放學時間，太太們得爲先生準備晚餐，牌局雖散，倒是飯後，先生們又接下去。所以寧靜的巷子裡，總有幾家搓麻將的聲音，像蟬聲般的習以爲常及不可或缺。

爲了支應菊子薪水，及一向沒有撙節的開銷，這天她又拿了一塊金條出門典當。久居牌桌間，一出門就覺陽光強烈，驀然發現建築中的房子早拆除了鷹架，新的建築閃亮的成爲街上的景觀，不遠的空地也挖起地基，長大中的城市不斷變換容顏，以新穎的建築物在陳腐的氣味裡營造新的想像，迷惑人們心生惶恐，懷疑自己將屬於敗壞陳腐的那面。她站在新建築前面很久很久，太陽曬熱了頭頂和臉頰，她循街而去，卻沒有目的地。

走了很長一段路，經過兩家當鋪三家銀樓，她都沒有走進去，手伸入皮包摸金條，心裡有點惶惑，若不節制，金條能撐多久日子？在一家商店買了一包「寶島新樂園」，邊走邊抽，看到路邊停了一輛三輪車，她坐上去，說，去戲院，哪個都可以。車夫把車子拉到西門町，店面繁華，窄街裡有家二樓的戲院，她要買票，售票小姐說，已開演半小時了。她無所謂，買票進入。漆黑的室內，上演的是一支日語片，她並不眞心想看電影，坐在椅子裡閉眼休息，她可以感覺到，在外面曬了許久的太陽後，這個幽暗涼爽的地方宛如天堂，她和現實暫時脫離，沒有人認識她，沒有人在乎她，沒有人打擾她，她只是她自己，不知道將來該如何的自己。

她感覺四周的聲音，完全不懂的語言與憂怨的音樂充塞耳膜，又令人不知自己身在何處，在那充盈著演員情緒的聲音裡，還有一種嗑咔嗑咔的聲音，此起彼落，細微的響著，她睜開眼睛往側邊看去，是觀眾在剝花生、嗑瓜子，脆殼爆裂的響聲在電影演員沉默無聲時，特別刺耳，她繼續閉上眼睛，滿腦子便只響著那些嗑瓜子的聲音。

電影終場，她跟大家一起離去，座椅間滿地的瓜子殼，踩下去咔啦咔啦響，她再也忍不住的笑出來了，急忙走出電影院，天光雖暗，她的眼裡卻是光亮如芒星。

泊珍走到附近一家雜糧行，商行的枱面上放置各種穀物南北貨，她問中年老闆：「瓜子哪裡進貨的呢？」

「南部，我們的瓜子都是南部進來的，大顆又甘甜。」中年男子操著閩南口音，很熱誠的放了幾顆在她手中。

泊珍買了一斤，請老闆將進貨點的地址電話給她。隔幾步路又是一家雜糧店，她也買了貨源不同的瓜子，要了來源地的地址電話。

接下幾天，她不斷的買瓜子嗑瓜子，到了第七天，她不但賣了金子付清菊子的薪水，還交代菊子，好好看家，她要下南部幾天。

一路的旅程，她拜訪瓜子的供應商，還到南部的戲院觀察，那裡仍然是散場後滿地瓜子殼，即連廟口祝禱膜拜活動，供桌上仍少不了瓜子，供應商說最大宗的生意是結婚喜慶，宴客桌邊的客人沒有不嗑瓜子的。她選定了一家瓜子品質好，老闆看來誠懇、殷實的供應商，議定了一個小量供應，價格合理的交易。北上後，她成了中盤商，她出門到小商行拜訪，從社區附近的小店到馬路上的商行，她以極低的利潤給予店家好價錢，央求對方只要進她一點貨，試試她的瓜子品質。努力了兩個星期，三家商行願意進她的貨，她於是大膽向南部的貨源進貨了。

她到馬路上攔了一部三輪車，問他可不可以成為她的送貨員，每週固定兩天來幫她送貨，車夫了解她的意思後，欣然同意這個固定的生意。

南部貨源每週送兩次，菊子負責分裝，她仍繼續去開發客戶，到餐廳去交涉，她發現和台灣人做生意，語言沒那麼困難，大部分的人都可以國台語混合交談，加上比手劃腳和意會，人家看她一個婦人家出來做生意，只要價碼談得攏，倒願意試試她的瓜子。這樣，她的零售商又增加了，客廳成了小型工廠，一大麻袋一大麻袋的瓜子和堆積的塑膠袋、紙箱、磅秤，每樣物品都像深深染漬了甘草醬油，走到哪裡都是這味道，放學後的孩子也來幫忙，泊珍得交代如意幫忙看著澄台，以免澄台將瓜子撒得到處是。

為了當個有信用的商人，準時將貨物送到商販處，即使熬夜仍需完成封裝。三個月下來，她的身體到處痠痛，但她不需再賣掉金子，雖然利潤微薄，但逐漸收回的貨款足夠她週轉資金，龐正的薪水和她的生意資金往來相比，顯得毫不起眼。她知道做生意是唯一可以讓她改變現狀的機會，她不要為了錢委屈自己，她要自己有賺錢的能力。這信念支撐著她每天和菊子搬運沉重的瓜子，她給菊子加薪，菊子從來沒有抱怨工作過多，這女人和她一樣咬牙想要改變生活經濟。

她給龐正寫了信，告知她的創業經過，她想，龐正回家來，一定會發現，好像換了一個太太。

她數著從商店收回的貨款，心裡想到劉德，就像有一根針跳動著，刺得她心痛，她去郵局，給劉德匯款，劉德的薪水又要付春信薪水又要養孩子，想必是應付不來的。村子口新設了一家雜貨店，她又買了一些日用品，給劉德寄去。

逢上十月份，好日子多，婚喜的場合多，各商店大量的要求瓜子，她跟南部貨源大量訂貨，貨一送上來，她和菊子搬得簡直無法打直腰桿，第二天躺在床上完全無法動彈，菊子卻還能在廚房裡給一家人準備餐飯。她要菊子休息，菊子說：「太太，我以前搬木材，更重呢。」深夜時，菊子深沉的呼吸聲卻像客廳留著的那盞微弱的燈光般，讓她心裡感到一點淒然的不安。她起身坐在那片燈光中，望著堆滿客廳的瓜子，並排的麻袋和紙箱，孩子們已經無法有一個寬敞的空間活動，堆積的貨物也已經是她無法控制的了，沒想到做起生意來，就像開車，輪子一滑行，就得上路。

隔天，她招呼左鄰右舍的太太們到家裡分裝瓜子，她支付鐘點費，現在，整個眷村都知道她在做生意，看著三輪車進村運貨越來越頻繁，他們傳言她的生意越做越大，泊珍儼然成爲村子裡最能幹的女人，但她卻深深體會父親經營的產業多麼需要勞力，需要工人滴下汗水換取價差，她心裡忙亂時，父親工作的身影就是她最好的精神支柱。

既然生意之名已傳言在外，她更不能氣餒，得一步步走向理想的境地，她環視院子，如果砍掉幾棵樹，可以靠牆蓋出一排工作房，那麼就有足夠的空間儲放和分裝貨物，門邊的小植物拔掉，就可以空出一塊地蓋鍋爐，哦，她一定是潛意識裡早就想這麼做了，一搬進這房子，她就把眼光落在牆邊的這幾棵槭樹上，這個偌大的院子將是實現她夢想的地方。

雖然請代工讓她的利潤縮水，但能準時交貨，對生意人而言，是建立信譽最重要的事。

送出這一批最緊急的貨後，她請來鋸樹工人鋸那三棵槭樹，工人從細幹鋸起，一一分解樹身，院子堆滿樹枝樹葉，泊珍撿起幾段枝幹，請工人打釘子掛在簷下的牆面，讓它乾了當個紀念吧，這裡曾有幾棵樹，因為一個女人創業的理想，而化做塵中物。

她也手持利剪，在砍下的樹幹間剪枝，敞開的大門口是一部運樹枝的小貨車，白皤皤的陽光中，一個身影出現大門口，她凝眼望去，粗獷的兩道眉，眉下一對焦慮若有所思的眼，略顯憂愁的臉色像是乾枯的冬天，她先開口：「今天來貴客了，什麼風把你吹來？」

劉德盯著滿地的樹枝樹葉，問說：「造反啦，好好的樹砍了做什麼？」他環顧四周，眼露笑意，彷彿在說這個有寬敞庭院的屋子，彷如人間天堂。

她引他到後院，那裡沒有工人，她說：「你終於來了，帶了什麼好消息來。」

劉德說他來還錢，他不再需要她的錢，他從口袋拿出一個裝錢的信封，遞給她。

「你跟我客氣什麼，我寄錢是給孩子用的，桂花的孩子也是我的孩子。」

「別寵壞他們，我的薪水還夠他們吃用。」

「春信呢？請人總要錢。春信是我請的，薪水本該我付。」

「我剩的那麼點錢就給她，勉強還可以，妳多的錢留著家用。」

「就為這點錢來？」

「早該來了，」他盯著她，「妳一個人帶著孩子過日子，很不容易的，我該像一個至誠的朋友那樣，天天來妳的門前看妳有什麼需要，可是，我怕我來了，就不容易走出去。」

她推了他一把，「別說瞎話吧，來看看我的玩意。」泊珍有些遲疑，好像希望剛才那話題延續下去，又覺十分不妥，她跨上台階，引他來到客廳，裝著瓜子的麻袋和分裝的材料占據半個客廳，她挪出一把椅子給他，央菊子倒茶，自己坐到他對面，解釋那些貨物，解釋大半年來，如何成為一名四處尋找客戶的生意人。她坐在一片幽明的光線中，所有過去的時間就像一道流光，從她的講述中，輕易的就過去了。劉德幾次挑動他那對粗獷的眉毛，他彷彿只能陷在椅背裡，接受眼前這個女人和現實環境毫不妥協的勇氣。他回想過去桂花與泊珍宛如姐妹的交情，他和桂花都從泊珍那裡取暖獲得安全感，如此一想，連已化做仙魂的桂花，他都覺得那魂魄必然是安心的。

「那妳為什麼砍樹？」

「我需要空間，我要自己做瓜子，那是我父親的產業，我要接續下去，我現在做中盤，是為了將來自己做瓜子時，可以有現成的派貨點。」

「龐正同意妳利用那塊地嗎？」

「他不知道。」

「是不是等龐正回來，和他商量，這公家的宿舍……」

「我打聽過了，雖說是公家宿舍，可這時各人自顧門前雪，單位裡也睜一隻眼閉一隻眼，就說家裡不夠住，需要增建，沒有不可的。」

劉德站起來，走到那堆貨物間，伸手抓了一把瓜子，又把它們散回麻袋裡，久久沒有講話，眉頭又重現憂鬱的神色，泊珍走過去，站在他旁邊，望著窗前的花株，也靜默無聲。劉德望了她一眼，說：「妳不像妳所說的那麼厲害，妳看起來累得快倒下去了。」話才落，泊珍的眼淚滾了下來，兩隻手壓在麻布袋上，支撐著泣顫的身子。劉德一隻手環過她的肩膀，說：「不要哭，不要哭，生活太難，大不了暫時放下，只有親人的永遠失去才值得哭。」

泊珍說不清楚自己為什麼哭，好像這幾年生活下來，並沒有太大的樂趣，沒有人要求她非創業不可，越是如此，越感到生活裡極空白的處境，她不能天天為了等丈夫下班，做著細瑣的家事打發時間，龐正每天進門時，帶不進可以令她感到樂趣的興頭，她的內在彷如一座乾涸的田，她做的一切努力，是為了引進一道道心靈的水源。

她止住眼淚，沒說什麼，為劉德包裝了一大包的瓜子，要他帶回去給春信和孩子們，說：「逃難那麼艱苦都不哭了，這點和人交易的事有什麼難的，也許我是想念家裡，想念那塊不能回去的地方。」

她原只是隨意說說，不想劉德挑了挑眉毛，凝神注視著她，他很少出現這樣嚴肅的表情。

「你要告訴我什麼是不是？你不光是為了還錢來的？」

劉德捏轉手中那包瓜子，臉色凝重不發一言。

「既來了，你就講，若是要娶了春信，應該不會這麼沉重，是在軍中出亂子嗎？」

劉德搖搖頭，望著她的眼神流露憐憫。

「是我父親？有消息了！」她緊緊的抓著他的手，「你的人帶來消息了？」她見他不說話，聲音越發激動，「是了，一定是，發生什麼事？你是爲了這個消息來的，趕快講，像個男子漢，你既專程來了一趟，就不能什麼都不說，是壞消息是不是？你看你的臉，暗成這樣，告訴我，快告訴我……」她聲音逐漸微弱，彷彿預測到一個即將來臨的地震。

劉德注視她，一個字一個字的說著：「妳父親的土地全被沒收了，妳母親整天嚷著要找妳想辦法救救父親的產業，有天她自己躲過家人，走出家門，走到家鄉那條河，往河中走去，人們發現她時，已是第二天清晨。白家村的人都知道這件事，妳父親成天在家裡，白家村的人說已經很不容易看到他。兩個孩子仍在白家村裡。我們的人出生入死，這是他們工作外的額外付出，得先保護自己，打聽到的只這些。」

白家的女人都往村前那條河尋找歸屬，泊珍的眼淚無聲的流成一條河，滂肆湍急，咚隆隆的響徹了起來，她的淚眼是汪洋，湯湯滾滾，人間的悲愁盡在上頭沸騰，她雙膝柔軟，這片江河水流瞬間流成一處幽暗漩渦。

25

落葉應知我
唯有書寫

下班時間，外頭細雨紛飛，今早出門是大太陽，所以我沒有帶傘，可這時我必須走，為了準時接安安放學。收拾好桌面，把筆、記事本收到抽屜，拎起皮包，我像公務員般，在該走的時候，沒有逗留的走向電梯。

經過老闆的辦公室，他坐在裡面，低頭閱讀什麼，此時抬頭，我揮手跟他招呼，示意我要下班了。他放下手中的東西，走出來，說：「外頭下雨，妳沒傘。跟我走吧，我送妳一程。」

「不必了，我到樓下便利商店買把傘，慢慢走去學校接孩子還來得及。」

他手快，按了電梯門，電梯門一開，他將我推進門，自己也走了進來，笑笑看著我，那眼裡有股玩狎，像在賭場押注似的說：「給我一點服務的榮幸，反正是順路。」電梯直達地下室，我像被他挾持押上車，坐在他的側旁，覺得他的氣息壓逼而來。

「最近有一本書，需要妳操刀。」

哦，是這樣的事，取道車裡好商量。什麼樣的書呢？我已好久沒親自為出版社的書當寫手，大都由其他編輯撰寫。我望望他，他意會到我在尋找答案，一邊操控方向盤，一邊說：「一個政治人物，為了選戰，要出一本自傳。」

我凝視前頭的街景，毫不遲疑的回覆他：「我無法寫這樣的書，不管他要選總統、選市長、選立委、選議員，我都無法答應。找願意寫的人寫吧。」

「喔，妳很固執，稿酬很好，我們的出版就是要符合市場的需求，選戰期間，有人需要這樣的書。」

「會有寫手的，永遠都會有願意寫的寫手，你付得出高酬勞，哪怕沒有勇夫。」

「妳鄙視為政治人物寫傳？」

「我不能為政治人物服務，因為我不能判斷他們語言的眞僞，我不能以文字去替任何人歌功頌德，我不能忍受自己可能掉進虛僞的陷阱。」

「那麼妳鄙視我賺選舉財的行徑？」

「我的想法僅屬個人想法，你的商業是你的商業，你做一件事只要有理由想那麼做就去做，何必在乎別人的看法？」

他的嘴角笑開，眼裡卻沒什麼神采，側臉在窗邊斜滑而過的雨絲前，像一幅苦思解答的老學究剪影，同樣沉悶無精打采的聲音迴盪在車裡：「並沒有人要妳替政治人物歌功頌德，妳可以有自己的觀點，可以生動他的小事，可以使他溫馨親切，可以過足詮釋他的樂趣……」

「只要書寫者是掛著別人的名字，就由不得人，那完全是影子，影子是沒有思想權利的……」我還想說什麼，腦裡卻突然閃過老太太的身影，我看到自己走進那身影裡，在一片幽暗中，兩個身影逐漸模糊，終至四周變得漆黑無法逼視。

「原想妳可以幫忙，沒想到這麼固執。」他停頓了一下，再轉個彎就是安安的學校，他問：「下班都做些什麼？」

「生活。」

他又笑笑，說：「今天眞不是我的好日子，這麼短的回答算回答嗎？」

我跳下車時，他遞來一把傘，這時我回給他一個微笑，呵，你不知道的可多了，生活何其簡單又何其複雜。我撐開傘，細細的雨絲沿著傘骨滴落成珠，一串串倏然而下，是誰在哭泣嗎？我抬頭望見傘頂，防水布外淚痕斑斑，老天也有多情的時候，送下淚雨，也可能送走悲傷，淚水刷一刷，四周就會有清亮的感覺。

下課鐘響，我直接到教室外等安安，她從窗戶看見我，很快收拾好書包，跟老師打了招呼就往我懷裡衝過來。她抬頭望我，那凝望的姿態像在索問我接下來的時間怎麼過，這成爲我們經常出現的畫面。怎麼過？我天天思考這個問題，天天希望能多點時間獨處，但我選擇先陪她閱讀、玩遊戲，只有她看電視及入睡時，我有片刻安靜。

在雨中共傘，我們走了一段路，她問我：「媽媽，我們去哪裡？這不是回家的路。」

「去吃飯，然後買東西。明天媽媽帶妳去姑婆家。」

她聽說又要去姑婆家，睜大眼睛，充滿期待，緊緊拉著我的手，口裡說，好棒，一面把書包甩到後頭，又甩回來。

在附近用過餐，我沿街進入不同的商店，買了幾套男性內衣褲、運動衫、有鬆緊帶的長褲、拖鞋、毛巾、盥洗用具，還買了一隻旅行袋，將這些東西都放到袋子裡。安安問我買這麼多做什麼，是不是要給爸爸。我說這些東西爸爸都有，是要送人，明天順路去送人。我買給她一個布偶娃娃後，她玩弄那娃娃的金髮，不再注意我手上的提袋。

整晚沿街買東西，又要挑東西又要找商家，我和她的眼睛已經被各種物質的影像塡塞得很沉重，腳底也好像給安上板子，舉步困難。回家梳洗後，她抱著她的娃娃，很快睡著，沉穩的鼻息在安靜的室內有節奏的響著，像天使輕輕的腳步聲，排遣室內的寂寥。我留下一盞小夜燈，回到我的書桌前，開始書寫。雖然眼神倦怠，精神渙散，我仍試圖寫出幾十字或幾百字，那是爲了明天天亮時，心裡仍殘留充實感，唯有這安靜書寫的片刻，才是我結束一天的儀式。通常離開書桌後，我到廚房準備第二天早餐的食材，聽一會輕柔的音樂，把活躍的腦子冷靜下來，再喝半杯熱牛奶，幫助入睡。今晚我留在書房的時間多了些，我從安安的書架上拿出幾本圖文書翻閱，選了五本字少的繪本塞進那隻放了衣物的提袋裡，整個提袋都塞鼓了起來，像個吹脹的長形汽球，很快就要飛到一個異類的國度。

第二天，我們搭巴士往中部，到了台中又換了巴士往市郊，安安不時望望車外的景致，終於問我：「媽，這好像不是去姑婆家的路。」

車子環山繞水，和去姑婆家的景致其實很像，只是這條路較平坦，經過較多聚集，我抱抱她，輕聲說：「我們先去看一個朋友，再去看姑婆。等一下妳看到了這位叔叔，如果不想說話，就跟著我就是了。」

「爲什麼我會不想跟他說話？」安安問。

是呀，爲什麼我預測安安可能不想跟他說話？是我潛意識裡認定他是一個不適合說話的人嗎？還是我認爲安安沒見過像這樣的人，可能心裡會有些懼怕。那正是我心裡猶豫不決，遲遲不知如何告訴她這趟另外的旅程。

路將盡，我試著解釋：「他和一般人不一樣，他生病，不太能講話，是我一個朋友的朋友，我代替朋友來看他。」

她哦了一聲，彷彿對一個生病的人沒什麼興趣，躺回座椅，玩弄她隨身帶來的洋娃娃。車子爬了一個斜坡，往上慢行，路的一旁是緩升的山壁，另一旁是搭蓋在緩降坡上的零散住家，陽光四處折射，屋頂上、樹梢尖、瓜棚，到處閃閃發亮，卻是一種寧靜的氣息，我紛亂的思緒，好像給光沉澱了下來。又轉了兩個彎，停靠在育幼院前的站牌，我和安安提著行李走下車，直接越過馬路往大門走去，安安一邊嚷著：「妳來了很多次嗎？妳怎麼知道是這裡？」我按鈴，開門的修女微笑的跟我說嗨，延請我們進門。同樣的，我到行政室爲會見簽名，還順便瞄了一眼本子上有沒有記載曾經有誰來看過他，我把整隻提袋放在桌上，一一掏出裡面的東西給院方登記。這是給他專用的，將寫上他的名字，送到他的房裡。我只留下那五本繪本，拿在手裡，跟著修女的引導，來到會客室。

他在那裡，好像早就被通知有人來看他，他穿得整齊，刮過鬍子，顯然院方的人幫他整理過，他坐的沙發處陷出深深的凹痕，他低著頭，好像在注視地上的某個東西，又好像根本什麼也沒看，我坐到他側旁的位置，安安緊挨著我，我跟他說，我來看看你，看你好不好，給你帶了點東西來，沒有什麼別的事，就是看看你，你看，這些書或許你會喜歡。他沒有回答我，茫然的望著我，很久才對空中笑一笑，他的視線停在安安臉上，竟對安安擠了一個鬼臉，安安身子往我這裡縮了一下，我將書放到他手裡，替他翻開一頁，他盯著那頁的圖，臉色收斂了起來，我念那頁的文字給他聽，還多說點關於那圖片的故事，他好像沒聽進去，一直盯著圖，然後自己翻到下一頁。

我仍說著話，像個故事媽媽耐心的爲孩子說故事，陽光從山邊篩過繁密樹葉灑進窗裡，紛碎的投在地上，慢慢往窗邊移動。碎鑽般的亮光，就要回到綠林間，我站起來，到他身邊，摟摟他的肩，說，我會再來。他也站起來，呢噥了幾句，我聽不清楚，這個中年小孩比我高大，他在這裡等著時間往前走到生命的盡頭，他一直笑著跟我們走到通道，修女欲將他帶回他的活動室，他仍笑著站在那裡不肯走，在那刻間，我想留下來，又不肯定這兩個殊異的世界怎麼交集。

這個育幼院附設療養功能，他們將健康的孩子與有身心障礙的孩子分開，那些有障礙的孩子，只要家裡有經濟上的供應，可以在院裡的照護設備下，長久住下來，一如育生。健康的孩子則照顧到中學，他們可以自立到外頭讀書或工作爲止。

我們經過一樓的走廊，看到一些行動不便、年齡層分布不一的孩子，有的沉默的坐在輪椅裡，有的躺在床上，房門洞開，以便護理人員注意狀況。我和安安也小心翼翼的走過走廊，走過兩三位護士在交談的護理站，走到外面陽光照耀的地方。

抵達大姑家時，已過中午，從林間小路走進宅院，鋪修過的柏油路面兩旁翠林成蔭，兩邊的樹梢延展出的枝椏在空中交會，儼然如綠色隧道，我牽著安安穿過隧道，她不時抬頭看向空中，陽光穿透綠枝，葉面閃爍著光亮，她小小的臉龐也閃爍著愉快的光影，我想起八歲時，第一次來到這片山林，風靜鳥鳴，房子雖平凡，山裡的寧靜帶我到一個悠遠的想像國度，綠色小路林蔭遮天，時間總讓某些事改變，讓川水滔流不返，讓我成爲少婦，牽著女兒重訪故地。

大姑躺在床上等我，她面孔有點浮腫，臉色蒼黃，血液透析法已不能控制她的症狀，她得三天到醫院洗一次腎，平時由表嫂開車接送她去醫院，她常躺在床上不下來，表嫂認爲她自暴自棄，沒有生之欲望。表嫂有點牢騷的說，侍候這麼多年了，沒想到近幾個月病情急轉變壞，她不控制飲食，不出門，好像打算把自己埋葬在這個宅院裡。表嫂問我：「汝常來看伊，伊應該高興，哪會越來越不講話呢？」

表嫂的提問，讓我生心疑懼，她看著我的眼神，彷彿我在一鍋香醇的粥裡，倒入了什麼禍害，我說：「年歲有了，體力和抵抗力當然是像在坐溜籠，我和伊多開講，讓伊講話嘛，汝可以趁機會去透一下氣。」

她從牆邊的掛勾拿下遮陽帽，套上遮陽長衫，說要帶安安去林子裡，「汝儘量講啊，山裡有一批樹仔正在砍，安安沒見過，我帶伊去看。」她急匆匆帶著安安出門，可能要去察視划林的情況，安安很興奮的坐上她的車子，她們還要往上坡開一段路，才到達正在砍伐的樹林，這一片林，正是表哥幾十年前買下的產業，種林提供木材需求，第一批樹在十年後養成，之後一批批的木材替他賺入大把的銀子，除了台灣的林業，他也到泰國投資，買下當地的森林，伐木生產高級傢俱。

大姑起身坐在一把籐椅裡，穿著布料細緻的及膝洋裝，她示意我在旁邊的椅子坐下來，我和她隔著一張圓形茶几，我說，聽說她飲食沒控制，應該多照顧自己的身體。她說：「等日子而已。」看看窗外邊的綠林和明亮的陽光，又說：「日頭會出來，人生該走的時候就走，一生的磨難總該有個終點。」面對這樣的結論，我手足無措，不知道應該打氣還是安慰，若是別的老人，我大可不予理會，但在大姑面前，她臉上的每一條細紋，好像都牽繫著家族的情感，我拍拍她的手，說：「多一天就多歡喜一天，爸說過幾天來看汝，看到汝，伊也才會歡喜。」她點點頭，說起這群弟妹都健康，是她最大的安慰，覺得沒有對不起父母。她語帶感傷，我拿出筆記本，也感染到些微的感傷，說：「姑，我來的路上，順道去看伊了。」

她沒有說話，看著我的筆記本，等我翻到一頁空白頁，才問：「還好吧？」

「看起來很好，穿戴也整齊，我在院方的紀錄看到建雄大哥按月匯錢給院裡。」

「幸虧這個後生做得到，這麼多年來，我也沒過問過。」她嘆了一口氣，「唉，當初一塊窮人的孽肉，擱在那裡，也實在可憐！」

在這個漸向黃昏的午後時刻，山上的陽光還明亮的在樹間晃動，在庭院的泥地上盤桓，在她凝望了幾十年的窗外無聲斜照。她在窗邊爲我補充細節，她說她沒想到有一個愛寫字的姪女，在她晚年時，自願以文字追憶她的人生，如此勤勞的常到山中的房子來。她說，我幼時第一次來山裡喝建雄大哥的喜酒時，她實在無法預料那個安靜的女孩，將成爲一名寫作者，不，她說，也許她那時就該猜到了，因爲那個女孩會突然離開眾人跑到林子裡，她應是個想獨力完成一點什麼的不太一樣的孩子。

大姑的聲音沙啞，使她講述出來的過往情事，好像隔著重山萬水，久遠到被一層朦朧的霧隔絕，我站在霧中，一邊前進，一邊極盡所能霧中求景。我看到我的八歲，瘦弱的身影蹲踞在林子裡，在葉片上書寫字句，和落葉交談，那似曾相識的身影，就是我嗎？八歲的女孩知道日後會有個少婦觀看她嗎？

離開大姑的房間後，我走入林裡，柔軟的泥土混雜乾枝與枯葉，其間無數鮮綠的植物冒出新葉，這一切腐敗和新生命在林子裡輪替，我曾經踩著了八歲時走過的痕跡嗎？我坐在一顆石頭上，拾起一片剛斷梗的芋葉，撫過表面的光亮，把葉子翻到背面，從背包抽出原子筆，在那葉背上寫下「落葉應知我　唯有書寫」。

26

庭院的年前宴會

仲秋九月，氣候在暑熱與秋涼之間交替，有時白天還熱著，傍晚便起風，涼風帶著乾燥的氣息，吹在皮膚上，令人感傷，泊珍說不上爲什麼感傷，只覺在這氣候交替的時節，心裡有一種空空蕩蕩等著寒冬的感覺，也或許只是乾燥的風令人感傷罷了。

一個微雨的上午，郵差送來龐正的歸期，信件乘著海風徐徐而來，信上所說的歸期，離龐正所搭的輪船抵達的時間並不遠，閱讀間，泊珍心裡更像走到一片雪原，她不知道爲什麼。龐正回來，她應該高興，像個辛勤獨力持家，終盼得丈夫歸來的婦人般，露出團圓的喜悅，但她沒有，她心裡浮現帳冊上記載每一筆生意收入與支出的密密麻麻數字。過去一年，這些數字，是她成爲一名商人的證據，那些排列在她往來商店名冊裡的數字，才是她過去一年最眞實的紀錄。現在，這個不曾參與她成爲一名商人的丈夫要回來，她反倒有點情怯，或許是怕他認不得她，也或許是怕自己認不得自己與過去的生活。

這些疑問，在她面對他的這刻，像泉水自己找到了流向，她站在碼頭的這端看見他提著行李走下船，海風迎面襲來，她像御風而立，沒有任何時候比這刻更有自信，她像一個全新的，可以駕馭自己人生的人，站在他面前，接受他的檢驗，接受他是她的丈夫，即將因為這次的離別重逢，而有新的人生。她所站的這個碼頭，也是多年前，渡海而來的碼頭，此刻站在這裡，彷彿過去那些下船的情景是前輩子的事，龐正來到面前，他們靜默的對看了幾秒，龐正拍拍她的肩，說：「辛苦妳了。」她的眼睛落在海面上，水氣渺渺，曾載歷了一場災難，如今已成前塵往事，她遺落的家人，在海那端的岸上，喔，她不該來，不該來這海岸邊，眼角的淚水在風中滑落，她低下頭，假裝揉風沙，將那淚水揉乾，才說：「你曬黑了。」

「美國特大，沒什麼遮蔽，又不開車，老在太陽底下走。海上也是空蕩蕩的，這一趟船，也只能在甲板上曬太陽。」

他雖黝黑，但結實，兩人並肩貼近，泊珍突然覺得過去一年只是晃眼間，她既高興一家人可以團圓，又擔心自己建立起來的生活節奏，因為男主人的回來而受到影響。她一路上跟他講做生意的過程，講家裡格局的改變，講孩子們在這一年的成長，龐正淨是聽著，在她建築好的生活空間裡，他好像是一名闖入者，他微微笑著，好像是她遇到的一名陌生人。她感到他的體溫挨近她，是這樣具體存在的一個人，重新回到她的生活軌跡。

龐正回到家中，也只有瞠目結舌的份了，前院起了大灶，右方的院子正在挖土，幾棵濃密的大樹早已夷平，他靜靜看著這一切改變，泊珍指著正在挖的泥土說：「要蓋一排房舍，一間大儲藏室和三間小臥室，孩子們慢慢大了，需要房間，也需要多個房間給傭人。」

龐正疑問：「哪來的錢？」泊珍說：「把剩下的那些金子全賣了！我的生意會有收入，我的收入可以讓我再買許許多多的金子。」她說得篤定，好像那些金子早已在庫房裡等著她搬運，但她眼裡卻閃過一絲迷濛，霎時的失焦，她想著，又哪說得準，可她回神時，眼裡的光芒比陽光還亮，會的，這是父親事業的延續，是她在這塊土地生存的依據，無論如何，她會有一片天。

泥地打了淺地基，泥漿車來灌漿，鋼筋紮進地裡，沿著牆柱往上綑，粗大的樑木、一車車的紅磚搬運進來，大興土木的這家人，在眷村裡成為異數，村民以為龐家發了大財，以為龐官帶回大把美鈔灑在自己的庭院，生出房子來，泊珍只好誠實放出風聲，說是家鄉帶來的家當都拿來做生意了。現在她知道，做為一名生意人，要儘量讓大家知道她做的生意內容，好讓人家聞聲而來，才能擴展財源。村子裡不乏名門財閥之後，逃難時身邊也攢了點錢的，他們登門拜訪，想為自己身邊的錢找點生財的門路，卻又覺沒有手藝本領，泊珍便勸，若不知如何做生意，不如買房子，來人卻不同意，哪天回家鄉，那房子留著做什麼。泊珍想說「你相信回得了家？」卻又不便開口，以免傳到部隊裡，找來麻煩。

在一片噤聲中，那片房子蓋成了，隔年龐正如預期升官，肩上掛了一顆星，還負責一個醫院的規劃起草，成了多數村人的長官，更沒人管得著泊珍在家裡起鍋弄灶做生意。倉庫爐灶既都有了，泊珍下南部談妥瓜子原料，雇了一個南部來的青年阿南，替她的爐灶起鍋，她指導阿南，如何控制火候，燒到第幾根柴火時，應該將瓜子放入鍋裡，一斤瓜子配幾大匙調料。她試著回憶父親鍋爐裡的配料，去中藥行配好材料，試了幾回配料比例，決定了其中一種口味，製作完成後，她將第一批貨免費送給往來的店家，那些店家滿意品質後，她又以比較低的價格批給他們，這樣開始了她一邊自製瓜子，一邊批發代銷瓜子的生意，沒想到幾個月之內，往來的店家紛紛以她自製的瓜子取代批發的瓜子。因此泊珍又多雇了一名工人阿榮，和阿南一起製作瓜子，同時也做少量的蜜餞，以目前家裡的製作環境，先維持一個穩定的基本量，應是比較穩紮穩打的方式。

就在這時，龐正手下一名小兵唐登因額員配置問題，半迫著得從軍中退役，龐正以爲這人平時聽話，來台後未結婚，孤家寡人，退役後的工作尚無著落，或許只能到餐廳當伙計，泊珍一聽，便說：「不如就到家裡來幫忙吧，我正愁著再找一個幫手呢！」

瘦小安靜的唐登住到家裡來，他住在靠花圃的房間，阿南和阿榮住一個房，菊子住一個房，三個小房連著倉庫。泊珍給唐登一份象徵性的薪水，雖微薄，吃住卻無憂，薪水倒都省下來了，跟在軍中領餉沒兩樣，還賺了個自由，他住在這裡，也感到自己有了一個家，每日安安靜靜，做一些出力的事，進貨出貨，搬貨扛袋，也幫菊子提菜進門，畢竟這一家連孩子工人們，天一亮，就有九張嘴巴需要溫飽，每次提菜，他就覺得自己也爲這個家付出一些，有存在的分量。

菊子專門負責一大家子的飯食，傭人和工人在倉庫前的遮棚下擺桌吃飯，泊珍一家在廚房邊的餐廳，中間經過前廳玄關，下了幾個階梯，穿過前院僅剩的空間就到了遮棚，菊子每餐端著飯碗和一盤盤的菜，穿梭在這兩個地方，飯菜擺上桌，菊子招呼大家食用，飯後又是一頓收拾。在採買食物和烹飪的空檔，菊子打掃房子，清洗衣服，幫忙工人分裝瓜子，在孩子們調皮挨泊珍罵時，拉著孩子到一旁，從口袋裡抓出糖果塞到他們嘴裡；下午陽光西斜，還不到炊飯時刻，她坐在房裡的桌前，讀著孩子們不用的課本，認著方字，在一張裁好的紙上練習寫家裡的地址，寫到最美最整齊的那張，就留在抽屜裡，她的牆角一直擱著一個紙箱，出門時，若買了點東西回來，就往紙箱裡放，慢慢紙箱放滿了，她就封了箱子，拿出抽屜裡的地址貼上箱面，寄給家裡的孩子們。不幾日，又尋回一隻乾淨的紙箱，擱在牆角裡。

唐登每日經過那房間，總不自禁斜眼往裡面瞧，知道那隻箱子有寶貴的東西，他偶爾也會帶點東西回來，在無人看見的時候，偷偷塞給菊子，說：「給孩子們。」菊子推了幾次後，都欣然收下，唐登大都時候不講話，一講起話她大多聽不懂，費了很久的功夫才漸漸聽懂幾句唐登的湖南鄉音。她最常和阿榮阿南講話，兩個都是南部上來的青年，和她一樣付出勞力，寄錢回去給父母，他們因是外地人，工資便宜，但包吃包住，住一起，也像一家人，尤其他們可以用閩南語交談，可以靠語言一解鄉愁。她長他們幾歲，阿榮阿南聽她的話，也時常幫她提東西，在她眼中，他們只是孩子，剛服完兵役，工作掙點錢，她勸他們，「也要交女朋友呀，當兵後的查甫要結婚啦。」

嘉義來的阿榮黝黑強壯，喜歡說話，很快學會和泊珍溝通的方式，從最初的比手劃腳到對答如流，精悍聰明，傍晚停工後，常往外跑，菊子擔心他找人賭博，常盤問他看了什麼人做了什麼事，阿榮總說：「姐仔，免擱問了，錢攏寄回去養老母，我外頭趴趴走，在看世面啦！」阿榮也常招呼老實不多話的阿南，說：「南仔，去西門町走走，看七仔，若無，去哪裡娶某？」喜歡往外跑的阿榮，有時也得節制，在這個操著不同語言的環境裡，在面對泊珍的時候，他也會變得像一隻貓一樣拘謹且安靜。

如今龐家的孩子們都上學去了，菊子不必注意孩子在家玩耍時的安全，她反倒有機會在外面停留較長的時間，在買菜的途中，她站在服飾攤前想像某件衣服穿在女兒身上應是什麼模樣，想像兒子應該長到電線桿的什麼位置，想像婆婆提著沉重的菜籃走入幽暗的廚房，蹲在爐前鼓著腮子點火種，乾瘦的雙頰漲得像風鼓，想像自己應該擁有那套掛在粗麻繩上的洋裝，大伯的兒子不久就要結婚，她要穿著那套洋裝出席喜宴。菜市場像一條漫漶的渠道，時常出現新攤子，綿延擴張到與街爭地，她從這個攤子走到那個攤子，光服飾攤就有好幾個，有的攤子賣手套、各種膏藥和面霜、閃著珠光的髮飾、日本進口的皮包，看來麻利精明的男人站在他的布攤前，把布匹圍在自己身上介紹布的特性與花色，一群婦女圍著他等待他開價，旁邊的攤子賣鈕扣拉鍊，再旁邊還有人擺了一部裁縫機，當場改衣服、爲客人量身做衣，還有賣眼鏡和玩具糕餅點心的；這些流動的攤子會在一週裡的不同天數交替出現，每次帶來變化的貨色，她總是仔細估量，什麼應該放入她的紙箱，孩子們看到時可能露出什麼神情，她站在攤子前思量很久，偶爾也出手挑選，將東西掂在手裡左看右看，然後什麼也不買，匆匆提著滿籃菜趕回主人家裡。進門時，有雙眼睛總跟在她的身影後，拍照般的瞬間留住她衣服的顏色，唐登的瞳眼，閃過一溜她的姿影。

又是一年年底，因應過年期間大量的瓜子需求，他們從兩個月前就加緊製作以應付大量的訂單，泊珍沒想到，由於信用好和品質好、價格低廉，店家之間彼此介紹，有些店家主動找上門，在過年前，她甚至得拒絕其中幾家，因為她的庭院只這麼點大，爐子也只一隻，能準時給予老顧客即是生意人最好的信用和資產。

到了把最後一批貨送出去後，爐灶熄了火，菊子的廚灶倒是整日忙著，泊珍還請了一個外燴師傅，在傍晚時分將菜色送到家裡來，龐正請了單位裡幾位還單身的軍人到家裡提早吃年夜飯，吃了這餐，阿南和阿榮都要趕夜車回南部過年。菊子像往年一樣，幫泊珍將過年期間的食物都分派好，才在大年夜的前一天回家休到初九，待她與家人拜了天公才回來，這是她一年與家人相處最久的時候。

這天晚餐除了一大家子九口，還有六名軍人，十五口人，共組一個庭院的年前宴會。傍晚起，前院擺了兩張臨時租來的大圓桌，一張露天，一張在遮棚下，過去泊珍沒有這麼大費周章動員請客，現因生意賺了錢，她想起家鄉父親的庭院總是宴席不斷，她得讓她的院子也生氣蓬勃，她要為這些出外無家的人，帶來一點家的溫暖。

六點時分，天色漸暗，晚風微寒，遮棚上架起電線和電燈泡，電線延伸到屋簷，圍牆上也搭起了桿子，電線掛到桿子端，線上垂著燈泡，把露天的那張桌也照亮，同時讓院子暖和起來。

軍人下班換了便裝來到家裡，唐登見舊同事來，平時靜默嚴峻的臉上浮上欣喜放鬆的神色，哥兒們和龐正泊珍坐一桌，外燴送來的數道江浙菜做工精緻，滑溜膳魚、醣醋排骨、東坡肉、……都是平時較少吃到的料理。菊子從廚房端出熬煮了數小時的一品鍋，那還是泊珍指導出來的，以及幾樣現炒蔬菜，兩桌擺得琳瑯滿目，桌邊地上一大箱紹興酒，還有特別管道帶來的高粱，菊子收拾好廚房就座時，龐正那桌已喝得有點喧譁。她和阿南阿榮和孩子們同桌，三個孩子時常起來走動到另一桌，叫叔叔伯伯的，端著他們喜愛的汽水和父母叔伯們敬酒，那桌八個人，各有不同鄉音，菊子和阿榮阿南聊天，不太注意那些鄉音談著什麼，在尖銳高亢的談論中，時而夾雜著開懷的笑聲，時而是一陣語似悲壯的聲調，有瀴瀴的低泣聲，隨即又是一陣高昂的談論，間又有泊珍彷似勸說的大論。那桌好似一場久別重逢的悲喜劇，菊子這裡倒有點感傷，阿榮說，可能回嘉義娶妻，老母爲他找了媳婦了，若他看了沒反對，就送作堆，阿母不要他留台北，說，世面見到就好，回來做長久的頭路，他家裡有魚塭，就當個魚農吧！那意味阿榮可能會脫離他們這支爲泊珍打拚的隊伍呢。結婚是好事，若阿榮眞結婚了，應該高興呀，他們爲此敬了一杯，平時不沾酒的菊子，想起孩子們等著她過年，想起丈夫死前枯乾的身子，她想忘掉那身子，又敬了一杯，阿榮阿南見酒心喜，那桌在嬉鬧喧譁，這桌也要輸人不輸陣，老闆娘不會計較這一瓶，來吧，同鄉的，爲我們的家鄉敬一杯。阿榮差點跳上桌扭擺身體，阿南將他攔下來，蜜色的燈光下，大家的臉透著紅暈，再來一杯，這一年眞辛勞，但老闆娘生意好呀，我們敬了吧。他們三人去泊珍那桌敬酒，泊珍笑得全臉通紅，眼神迷濛，眞是個美好的夜晚呀！

夜色深濃，寒氣逼來，酒色就像一層暖和的外衣，包裹這一個個尋求團圓氣氛的人們，阿榮和阿南首先站起來，向龐正和泊珍說，要趕夜車回家，謝謝先生夫人一年來的照顧。他們回房間拿行李，打開大門離去，敞開的門撲出一陣酒氣，夜巷安靜無聲，兩個提著行李的男人歪斜著步伐，肩搭肩往夜色的深處走去，門內的孩子們已回到他們的房間，菊子收拾殘餚，那桌有男人說，我們沒家的人，就這樣喝下去吧。泊珍站起來，微笑著說：「我可不能喝了，你們隨便吧！」她搖顫顫往階梯走，還回頭交代收拾殘餚的菊子說：「這桌收了，那桌就由他們去吧，妳也早點休息。」

以後菊子回想起來，好像記憶只到這裡，泊珍走上階梯，推門而入，四周的燈光還亮著，菊子卻從此走入另一扇門，一片灰暗的濃霧，籠罩她一生。

她收拾，合起桌子，椅子疊到牆邊，到廚房把碗盤洗乾淨，確定每間臥房的燈都關了，只有客廳留著小燈，她走向通往後院的門，在門外的洗手台盥洗，昏暗的月色下，鏡子裡呈現她紅通通的臉，她不確定這是不是後院，也許這只是任何一個人家的盥洗台，她怎麼會走到這裡？她搖晃晃走下台階，扶住旁邊的木柱，是，只要這木柱在，就是龐家沒錯，在一步的距離外，她伸手摸到自己房間的門，推門而入，在牆邊的床倒下來，頭在抽痛，沉重得像塊石頭，做飯站了一下午，她需要休息，酒原來是這種氣味，會催人入睡，好像睡了很久，又好像不久，會讓人在睡夢中仍聞到那酒味，會像在海裡翻滾，像木塊壓著人喘不過氣，像一場戰爭，不斷抗爭之後，又來一場戰爭，在敵人戮殺之前，她得先把敵人推開，翻身逃跑，但酒可以讓人像溺水一樣全身乏力，她眞不該眞不該喝那麼多酒，她想嘔吐，卻是全身都像溺在水裡，不是，是有人壓著她，她想睜開眼睛，眼皮沉重得像有幾斤的鉛塊壓在眼皮上，壓著她的人跑掉，又有人壓著她，反覆的惡夢。夢的終點在陽光露臉的時候爆開，窗口透來陽光，打醒她的酒意，她以爲冷空氣凍僵了她的下半身，伸手一觸，光溜溜冰冷的肌膚刺痛她的指尖，刺痛她的心，刺痛她未來的那條路，刺痛她眼前所有有光的所在。她的眼裡凝滿淚水，模糊的淚眼望見昨晚穿的藍色長褲和膚色底褲躺在冷冽地板上，她知道這場惡夢是怎麼回事，她的上衣捲縮到胸部的位置，胸衣被解了開來，小腹到大腿黏稠的液體乾了，那裡的皮膚緊繃，房裡飄著一股辛辣的腥味，她翻弄被子，在被褥和床上看到數根男人短髮，髮色和粗細不同。她拿了一條手帕，將那幾根頭髮包起，放到抽屜裡層。她換了一套乾淨衣服，撿起地上的褲子，和身上換下來的胸衣，捲成一卷放入一隻紙袋，置入衣櫃的最深處。她縮到牆角的紙箱邊，在那裡再度掩面哭泣，她的腹部微脹，陰部好像被撕裂般隱隱作痛，她想起丈夫生病枯瘦的身子，沒有再把她弄痛，她看到丈夫渙散的眼神直盯著她，她不能忍受的放聲瀴泣，再度把自己縮得像一隻密閉的箱子。

她聽到泊珍在前院喚她，她站起來，拭乾眼淚，捧著盥洗用具和毛巾，推開房門，陽光傾刻襲入，比她平時晨起推門時，襲得更深更亮。

27

她無法寫詩
只是心裡有那種感覺

前院那張桌，杯盤狼藉，椅子東倒西歪，敞開的大門，門栓掉在地上，地上有碎裂的酒瓶玻璃，泊珍一見菊子走來，就叨念：「這些兄弟喝多了，酒一瓶都沒剩，最後離開的人也沒關大門，唐登眞不該，他應該去關大門的，先生也不對，怎在客廳就睡著了，這回還躺在那裡呢！」

菊子默默撿起地上的空酒瓶，收了椅子後，拿起掃把，將酒瓶碎屑和菜餚落葉掃進畚箕裡，泊珍見她沒說話，便又說：「昨晚大家都喝多了吧，看妳，也睡過頭了。我還以爲我是最晚起來的。」

她見菊子始終低著頭默默無語，便又問：「怎麼？喝多頭痛嗎？我也是痛著呢！」

菊子的頭壓得更低，平時她是會回話的，泊珍要她抬頭，「怎麼啦？妳怎麼啦？頭抬起來我瞧瞧。抬起來，抬起來，怎麼啦？妳怎麼啦？」

看到菊子滿臉淚水，泊珍愣了一下，菊子在她家工作多年，從來沒看過她掉淚，泊珍將大門關上，接過她手上的掃把畚箕往牆上一靠，說：「跟我來吧。」

泊珍領她穿過宅子的通道，經過客廳，菊子瞄見龐正躺在客廳地板上，雙手攤開，好似很沉重的把自己交給地心引力，她匆匆調回目光，經過孩子們的房間，來到泊珍的房裡。泊珍將門扣上，日式房子的木板隔間不耐隔音，泊珍壓低了聲音問：「什麼事，讓妳這麼委屈，是昨晚太累了嗎？」

菊子把頭垂到胸前，她的淚水又模糊視線，因為模糊，她才能壯著膽子說：「昨晚有人進來我的房間……他們……對我……不禮貌……」

泊珍把聲音壓得更低：「怎樣的不禮貌？」她打量菊子，這名台籍婦人，小她六歲，臉上雖略有風霜，但算得上標緻。

「我喝醉了，太太，我不該喝那麼多，我從來不喝酒……」她的頭幾乎埋到胸前了，「他們來了，欺侮我，脫了我褲子……嗚嗚……太太……」泊珍給了她一件衣服摀住鼻口，以免驚動隔壁。泊珍向前抱住她，兩人都坐在榻榻米上，泊珍任她伏在她肩上哭泣，這眼淚彷彿流入了泊珍心窩裡，梗住她的喉嚨，良久，才用粗乾的聲音問：「幾個？幾個進了妳房間？」

菊子聲音裡有驚慌：「太太，我不知道，太太，我真的不知道……」她又抽泣。

「那妳怎麼知道不只一個？」

「我有感覺，但我昏昏的，早上看到床單上有不同粗細和顏色的頭髮。」

「那些頭髮呢？」

「收起來了，太太，我收起來了。」

泊珍拿手帕讓她繼續拭淚，她們身體分開的時候，泊珍說：「不要講，請不要講，當成救我一次，妳下午就回南部過年去，過完年要回來，讓我有機會補救妳受的委屈。如果妳做得到，就當什麼事也沒發生，就當幾隻畜牲在發洩他們的精力而已……」泊珍也說不下去了，她站起來，下了榻榻米。

她們靜悄悄走回後院，泊珍隨菊子走入她的房間，床上的被褥尚未整理，菊子拉開抽屜，拿出包著頭髮的手帕，在太太面前攤開，白手帕上幾根短黑髮，髮色深濃不一。泊珍瞄了一眼，隨即走出房間，她走進廁所，扶住牆面，吐出昨晚喝酒以來，就壓在胃裡的一股酒氣，吐出那些混濁酸腐的稠狀物，吐出驚慌與淚水。她拉水箱吊繩，沖掉那些酸腐，牆面的白漆上有兩個乾萎的蚊蟲屍，她拿草紙擦掉了乾屍，還留下暈黃的痕跡，她環視這小小的，漆白的空間，一扇小窗通到外頭圍牆邊的一株楊桃樹，枝影斑斑，無數垂掛的葉子，陽光移進來時，適好把葉影篩成花花的淚水投在蒼白的牆上。她又轉過身嘔吐，心想，這廁所牆壁真該漆成水藍色，把外面的天空延伸進來。

菊子收拾自己的行李，她將放在紙箱裡的東西掏出來放入一隻大行李，原來預留明天再去買點年貨帶回家，現在來不及，她在行李裡多塞了幾件衣服，也許可以將這些半新半舊的衣服將就送給親戚，也許到車站的時候，還有點時間，在車站附近買台北新鮮小玩意送給姪兒女。她疊好棉被，拉平被單，來到廚房整理接下來幾天太太可能用到的食物，確定碗盤都整理妥當，孩子們在客廳聽收音機，她將昨晚的殘餚略加溫熱，又熬了稀飯，給晚起的當早餐，早起的當中餐，她看到唐登在前院像平時那樣做操，她聽到龐正的腳步在通道走動，停在客廳，與孩子們一起聽收音機玩撲克。

把該洗的鍋具都洗淨，她抹乾手，走到客廳，低著頭跟龐正說：「先生，我回家過年了。」先生像平時那樣跟她點點頭，孩子們流露奇異的眼光跟她說再見，好像她要去一個很奇特的地方。她走到泊珍房間，泊珍不在那裡，推開通往後院的門，泊珍在一棵種了兩年的木瓜樹下，菊子說：「太太，我走了。」泊珍像一個雕像，沒有表情。菊子回到房間拿起行李，泊珍跟了過來，拿了一包紅包到她手裡：「這是妳的工資和過年紅包，記得，要回來，我們欠妳的，我會想辦法還，但無論如何，保留這個祕密。」對於泊珍再次的叮嚀，菊子感到疲倦，她的小腹還感到鼓脹，她想搭火車，搭去遠遠的，遠遠的，夫家。

泊珍陪她走到門口，菊子深深向泊珍鞠躬，在日本人統治的時代，他們就養成這個習慣，她向供了她幾年工作的主人深深彎腰感謝，唐登還在前院，眼光跟著她的背影，模糊的湖南口音問她，「要回家啦？」她沒有回答。荷香色大門闔上。前面是她的路了，大白天，天空卻是陰的，她走到村子口，招了沒棚蓋的三輪車，到火車站，從這裡到中部的夫家需要七小時，到家時，會是過了晚餐時間，會是眾人準備上床睡覺的時候，她原想像阿榮阿南那樣搭夜車，回到家後迎接天亮，給早起的一家大小一個驚喜。車站很擁擠，過年返鄉人潮將像趕廟會般的來到車站望向自己的家鄉，她幸運買到票，等車的時候，她到車站外的小攤買了過年應景的東西，給小孩子的鈴鼓、香袋、尪仔標、綁羽毛的鍵子，和幾包餅乾、一盒便當，她手提袋裡有一瓶水，她要開始自己長遠的回鄉之路。

疲憊的身體隨著車軌蹎跌，沉入夢中，又出夢中，車窗外的影像一幅一幅流逝，流入睡夢中，流過寂靜的眼底，流過已逝的前一秒。前一秒，已逝，像丈夫腐壞的身體，早已歸入塵土化爲花草的精魂，逝去的，又追憶什麼？發生過的，又算什麼？菊子在睡夢中安慰自己，叩隆叩隆，車輪紮實磨過車軌，日子仍是往前的，就跟著日子走下去吧，未來不知是什麼，又何需太悲懷昨日？在夢中，她想寫詩，像幼時家鄉的那些詩人在一棵樹下結群圍桌而坐，吟詩唱調，但她不識多少字，她無法寫詩，只是心裡有那種感覺，那種想說什麼的感覺，她只能任由那感覺從腦中流過，從她的睡夢中流到窗外飛逝的田野和山林，待她清醒時，她知道自己只不過是一名粗俗的傭婦，爲了生活，殷實過著每一天的婦人。

到車站又轉客運車，從車站到小鎭還要搭近一小時的車程，車班少，她在車站等著趕上最後一班七點的車次，冬日的天色已昏黑，客運車越行越無明，往山的方向去，外頭漆黑，景象難辨，偶爾幾戶人家透出亮光，行了一陣才又有聚落，她心裡急切了起來，再經過一個小鎭，就是夫家的聚落，山腳邊的村落，只幾百戶人家，一條主要街上並排幾家販賣日常用品的店家，雜貨店、農具社、木材行、小診所，商行之間的小巷穿進去，就是菜肉市場，她得在街上下車，在路頭轉彎，穿過幾條小巷，才到小鎮後頭的家，車窗外又漆黑了，下一站，下一站，她的孩子們在下一站的聚落裡一天天長大。

下車時，已過八點，有些商家已關門，小鎮沉靜的披著一層薄薄的路燈光線，她揹著一大一小的行李，慢慢沿街轉巷走回家，去年過年也回來過的，如何腳步不似這次沉重，她好像走了很久很久，路傾斜向上，到了家附近，沒有鄰居在外頭，一兩戶早睡的人家，燈都熄了，這樣也好，她不必和鄰居打招呼，不必停下來講話。她家的燈還亮著，厝前是片鋪磚的小院，牆邊一座大水槽，旁邊堆了許多雜物，漆黑中，看得出來是一些矮凳和桶子，還有新撿來的燃材，燃材上罩了一層膠布。主廳門尚未關，她進到主廳，放下行李，合掌向奉在神龕的觀音像膜拜了三回，又向旁邊的祖先牌位和丈夫牌位拜了三回，凝視丈夫牌位，書寫在上頭的書法字跡一如過往，她垂下眼，提起行李，老大建雄從側門出來，迎過來拿過行李說：「阿母，我感到汝返來了，我聽到汝入門。」

望著這位已然十歲的孩子，她眼裡凝滿淚水，他身高抽長，胸膛壯實，皮膚黑得發亮，她抱著他，眼淚滴在他衣服上，她急忙說：「阿母眞想汝們，阿嬤和小弟小妹攏好嘸？」

這一說完，孩子們都從側門出來了，大家圍著她，最小的六歲的玉娥有點羞怯的拉著她的衣角，她把玉娥抱起來，親她的頰，把自己的頰貼在她的頰上，她感到玉娥的頰過於瘦削，婆婆也聞聲出來，說：「卡早返來？舊年是坐夜車，今年哪坐日時的車？返來攏黑暗暗了。」婆婆穿了一襲黑衣，比往年看來更矮小，背更駝。菊子說：「頭家放我卡早過年，這些囝仔有乖嘿？」

婆婆臉上的線條漸漸放鬆，不露笑就已有笑意，菊子望著那唇邊眼角歡喜的笑意，開始從行李掏出東西給大家，八歲的玉香有洋裝有手飾，玉娥也有衣服有玩具，她除了給建雄衣服，還給了他一隻手錶，說：「汝是查甫，又是大漢子，要有責任感，幫阿嬤記時間，叫小妹起床，叫伊們吃飯，要學會什麼時陣要做什麼事。」天知道，她可是想了很久，才決定買那隻錶給建雄，因爲那隻錶很貴，幾乎花了她一星期的薪水，是和阿榮去西門町買的。她留了另一隻行李，裡頭的東西是給過年期間會陸續碰到的親友，婆婆說：「攏是花錢買的，辦得如此豐沛，人家以爲汝賺多少。」

「久久返來一次，也不能太鹹，不然，人家以爲我們在外面好看頭而已。」她掏出早準備好的一個大紅包，不等除夕，就給了婆婆。

夜靜，山邊的風聲呼呼吹著，她和玉香和玉娥躺在眠床上，小小的窗戶外一片漆黑，這張眠床又熟悉又陌生，是她賺了錢後請工人做出的一張通鋪，好讓一家都能躺在上頭。建雄長大，自己睡到隔壁房，這個通鋪就姐妹倆共用，她睡在上頭的時間有限，一年裡回來一次或兩次，孩子們的身形在床上抽長，像抽長的翅膀，終有一天要展翅飛離，她在幽暗的房裡聆聽她們講她不在時發生在這屋裡的祖孫故事，孩子講累了，沉沉睡著，鼻息均勻的稚幼臉龐沉靜的反映在幽黑的夜色中，她心裡也彷彿有一個黑色角落，讓她覺得十分疲憊，向那深黝的角落跌入，那片窗，怎會毫無月光傾入？

隔天一早，她穿了素淨衣褲，套上厚棉外套，往丈夫的墳墓去。出家門往山的方向走，狹窄的黃泥路，兩旁雜草叢生，雜草後灌木成林，越往上，泥路兩旁密生桐樹林，曲徑蜿蜒，來到半山腰，是村人經年闢出的一片墳地，土地或屬公家，但沒有管理，墳墓成群，倒也管不勝管，由著村人利用。她記得當初抬著丈夫的薄棺上山來，路窄人眾，抬棺的隨著山路逶迤，搖搖晃晃，村人走在後面拉長距離，疏疏落落的來到墳場，那躺在棺裡的，或已滑身移位，可還是葬到土穴裡了，親友在拱起的土堆上灑下殼粒角元，她的淚就差不多哭乾，她只是注視著尚未乾透的墓碑上，丈夫的名字凹陷下去，一個活生生溫熱的身體，已只剩下那三個字。

她從逐漸增多的墓碑中一一望去，在東北方位找到丈夫的墳，墓碑旁雜草漫生，她坐在他的碑前，手指撫過那三個字，生前以這三個字辨識，死後不過碑後的一堆土，可這三個字陷在碑上，顯露在空氣中，他仍存在的，風拂過的時候，那三個字也會有涼涼的感覺。她的手指沿著筆劃畫下來，心裡一邊說著，唉，爲了生活，不管發生什麼事，我的責任是把囝仔養大，讓伊們將來有自立的能力，各自成家，汝來不及看到的，我會幫汝完成，在外面受點欺負又算什麼，是不是，汝這冤家，將來囝仔們有成就，我會請伊們撿汝的骨，修汝的墳，讓汝在那邊的生活可以和人相比，我的一點委屈就不算什麼。她俯身向前，眼裡流出的淚滴在丈夫的墓碑上，她抱著碑石，額頭抵在蒼冷的石質上，彷彿丈夫正以一個蒼冷的眼神，在嚴寒的冬天，回望著她。她因而湧出更多淚，溫熱碑石。

28 荷香色大門 是惡夢的起始還是終點

已是年後初九，一波寒流剛過，另一波在元宵期間將來，這兩天晴朗的日子，她的工人一一回來，阿榮洗刷鍋爐用具，在日光下曝曬，這是他們一年工作的開始，年後瓜子的需求清淡，泊珍延後開工，讓回鄉的工人可以多幾天休假，而且年前忙碌趕工令人疲累，她也無意將自己逼到一個緊張的工作狀態。

過年期間，她打了幾天麻將，牌隻從手指間進出，她的心思在指縫間越織越密，也越凌亂，她以爲一切都是酒醉後的幻象，初一那天，從窗口透來的陽光打醒她，她就覺得自己從一場惡夢中醒來，所有驚懼、擔憂、邪念、失神，都留在夢中沒有帶出來。她哪裡也不想去，在家裡擺牌桌歡宴新來的一年，歡宴惡夢的遠離。只有從牌桌起來走動時，她心裡有難以承受的痛楚，她捕捉龐正的身影，想像龐正闖入惡夢裡，幹了一場獸性的勾當，不打麻將的龐正坐在房裡看書，或站在一旁觀看牌戰，他只是像平時那樣沒有一點異樣，於是她把他逐出惡夢，她覷望爲大家做點心的無家可歸的唐登，壯實的身影更加透顯一個單身男子寂寞的氛圍，他可能撲在菊子的身上磨蹭他爆發的精力，他天天吃著菊子的菜，幻想著菊子的體香。她站起來，無所適從的從客廳走到院子，走進廁所，覷望廁所小窗外那片藍天，她點一根菸，在木瓜樹下抽著，直到牌友不耐煩的喊她。

依照原先的計劃，她允許菊子像往年那樣，初九一早拜了天公就搭車回來，最晚傍晚時分也該到了，但是沒有，巷口一片空蕩，只有附近孩子們玩耍的嬉鬧聲，颳著門牆，顫動出牆來的枝葉，泊珍不斷走到巷口又折回來，到路燈亮起來時，她扣上荷香色大門，走到倉庫裡，那裡堆疊裝貨的麻布袋和紙盒，以及等待製作的瓜子、各式容器。她找到一把板凳，她想，菊子不會回來了，因爲她的疏忽，造成菊子的痛苦，她扶著板凳跪下來，雙手合十，心裡默禱，在逃難最艱難的時刻她都挺過來了，這件事她該如何解決，菊子會不會把委屈傳出去，那晚荒唐的惡夢到底有沒有驚擾鄰居，龐正知不知道他和他的部屬闖了什麼禍，她該告訴他嗎？過去幾天無解，現在也無解，而菊子是不是應該回來呢？她一隻手支著額頭，就在這裡吧，這裡安全無比，沒有人會闖進倉庫，就在這裡不要出去就不必面對擾人的問題，沒有人會看到她，她也不必去面對任何人。她伏跪著，一股潮溼的氣味從四面八方湧來，不行，她不能被現實打敗，她得走出去面對這一切問題，她從那片潮溼中站起來，推開門，她要去找一扇內心的門，她要推開另一扇門。

第二天是初十，星期日，沒有比這天更適合的日子了，她搭車往新竹去，手裡拿了一隻籃子，裡頭裝滿年貨，元宵節前都還算是過年，她要去拜年，推開那一扇門。她按鈴的時候聽到屋裡有鬧哄哄的孩子喧鬧的聲音，她又按了一次，這是午後兩點，巷子裡除了暖陽，就只有三條黑狗懶懶的趴在電線桿下睡覺，牠們的眼睛盯著她，連打一聲招呼都懶。門打開了，劉德穿了一件灰色薄衫，大個子堵在門前，一見是她，伸出手來將她攔進屋裡，「哎呀，看見妳，我全身都暖和了。」

她沒有跨進門，低聲說：「有要事，能不能單獨說話？」

劉德靜默後，仍將她請進門，一面低聲回說：「我會安排。」一面引她入屋。

哄鬧的聲音是將近三歲的三兒和鄰居來玩的小兄弟打起來了，他們爭搶一隻玩具手槍，劉德限制他們每人輪流玩十分鐘，三兒玩過了時，鄰居哥哥火大，兩人就扭打起來，兩個姐姐在一旁嫌他們吵鬧，劉德正在為他們收拾善後，如今來了泊珍阿姨，兩人一認生，撇著嘴巴叫阿姨，泊珍擁抱他們，從皮包裡拿出紅包放在他們手心裡，說：「好孩子，兄弟不吵啦，和解買東西吃去。」兩男孩轉身一跑，往屋外去，春信從裡間出來，喊住了他們，抓著三兒說：「吃著珍阿姨的奶長大的，要有禮貌哇，阿姨就像媽媽，多陪陪媽媽，不要往外跑哇。」她將三兒往泊珍懷裡兜去，這個才三歲大的娃兒，其實哪懂什麼呢？泊珍揣在懷裡又親又捏，三兒儘是躲著，泊珍鬆了手，讓他和隔壁的小兄弟去翻她帶來的禮籃。

「孩子長得快，多久不見就是個小大人模樣了，春信會帶孩子呀，把三兒照顧得很好。初梅和曉春也是懂事了呢。」兩個女孩害羞的站在一旁，抿著嘴笑。

「太太，哪裡，他胃口好，能吃，就長得好了。」春信雙手交握在裙前，臉帶微笑，有一種得心應手的自信，泊珍見了那自信，也就明白了。她望向劉德，劉德別過頭去注視三兒，然後問：「都好吧？」

「都好，很久沒看到你們，趁著現在還得空，過來看看。龐正因還忙著軍裡的事，就沒找他過來。」她看看四周，又說：「村子還是老樣子，你們家倒是整整齊齊，好像有新氣象，感覺是很好的，這樣我可放心了。」

一個小小客廳塞了七個人，竟然有些擁擠，泊珍注視著劉德，劉德瞄了一眼牆上的時鐘，交代春信看著孩子們，他帶泊珍訪友就回，泊珍補了句：「我可以自己去的，只是離開了好一段時間，路倒不記得了。」兩人出了大門，泊珍低聲說：「我需要一個可以談話的地方，不要有別人。」

「往前走，整條馬路空蕩蕩的，妳愛說多大聲都由妳。」劉德斜睨過來，眼神停在她側臉上。

泊珍瞪了他一眼：「天都要塌下來了，這時候找我開心？」

劉德招來一部三輪車，吩咐車夫往郊外湖邊去，拉了一陣子，房舍漸少，路兩旁是荒煙漫草，狹窄的泥路乍見一面湖泊，兩人下了三輪車，走到湖邊的綠坡坐下，剛才在車子裡擠挨著，他身體的溫熱如此靠近，她心裡漾生異樣的感覺，不覺時光就走回了他們在重慶初見的時候，總是那個高大的身影，不知怎麼，在她心裡一直盤旋，這時坐在草皮上，望著湖面，她心裡倒安靜了下來，現實的一切是需要理智去應付的。劉德彷彿在等她開口，他收斂了笑容，在等待她宣布什麼似的直盯著她，泊珍說：「你就這樣一直盯著我，也不問問我爲何突然從台北來到這裡？」

「我等著聽呢！」

「是因爲和春信的事沒讓我知道，不敢開口嗎？」

劉德嘴角笑一笑，沒有回話。

「你要了她？」

湖上一片光瀲，劉德注視那光瀲。

「那該請客，給她一個名目，將來她爲你生兒育女，孩子才能有個父姓。」

又是靜默。

「這場宴客我可以爲你辦，就交給我好了。」

「泊珍，」他握她的手，「別爲我做太多，人生有許多陰錯陽差，在我們最無助的時候，無法做最好的選擇，我……，唉……」

泊珍抽出手來，說：「我不是爲你做，我爲的是我的好姐妹桂花，你和孩子得到很好的照顧，我才能爲桂花感到安心，春信是好女孩，她可以照顧你……」

劉德又去拉她的手，把她拉靠近他，俯下身來親她的嘴，泊珍推開他，他的手臂強壯有力，她推不動，只好別開臉去，「別，別這樣……」

劉德鬆開手，將臉埋入兩隻手掌裡，手肘靠著膝蓋，泊珍喘氣說：「我們的人生已沒有太多選擇的機會，我的生活裡不再有愛情，只有責任，責任，永遠的責任，我得去解決問題。」她看看他，仍然兩隻手掌貼著臉，她繼續說：「振作起來，我還需要你的幫忙，龐正出亂子了。」

這時劉德放下手，正襟危坐聽她的每一個字句，泊珍告訴他那晚發生的事，在一片爛醉無法收拾的殘局後，沒有任何一個男人跟她提起那場菊子的惡夢，她甚至不敢問龐正，若龐正知道，他必然要隱藏，若龐正不知道，追究起來，事情一走漏，軍法唯一死刑，她心頭無緒，每天驚惶消息走漏，菊子不回來，萬一把委屈說與村人親友知道，消息回到軍中，死路一條，菊子若回來，為了保有工作，起碼會守口，所以她要菊子回來，但菊子沒回來，一個人連工作都不在乎，怎會忍受委屈不去說這件事？

泊珍反覆疑問，越說越感傷自身處境，從十八歲，父親替她找了丈夫，到她逃家從事醫護工作，遇見龐正，龐正卻瞞著已婚的事實，這樣的不誠實已讓她傷透了心，而她為何也瞞著龐正自己已有一段婚姻？是沒有把眞心交給龐正吧？是從來不知道愛情是什麼，就冒然選擇了另一場婚姻，然而，現在，人到中年，愛情又是什麼？她不認為自己知道了多少。對著一湖綠色水波，她感到自己一無所有，她說自己的人生已經沒有喜悅，母親已過世，父親失去他的產業，生命如在風中飄盪，相見無期，她還能有什麼？

「妳還有我，我的心，我心裡關心妳，雖然，我也許沒有這個資格。」劉德沉重的說：

「現在要解決眼前的問題，不要告訴龐正，不要再提這件事，如果龐正不知道那晚發生了什麼事，透過事後告知，只會讓他變成當事人，反而害了他，那些部屬因有軍職，知道自己犯了滔天大罪也絕對不敢張揚，但從今以後，不要讓那些部屬再來家裡，以免再生亂子。如果菊子回來，就以不需勞力爲由，辭退唐登，因爲他也可能是走入菊子房間的人之一。菊子回不回來，需要妳親自去她家裡一趟，了解她的眞正想法，妳有誠心解決她的問題，才能得到她的信任。就算她不回來，妳也要給她合理的賠償，讓她可以今生閉口不提這件事。」

她聽劉德講完這些，心裡像眼前那湖不生波的綠水，沒有一絲漣漪，她很訝異自己心裡早知應該這麼做，劉德說出來的，彷彿是刻在她心中的字句，來找劉德是爲了更加肯定這個做法的可行性，她需要的是支持，是傾訴，是參與，是讓她覺得往前走去，會有一個人打開門迎接她，讓她進入一個安全的所在。她想碰觸劉德，但她站了起來，說：「有你的說法就夠了，我會照做。送我去車站。」

他們走出湖區，在馬路上邊走邊等三輪車，並肩走著，他和她隔著的空隙一縷風溜來溜去，他說他仍會去看她，他要她活得興頭，泊珍只是靜靜走著，她突然感到並沒有一扇迎著她的門，她像在一片荒野，從來，或許，只是她一人踽踽獨行。

回到台北次日，阿榮阿南都動了爐灶開始製作瓜子，阿榮掌鍋爐，唐登和阿南協力做篩檢、包裝和送貨的工作，三名工人到齊，菊子未歸，泊珍自己掌廚爲大家做飯，做了兩天做不來，她收拾好行李，正打算到中部找菊子，前院卻是阿榮阿南的聲音在嚷嚷說：「阿姐仔，汝返來了？頭家娘自己煮飯喲！汝是怎樣？厝裡有事？大小攏好嘸？」泊珍聞聲快步走出來，菊子肩上掛著行李，站在院子裡，見她來了，稱了她一聲：「太太，過年好。」

這完全出乎泊珍意料，她原以爲菊子過了初九不回來就不會回來了，她和劉德擬的那套方法頓時失去作用，菊子臉上有點生澀的羞赧，站在那裡好像不知所措，泊珍趕忙說：「妳不在，家裡事情可多，我也無法打理，回來太好了，過來吧，事情等著妳。」她把菊子帶離院子，回到菊子的房間，讓菊子放下行李，她坐在她的床頭，壓低聲音問她：「爲什麼晚了幾天？我擔心妳不回來了。」

「太太交代我回來，我在家裡也沒啥事做，我想，太太會爲我安排的。」

「那件事告訴任何人了嗎？」

菊子搖搖頭，眉頭皺了皺，好像這問題勾起她的回憶，徒令她苦惱。泊珍說：「妳能聽懂我的意思，很好，這個家還是需要妳幫忙，妳不在這幾天，我可累了。妳儘管仍做妳該做的事，有什麼事過不去就跟我說，我不會虧待妳，也不會讓妳爲難，只要妳知道這件事說不得，我會一輩子感謝妳。」

菊子望著自己腳尖，低聲說：「我已經不是少女，孩子也這麼大了，這件事我就當它沒發生。」

菊子的回答令泊珍驚訝，她原以爲菊子會在這件事的陰霾中打轉，或許，畢竟是村婦吧，對名節和自身的防護沒有那麼計較，可她那天清晨也哭哭啼啼的，難道是回鄉後有高人指點，破解難度的關卡。見菊子沒有再說什麼，她也無意一直提醒那件事，便走出房間，心中放鬆下來，另盤算如何把唐登支開去，以免兩人常碰面，徒生想像。

菊子解開行李，將衣服放回櫃子，取出夾藏在衣服中的一把短刀，那是丈夫在世時用來上山取柴，鋒利無比，她將它放在靠門的床邊矮櫃第一格抽屜，這把短刀將陪她入眠，在夢中保護她，那上面有丈夫的魂魄，是她去廟裡請乩童爲她引來，廟祝說三太子也保證過，帶著這把短刀，壞事就不會再發生。她曾流連在家鄉附近小鎮的街上尋找工作機會，只有木材行需要勞力，她無法勝任那些一直搬運的工作，清洗衣服的工作收入太低，也有老人家在做了，她若一直待在家裡不回台北，婆婆又會起疑心，她惶惶恓恓，腦裡常浮現太太說「要回來呀」，她沒有力量做決定，她提著行李走出家門等待客運車時，只想著，哦，答應了太太呀！

但是，回程的路上她又感到痛，像把刀子往她下體刺過來，她感覺自己是清醒了，決心到台北後，要沿著馬路找新工作，台北有許多人家要幫傭，她是有經驗的，又能說華語，她相信憑自己的勤奮和守分，在別人家也會稱職。可是，爲什麼又往這個方向這個門走來了？這扇荷香色大門，是惡夢的起始還是終點呢？啊，她答應太太了呀！她摸著行李裡的短刀，這樣告訴了丈夫的魂魄。

29

在命運面前她卑微的縮小自己

泊珍爲劉德安排了一場喜宴酒席，她向劉德要宴客名單，劉德原執意不肯，認爲下女續絃，儘管告知朋友即可，不必大費周章請客，泊珍自己擬了一份名單，請他同意，他不置可否，泊珍便擅做主張替他訂飯店、寄帖子。她最後說動他的理由是，「婚姻不是你一個人的事，要給春信的父母一個交代，台灣人嫁女兒，要給親友知道呀，不然沒名聲呢！」其實她心裡更想著，劉德的第一次婚姻，自己沒幫上忙，她的婚姻卻是劉德與桂花幫忙布置會場和安排攝影，無論如何，她得替他辦這場婚宴。

春信的父親沒能來她的婚宴，他長期癱在床上，女兒給續絃，也不敢反對，一來女兒年紀大了，二來家裡赤貧，自己也命如殘燭，沒能力爲女兒安排婚事，所以也無力表示意見，只任得女兒自己爲終身做主，請了弟弟和妹妹低調的代替他出席喜宴。泊珍因想著，菊子是春信的親戚，當初是春信介紹菊子來的，合該給菊子知道喜訊，所以請菊子一起參加婚宴，也沿路幫她照顧小孩，一家連菊子六口人，都到新竹來，加上劉德一家五口，春信的親戚，劉德的長官及幾位袍友，湊了三桌。

春信身穿素淨洋裝，臉上薄施脂粉，沒有儀式，軍人聊天的鄉音隆隆，春信這邊的親友就顯得安靜，劉德掛著一臉嚴肅，軍人鬧他敬酒，他兩道眉一豎，人站起來，到隔壁親友桌一一敬酒，春信趕忙也站起來跟到他身邊，向他介紹她的長輩。回到主桌來，劉德首先舉杯對著泊珍夫婦說：「受大哥大嫂照顧多時，難以報答，容我乾了這杯。」他一口喝淨杯中的紹興，泊珍看到他的眼神透過杯底望著她，他很快放下杯子擺在桌上，漲紅著臉，同桌的長官勸說：「別那麼大口，後勁有得受。」同袍倒說：「好呀，豪氣，進洞房好辦事。」劉德對那桌說：「再多嘴，趕回部隊去。」春信低著頭，安靜的揩去身旁三兒嘴巴邊的菜渣。泊珍想說點話，但她說不出來，她微笑望著新人，望著春信的母親與叔舅，望著孩子們和劉德的同事，這場喧鬧應是喜劇，她卻無法言語，她在劉德敬她的時候飲了一口酒，之後就以茶取代，她感到迷茫，不知自己爲何非要辦這個喜宴，不知爲何自己非在這裡不可，這裡又是哪裡，哎，人生中的一場，往後她回想起來，將只是人生中的某個時間某個地點而已，是吧，應該是這樣。有誰在演戲嗎？這是個舞台嗎？他們很奢侈的在這舞台上吃了一餐，之後就是各人回到各人的生活去。她得保持微笑，人生沒有度不了的難關。劉德終於有了一點微笑了，和她的在空中交會，看到那個微笑，她安心了，終於說了一句「恭喜」。那邊菊子嘔吐了，抱著胃匆匆跑去廁所，泊珍心想，上回醉酒的經驗還不夠嗎，菊子又讓自己喝成這樣。

服務生來處理嘔吐物，菊子回座後，泊珍別過頭去交代她：「別喝了，回程還要照顧孩子們呢。」菊子點點頭，靜默望著打翻的玻璃杯，那裡頭，原裝著茶，茶漬溼潤紅桌巾，自己結婚時沒有這麼好的菜色，一生吃到這麼好的菜色卻全吐了出來，她聞到那些飄蕩在席間的菜餚氣味，好像聞到一股鐵鏽味混雜在餿水中，她站起來，跟太太說，要去外面換換空氣。她快步走出飯店，靠在牆邊，看到對面樓牆上的廣告招牌迎風晃動，感到一陣慌恐，怕那招牌掉下來，砸到人，怕胃裡這股衝動，會傾洩而出。

後來泊珍憶起菊子那天的失態，責罵了她幾句：「以後再不准喝酒，看那晚，給飯店麻煩，自己也難受。」這已是婚宴後一個月了，泊珍從婚宴回來後，只覺生活淡而無味，無精無彩過了一個月，才能回想起劉德的身影以外的事。菊子卻已在龐家的廁所裡偷偷吐了幾回。菊子曾去藥房買胃藥，吃了一星期沒什麼用，便把藥擱著，心裡無限惶駭。

泊珍見她沒回應，又見她把洗好的衣服撐上衣架，往曬衣桿掛，一次次掛不上去，不免惱怒她的遲鈍樣，又念了幾句：「曬衣桿才多高，妳看準點呀！」

菊子終於看準了，掛上那件衣服，人卻躲在兩件溼答答的衣影間，低聲說：「太太，我三個月沒有月經了。」

泊珍掀開隔擋著她的溼衣服，看見菊子水淋淋的眼裡像老狗乞食般的露出哀傷的神情，她放開那件掛著的溼衣服，雙手扶到洗衣台，冷涼的水泥灰子刺著她，「怎麼這時才說？」

菊子低著頭。

「又不是沒懷過孕，怎麼沒早點發現？」

「以前那三胎沒有這樣吐的，隔了這麼久，我沒想到是有孩子了。太太……」

泊珍望著菊子，菊子望著她。

陽光還在往中天的方向移，斜斜投在溼衣服上，投在她們的半個身子上，一邊亮著是白天，一邊陰著近夜晚，泊珍將雙肘交握到胸前，站得直挺挺的，說：「我帶妳去醫院。」

「不要，我不習慣那些醫生呀！」

「妳想要這個孩子？」

「我們鄉下人不拿孩子的，我們聽天公的意思，但是……太太……我不知道……」菊子的淚水爬滿臉，她沒讓自己哭出來。

泊珍走過去握住她的手，「妳不敢看醫生？妳害怕是嗎？我曾經是護士，我知道拿掉孩子是怎麼回事，但那需要醫生，沒那麼可怕，妳只管躺在那兒。」

一聽躺著，菊子想到了難為情的畫面，她低著頭，說：「有人說中藥可以，太太……但是，一個好好的孩子……太太……」菊子蹲了下去，手不經意的撫過肚子，又不想這麼軟弱似的，站了起來，用衣角擦去淚水，「太太，我不知道怎麼辦。不要孩子，就吃中藥，我以前生孩子都是產婆來家裡，我不要去醫院呀……」

泊珍陷入兩難，一個寡婦，硬給下了種，父不詳，又不敢冒犯老天爺，她可不能像菊子那麼愚昧，生一個輪暴下的孩子，這孩子可能是龐正的嗎？不，不可能，龐正那天沒走入那房間，龐正在客廳睡著了，那他是哪時候去睡的？哦，她可以去比對那幾根頭髮的顏色，不行，不需比對，是那些兄弟幹的，和龐正無關，若是龐正的孩子也不能留，可恨的是，她肚子裡也有龐正的孩子了，她在此刻發誓，這輩子絕不再生，她一直沒節育，也是因為不願躺到診台裝新式避孕器，那她又怎能怪菊子不願去醫院呢？不管孩子是誰的，都是個孽種，菊子承擔不起寡婦懷孕的罪名，她了解此刻菊子的心情擺盪在水與火的交界處，寒與熱的邊線，她得替菊子做決定，讓菊子脫離煎熬。她想起曾祖父的藥房，此刻她感到全身彌漫藥草香，曾祖父在那藥房裡配調藥方，把她滋養成一塊肥沃的產地，曾祖父可以以靈藥治病，也可以以毒藥克症，現在她需要毒藥，她曾流連在曾祖父的藥房裡，學了一招半式，她需要紅花和麝香，調製成溫美的藥汁，解救懸在崖邊的婦人。

第二天她走上街，去中藥店配了這兩方，漢醫師問她，做什麼用？她說，沒什麼，一個催經，一個放在家裡散香呀。醫師說，催經得視體質加點藥引，帶來我看呀。多像曾祖父的口氣！

她便說：「她人還壯實，你就加點溫和通用的藥引。」醫師有點猶豫，還是加了少許其他藥材，說：「這些不管虛實體質都不傷害。若催不出來，就帶來我看。」

她像曾祖父慢熬藥汁一樣的，在一隻陶鍋裡放入藥材和三碗水，以小火熬煮到剩下一碗水的量，再加入麝香粉，廚房裡飄散麝香味，沉沉的像一件祕密，她要菊子喝下這祕密。再香的藥汁，菊子喝起來都覺得苦，喝下藥汁那晚上，她注意肚子的動靜，肚子只是鼓鼓的，一陣咕咕的蠕動，她半睜著眼睛到天亮，才在微明的天光中打了盹，聽到阿榮阿南在後院梳洗的聲音，便又匆匆起來，開始一天的家事。

午餐過後，菊子把碗筷收齊洗淨了，泊珍挨近她身邊，問：「怎麼樣？」

菊子搖搖頭。

泊珍望著她臉上給陽光曬黑了的斑點，說：「再熬一份？」

菊子望著地上，像跟地上分裂如枝的水泥細縫打招呼似的，緩緩的點了點頭。

在那下午，廚房又飄起一股麝香味，工作的男人從前院送來一句話，什麼甜點這麼香？菊子便一口喝淨了那香味，然後為工作的男人煮了一鍋綠豆，男人赤裸的胳臂閃著汗水晶亮的光澤，五月底的陽光已熾豔的在人們的皮膚上預示夏季的來臨。男人大口喝著菊子熬的綠豆湯，上頭一塊浮冰，阿榮和阿南叫：「姐仔，汝也來一碗。」她說：「不必，我在灶腳吃過了。」她回到她的小房間，躺在床上小歇，等待著什麼事發生。年前寒夜發生的事，而今太陽都換臉了，溫熱的烘著工作的男人，她的腰圍變粗了，她的那塊肉牢牢的盤固著她，太太的藥汁沒用哇，她想著，便昏昏沉沉睡著了。

下腹部像給鞭了一下，颳起一陣痛，停了幾分鐘，又一陣痛滑過，她翻了個讓自己舒服的姿勢，那痛絞起來了，她便完全清醒，喔，該來的來了，這孩子留不住了，她伸手按住下腹部，好像要保護那孩子，實是壓住那痛，壓了一會兒，果然那痛就溜掉了。她起來準備做晚餐，先去廁所解開褲子，沒有任何落紅的跡象。她邊做晚餐邊想著，那孩子什麼時候落下來，一想心就痛，倒是肚子不痛了，她突然懷疑起，到底有沒有孩子，說不定只是身體差了，月經來得晚，可明明裙子的腰已扣不緊了，她改穿長襯衫把肚子遮起來。越想越迷糊，端出四菜一湯擺在主餐桌，另外也給工人桌擺了菜，來了一位新手取代唐登，唐登早幾個禮拜前就走了，太太說他去一個工廠當警衛，那邊不太勞動，又收入好呀。他身上那氣味，唉，單身男人，她是不幫他們洗衣服的，工人的衣服自己負責去，唐登的外衣總不洗，難得看他掛上曬衣桿，她也想好心幫他洗一洗，但來不及了，他帶走了自己的氣味。

到了晚上，夜深人靜，她躺在床上，這回肚子痛得明顯，幾分鐘痛一次，她準備了一疊草紙和幾條棉布，打算孩子下來的時候，自己處理。隨著一陣一陣的痛，她好緊張，等待那一刻來臨，她在房裡留了五燭光小燈，好讓自己不必摸黑處理，她不再翻來覆去，她平躺著等待，但月亮的影子又往上移了些，她的肚子平靜下來，她在疲倦與驚慌中睡著了，深沉的呼吸讓她一夜無夢，幾天以來，從來沒有像這晚這麼好眠。

隔天，泊珍問她情況怎麼樣。她說：「痛痛又不痛了。」泊珍臉露疑惑，便說：「可能孩子大了，不容易下來！藥材還剩一些，妳自己熬來喝吧！」

菊子一聽聞孩子大，鼻尖一酸，看著藥材，說：「太太，孩子好像不想出來呢！」

此刻，泊珍亦靜默無聲，看她眼裡汪著淚，只好問：「還是去醫院吧，可孩子大了，對妳的身體很傷。」

「太太，我要想幾天。」

菊子把剩下的藥材熬了，紅花染紅陶壺，倒到碗裡加入麝香，仍然是香氣四溢，她盯著那碗藥汁，想像一個成形的胎兒，四肢完整的浮在藥汁一如浮在羊水中，她看到胎兒在浮晃旋轉，待藥汁涼了些，她拿到嘴邊飲了兩口，便把剩下的大半碗倒入水槽裡，染紅的汁液滑過磁磚，咕隆隆滾入水管裡。過幾天，除了肚子偶爾一陣痛，仍沒落紅，她便確信，是天公要這個孩子。肚子平靜了幾天，有一絲胎動滑過體內，她心裡揪了一下，一切都太遲了，她不能違抗天公的意思。

泊珍見菊子遲遲沒做任何要求，明白這位婦人心中難下決定，菊子告訴她，胎兒動了呢，泊珍心裡也猶豫該怎麼做。這時自己也微有害喜現象，她的腹中也有一個胎兒，她又有什麼理由緊盯著菊子的肚子，要求菊子處理那胎兒呢？她感到自己最初的懷孕沒有喜悅，最終的懷孕也沒有喜悅，在劉德的婚事占據她心中令她困擾的時刻懷孕，她覺得自己不比被輪暴好到哪裡去，面對自己的丈夫，她習慣以遷就換取相安無事，隱瞞情緒是爲了讓生活平順的過下去，從抗戰相識以來，她和龐正不就習慣了隱瞞，他們只是活在這套模式中。即使沒有喜悅，她仍沒想到應拿掉孩子，孩子來了，她應接受。那麼，爲何要菊子喝下藥汁，爲何要她去她懼怕的醫院？泊珍束手無策，她的生意做得再好，也無法替她解決這些問題。但是，錢，對，她做生意賺來的錢讓她有選擇。她腦裡閃過一道光，讓她像復活了般，又對未來不那麼悲觀了，是的，凡事都是可以安排的，只要不怕麻煩，許多事是可以找到方法解決的。

她先花了幾天功夫打聽，然後來到菊子的房裡，菊子的肚子已明顯凸出，這位平時替她做盡家事的婦人，彷彿已成她的姐妹、她的左右手，如果不幸的話，也可能和她懷著同一個男人的孩子。泊珍仔細看這名婦人的臉，她沒記錯，她剛過三十歲，正當風韻成熟，中等高度、均勻的身材足以吸引男士的眼光，毫不修飾的臉上有過度受到太陽曝曬的痕跡，兩頰和鼻尖有一些黑斑，眼尾和額頭也有細細的紋路，但她只要上點粉，會是個引人注目的婦人。泊珍注視著這張臉，這張太早成爲寡婦，爲了扶養孩子離鄉背井的婦人，她想，菊子的一生也可以有別的選擇。

她問菊子：「妳想過再嫁嗎？」

她心裡浮現唐登的模樣，單身的唐登一向對菊子很和氣，眼睛常盯著菊子，如果菊子願意，或許可以湊和這樁婚事。何況，唐登也有可能是孩子的父親。

菊子搖搖頭。

「爲什麼？死的已經死了，妳並不需要守寡。」

「孩子，我的孩子還小，我只想要他們在一個姓下長大。」

「沒想到爲肚子中的孩子找一個父親嗎？」

她的問題對菊子而言，來得太強烈，菊子瞪大眼睛露出古怪的神情望著她，想了很久才回答：「不行，那還是兩個家庭，我不要兩個家庭。我這是個意外，我不知道怎麼辦，但絕對不能因爲一個意外，又多了一個意外。」菊子來泊珍家三年多，從來沒有過的堅決語氣。

泊珍像早已準備好了另一個腹案，她說：「那我幫妳找個地方把孩子生下來，以後我來領養，就讓他住在這個家裡，成爲這個家裡的孩子。」

「太太……」菊子沒想到是這個結果。泊珍坐在書桌前那把椅子上，身影看來如此巨大，她坐在床沿，柔軟的床墊托著她，她覺得自己好像在海上漂，有點暈眩，「這樣對太太不好哇，又是一張嘴巴要吃飯，太太辛苦呀！」

「事情發生在我家，我要負這個責任，也感謝妳始終沒有說出去。我樂於多養幾個人，現在我肚子裡也有一個，就讓他們當手足，將來有人問起，就說死了父母的可憐孩子，接手來養。這樣一來，妳在這裡工作，也可以照顧他，看著他長大。」

「謝謝太太，您的大肚量我會一輩子記得，但是將來的事誰知道會怎麼變化，我很怕給太太添麻煩。」

這個巨大的身影俯身向前，遞給菊子一張紙條，「這個地址妳留著，中部這個地方可以收容未婚媽媽，我問過他們了，我可以付一些費用，讓他們可以照顧妳到生產後，直到有人把妳接走。」泊珍看看她的肚子：「如果妳同意這麼做，我們就得儘快安排，免得肚子再大一點，瞞也瞞不住。」

菊子幾乎沒有選擇，這塊肉不肯流下來，她就得留著，她信任太太的安排，無論是哪個男人給他的，這是天公的小孩，但她也絕不能讓人家誤會她的清白，以爲寡婦淫亂，她更不能將自己的委屈講出去，一來那是那麼羞恥的事，二來誰來掩護她的這塊肉。

泊珍走出去後，菊子伏在床上，悶著聲把最後的眼淚流盡，在命運面前，她卑微的縮小自己，不過是一個窮苦婦人平凡的人生，能有一個好好活著喘息的一天，就是最好的命了。

甜點

他來叩她的門。對他的不期而來，她感到驚訝，他恐怕滿腦子都是鬼，明知此時孩子在父親那裡，她守著空城，他趁虛而入。

他穿舒適的走路鞋，寬鬆的休閒上衣，和他一向愛穿的卡其褲，一進來就說，我等妳，換件好活動的衣服。

爲什麼？現在她身上是一件柔棉的居家洋裝，她的眼睛還沒適應客廳落地窗投入的光線，半瞇著眼看他。

他看她那眼睛的神情，便走入她的書房，幽暗的房裡莫札特的音樂低聲迴盪，桌上一盞燈投向桌面，照亮她的紙張與堆疊的書本。

我要把妳帶離這座幽暗的國度，到外面走走。

不行，我難得今天孩子不在身邊，要努力寫書。

不行，就是不要妳寫書，要妳離開那些文字。

她撫弄他那裝滿鬼的腦袋，手掌滑過他的髮絲，說，不行，我正全神投入，最好不要打盆。

妳看妳臉色蒼白，皮膚無澤，活像個鬼，不要理會那些資料，不要迷信故事，不要躲在妳這個幽暗的堡壘爲別人傷神，我帶妳去找回陽光，陽光會滋潤妳的皮膚，紅潤妳的臉色，使我的愛人變成天使，走吧，換好妳的衣服，穿好妳的鞋，五分鐘之內沒完成，我就要動手替妳換了。

拿了人家的錢，就要爲人家費神，你拍廣告，不也爲了業主的要求，企劃一改再改，不也遠征他方，上山下海，爲別人勞心費神。

錢只是附加價值，創作的人只有創作本身能滿足他，不是嗎？過度投入，會耗盡精血，我不要我的愛人快速衰老，走吧，看在疲倦身心的分上，我們應該給自己假期，我需要妳的陪伴。他拉下她的衣服，讓她半裸著身子到衣櫃前換衣。

他們沿街散步，兩人都把手斜插入褲子的口袋，在他們悠緩的步調中，市塵車囂宛如城市的樂章，以起伏的旋律流述複雜的萬象，高低不平的騎樓、營業內容相差殊遠的並排商店、紅綠燈口急著躲開右轉車輛的人群、衣著華麗與隨意的路人、路邊販賣小吃的推車、橫豎參差排列的店招、占據騎樓的貨品、櫥窗裡美麗的咖啡杯、鮮花店已經乾萎的花朵、賣口香糖的殘障者、一座公園、公園裡溜滑梯的孩子，這些或將是他拍片的素材、她寫作的靈感，他們穿越這些，看見自己的影子忽左忽右晃過電線桿、跨過落葉、穿過牆面又投射在柏油路面上。

她停在一家樂器行，望著裡頭展示的樂器，黑色泛著光澤的鋼琴、電子琴、掛在牆上的成排吉他、薩克斯風、豎笛、小提琴，地上的展示空間還有大提琴、鼓組，其中一架鋼琴上放著樂譜，她注視那樂譜，貝多芬的月光奏鳴曲，透明的玻璃潔淨無比，聚集所有樂器的光澤。她說，在我還是孩子的時候，我最羨慕傳出鋼琴聲音的家庭，我想像那裡有一個女孩很優雅幸福的彈著鋼琴，我總徘徊在那巷子裡，聆聽那些曲子，站在幸福的氛圍裡不肯走，等我長大了，才能了解作曲家創作長篇樂章所涵養的生命內容，我很感動，覺得那就是音樂家的長篇小說。

他接著她的話說，如果這世界上沒有音樂，就像大地沒有綠樹，如果沒有文字，就像大海沒有海水，我們都從音樂和文字汲取甘露，讓人生不會太乏味。

不，是讓人生豐富，沒有愛情才令人乏味。

他伸出手來環著她的肩，說，好吧，這一點我願意與妳有共識。

她推開他的手，說，雖然我很渴望你的手一直在那裡，但爲了你的聲譽，還是放回你的口袋吧。

他笑出聲，說，對相愛的人來說，聲譽又值幾個錢？

少貧嘴，等你身敗名裂，人們離你遠去，你滿身的才華又算什麼？隨時有人可以取代。

他們默默走過一條街，又一條街，在人來人往熱鬧的一個路段，找到一家有著大落地窗的西餐廳，那已是黃昏時刻，斜照的太陽失去它的溫暖，他們在玻璃窗邊坐下來，看著過往人群，瞄著失溫的陽光拖著燦金的尾巴，掃過對面一排路樹頂梢。

她已走到腳力的極致，兩隻手伸到桌下按摩小腿。他看著她彎下去的動作露出笑容，他整個人蹲到桌下為她按摩，輕狎的按摩手法令她不能克制的笑出聲，她拎起他的衣領，說，起來，人家以為你在向我求婚。

他的頭攢出桌面，人一下子就坐回椅子，笑容滿面的說，如果有那麼一天，我不在這小餐館，我要在大庭廣眾之下。

她取笑他。你用的詞是「如果」，那只是假設，我不期望那天，收起你的油腔滑調，賞我一個甜美的食物，那比甜言蜜語更實在。

親愛的女士，謝謝妳肯離開書房陪我走一下午，往後的日子我們還要走下去，菜單在這裡，妳要什麼任選。

要什麼有什麼？

他點點頭，要什麼有什麼。

他們互視一眼，知道那如天際摘星的許願只是為了安慰自己，以為說了，願望就可以達成。

她說她要一客冰淇淋，只要冰淇淋。他爲她叫了一客超大號花式冰淇淋。偌大的盤上堆起不同口味的冰淇淋，飾以碎餅果粒，一片花團錦簇，她把冰涼含進嘴裡，再有什麼艱難的事，也在這一口冰涼間化爲無關緊要。

他看著他的女士陶醉的享受冰淇淋的模樣，内心激起無限欣喜。他喜歡看著她，滿足她，在她全心全意沉醉在冰涼與甜美中時，她像個孩子，他心裡的孩子，永遠疼愛的女兒。

30

我能向夜索取什麼

在我書寫的期間，前三年，我頻繁進出老太太家，我和老太太都沒想到，我們會花這許多時間相處，而書未能完成。老太太後來不再提寫書這件事，她只是不斷的回憶，想起什麼說什麼，或者什麼都不說，只是看著我帶去的一件什麼隨身物品，興味盎然的把玩觀賞，偶爾問我近況。而我在那房子裡感染著任何他存在的氣息，占據他的空間，成爲他空間中的一部分。

直到老太太的眷村改建好，我不再去那房子，不再坐在他的L型沙發捕捉他的影子，不再冷靜的觀看他太太高大的身影盤旋在家裡的每一個角落，我也許是高興不必再回到那個房子。

老太太搬回新蓋好的眷村那天，我像個女兒一樣，一大早就去新家幫忙整理東西。他替老太太裝潢了新房子，桌椅和床全是新的，事實上，老太太只是把衣服和隨身使用的物品搬回來，而這些東西，他已經陸續爲他的母親搬了幾趟，終於弄妥那天，老太太回到新的空間，這個完全屬於她的空間，不再有家族歷史的遺跡，還彌漫著油漆與新傢俱的味道，這時的她已經八十四歲，她彷彿有了一個新人生，她說，她喜歡房子空空蕩蕩的，沒有人沒有物品，沒有負擔。

「但那不是人生。」我說。

「我的人生已經擁有夠多了，孩子，我不再有負擔，我有一個新的開始，這裡陽光很亮，在這麼陌生的地方，我已沒力氣再去負擔一個人生，孩子，我把我已有的，都交給妳了。」

那麼，她的負擔變成我的負擔了嗎？沒有，即便是她，也不可能把人生當成負擔，她只是找不到最好的形容去解釋過去的歲月，若不是對她已經歷的人生有所眷戀，有所看重，又何必委託我寫她，又何必叨叨絮絮的回憶那些人生的片斷。她總是看著明亮的陽光出神，新傢俱新房子對她而言，或已不算新鮮，只有那些重複出現在人生中的陽光，可以帶給她真實的生活感。

這個改建過的眷村分成四棟，全分配給附近原來的平房眷戶，每棟有十二層樓，數百戶人家陸續搬入新社區，老鄰居們分散在某棟某樓，這塊地原來飄著他們數十年居住台灣的感情和氣味，一旦泥土翻了新，舊的痕跡不見了，新的大樓和水泥的氣味像換了一個時代，第一代的父母都老了，健在的，每天到中庭散步，與昔日的鄰居聊天，作古的，房子由第二代居住，或已轉手賣掉，新社區便有了新面孔。

老太太很少到中庭去，她堅持家裡不要請傭人幫忙，她每天早上走到附近新開的超市爲自己買食物，回家便開著電視，或者讀讀報，睡過午覺，又開電視，讓電視一直陪她到晚上睡覺時刻。老鄰居來找她，她歡迎，她卻不再去找人，有時我帶她上館子，她緊緊抓著我的手，我從她的手勁去感受她的健康。她的手勁仍有力，但皮膚鬆軟，她總嫌外頭車聲太大、空氣太糟。

有時我從老太太家出來，他等在外面，我坐上他的車，去任何我們想去的地方。有一回，他的工作人員在街頭拍一支委製的短片，他帶我到那現場，讓我在遠遠的街頭就可以看到拍片情況，他走回那裡，那裡架設好幾盞燈光，一群工作人員圍著演員，見到他來，工作人員退到一邊，他和掌鏡的攝影交耳談話，旁邊有人不斷做紀錄，有人替演員補妝，在鏡頭前忙進忙出，他對演員喊了些什麼，演員便開始鏡頭前的動作，六位歌者在街頭載歌載舞，不斷甩動髮絲，我以爲他在拍MTV，我在百貨公司的廊柱下不再看得見他，觀圍的路人淹沒視線。我向那些人群走去，成爲其中的路人甲，擠挨著靠近他，在強烈的燈光下，他額上冒汗，他專注的看著演員一再重複相同的動作，不曾轉頭往路人這邊望一望。我以爲他是一個在草原上狂奔的人，即使眼前工作人員成群，在他心裡，無論走到哪裡，他都只是一個人，他有創作的孤獨，那種孤獨隨時跟著他，在他越安靜的時刻，越是在孤獨中享受創作的樂趣，我爲什麼知道？那是他的眼神說的，有許多次，我望著他時，他流露那種探尋的意味，使他眼底像口深冷的靜潭，他卻常常利用講話去掩飾他的探尋。我夾在人群中，接近他的氣息，直到工作結束。

工作人員準備收工，我走回原來的地方，等了二十分鐘，他開車過來，我迅速跳上去，他說要去pub喝一杯，我跟著他去，他的額頭上好像還給燈光烘著，吸收了燈光的熱度，在pub迷炫的燈光下，發著油亮的光澤，我抽出一張拭油紙，替他吸掉那些油光。他抓著我的手，很久都不願放開，直到酒送來。

他說那是一支頭髮染色劑廣告，他們用夜間的燈光去表現動感下頭髮的光澤，事後的畫面處理會在那些頭髮上不斷變換顏色。

「不過是幾秒的畫面，卻是一大群人的工作。」

「還是我的工作單純點，一個人的工作，卻支配了一大群人。」我飲了一口瑪格麗特，先舔杯口的鹽巴，再把酒香帶入，我喜歡鹹中帶甜的口感，先犒賞了自己一口後，補充說，「在紙上。」

他捏一捏我的鼻子，說：「拍成戲，就會忙死一堆人。我崇拜會寫故事的人，不，是會把故事變成一種藝術技藝的人。」

「嗯？」

「你把我鼻子捏長了，也不能讓我變成一個善於說故事的人。」

「小木偶因說謊而鼻子越來越長。好的故事需要一點謊言，就像你的畫面，需要一點加工。」

「我們不都在尋找那些謊言的成分？」他笑得輕狂，「我的謊言和妳的不同，妳的謊言是虛構，是攀爬藝術境界的必然途徑，我的謊言則是鼓勵消費，儘管那個產品也許成分不符健康守則，還增加了垃圾負擔。」

「我們說過多少次，刺激消費是爲了經濟的需要，資本主義社會需要消費。那是我們存在的依據。不必爲了垃圾而有愧疚感，應該有愧疚感的是我，文字的機器，走不上藝術的境地，就是精神垃圾，那更是一種污染。」

他哈哈大笑，豪氣引來旁人側目，我們喝掉杯中物，又要了另一種酒，短暫的精神愉悅，使我們暢所欲言，我需要兩塊餅乾，酒精讓我有點暈眩，瑪格麗特總是讓我發笑，我說第一次喝瑪格麗特時，我正餓得慌，就把它當甜飲料大喝了兩杯，立即天旋地轉笑個不停，發現同桌的每個人都像坐旋轉杯般在眼前轉來轉去，我趕快吃下服務生送來的起士餅，但那種暈眩發笑的感覺讓我愛上這款酒。他馬上在我嘴裡塞進一塊甜餅，嘴裡卻說：「其實我恨不得妳醉倒，讓我帶回家。」

「回誰的家？」我問，他笑而不答。我把甜餅一掃而空，他又加點了炸花枝。

他想看穿我，我迎向那眼光，一點也不畏懼的看進他的深潭，甚至想跌進那口深潭，但我不至於醉倒在他身上，我望向夜色，車流不息，紅白光速交投出一來一往的方向，我能向夜索取什麼？一場睡眠？一場好夢？我有點疲倦，想回家，卻流連此處，爲了陪他喝一杯，爲了他那極倦的身體需要酒精的慰藉。

「再說點故事給我聽。」他喝第二杯調酒時說。

「我不擅於謊言，除非你像山努亞國王，被精采的故事迷惑，讓美麗的宰相女兒講了一千零一夜的故事，那麼我很樂於加點謊言爲料，編造故事，但那條件之一是，說故事的人得睡在你身邊，才能爲了保命而有源源不絕的故事。」

「如果不能睡在身邊就沒故事了嗎？」

「沒有立即的生命危險，沒必要一直靠故事取悅呀！」

「一千零一夜的相處，如今看來不可能，將來可很難說。」

我站了起來，想離開夜店，太多的將來，也是一場謊言，我們只是寧願在謊言中讓自己得到想要的愉悅，我們是慾望的俘虜還是愛情的俘虜？或者現實中載浮載沉的尋夢者？

他快步追上來，攔了一部計程車，把自己的車留在停車場，他告訴司機我家的方向。車外的城市在流失，最終將只剩下我那老舊的住所。我們迷離的眼神中，深沉的夜彷彿是首哀傷的曲調，意味分離。我的頭靠在他的肩上，弓在尋找它的弦，卻是充滿驚惶。

「就算不能在你身邊一千零一夜，看在你不是暴君的分上，我仍樂意爲你講故事。現在，先回你那非回去不可的家吧。」

我下車，進了住家大樓，回到房裡扭亮燈，到窗邊往外探，他站在對面的路燈下，正抬頭看我，我站了一會，直到他另招了部計程車，留下一溜車煙。在剩下的夜裡，我將獨自，與故事廝磨。

31

清潔工人將帶走她的往事

這個山坳處，其實離家不遠，私人經營的未婚媽媽之家孤零零坐落在人煙稀少的小鎮，似乎設立之初，就是要掩人耳目。菊子臨盆時，院方將她送到隔壁小鎮唯一的一家綜合診所，爲她接生的是位女醫師，她感謝世上有女醫師的存在，而這個男嬰和她馬上又被送回未婚媽媽之家，那裡工作的人員照顧她的產後，住在這裡的八位待產婦都來看她的嬰兒，爲自己見習將來的生產準備。

那些年輕的未婚媽媽起先很好奇以她三十的年齡怎麼會住到未婚媽媽之家，而她什麼都不說，她打算在這裡孤單且孤僻的過完待產的幾個月，但年輕的未婚媽媽們將她們的心事告訴她，她也和她們建立起情誼，只是絕口不提自己懷孕的原因。

臨盆前泊珍來看過她，那時泊珍也已七個月身孕了，泊珍轉了三趟車，親臨這偏僻小鎮，她們到建築物外頭講話，菊子和她走在鄉間空曠的黃泥路上，四周山巒起伏，遠處有茶園分布如梯。泊珍跟她說抱歉，她說：「台北這麼大的城，找不到一個可以照顧像妳這樣產婦的地方，才讓妳來到這麼遠。」

「太太，這裡很好，我感到心裡安靜。」

「那就好。這趟也是要當面告訴妳，妳生產後暫時不適合把嬰兒帶回台北，等我生了，過幾個月才辦領養，才不會讓人覺得奇怪。妳和嬰兒暫時住在這裡，費用我來支付，什麼時候適合回來，我會告知院方。」

「太太，但妳要生了，誰幫妳做月子，我可以把嬰兒託放在這裡或哪裡，我回去照顧妳。」

「目前有個小丫頭來幫忙，這妳不必操心。儘管待在這裡，讓嬰兒喝母奶，喝個幾個月，讓他長壯，妳也恢復好體力，再回來工作吧。」

泊珍留了錢給菊子，菊子看著泊珍挺著七個月臃腫的身子急忙趕車回台北，心裡酸疼，太太必然趕不上回台北的車，得在城裡住一晚，她的家人怎麼捨得她挺著七個月的身孕離家過夜。那晚上她感到有一種奇異的無形的細線牽繫著她和泊珍，兩個懷孕的女人好像在密謀什麼似的，但她怎麼能和太太並比呢，她肚子裡不過是個孽種，哪值得太太坐了幾趟車來這裡關心她。她一直心酸，但也說不上為什麼要如此心酸了。

她唯一能做的就是按照太太的吩咐，先和嬰兒在這棟建築物住下來，但她沒想到這一住就住了九個月。那已是翻了年的夏天，太太終於安排她回去，也另外請院方安排一個可以照顧孩子的地方，她打算讓菊子先回台北復職，再領養孩子，才不會讓人對菊子和孩子產生聯想。

命運的分水嶺或許就在這裡，菊子九個月與嬰兒朝夕相處，從他的面容上，菊子覺得他不像她相識的任何人，或者他融合了許多人的特質，她從看到他的第一眼，就感覺他既陌生又像一群人的縮影，像所有的嬰兒一般，看起來就是一個初生兒的樣子，她餵他奶，但不知怎麼呼叫他，她感覺這孩子不是她的，是天公安排的，那麼是天公的孩子，她是奶媽，替天公照顧這孩子，她和媽媽之家的負責人杏春阿桑商量，爲孩子取名育生，她的職責是要把天公交代的孩子生養下來，但她抱著孩子時，常常是茫然無措，心思無法想得再遠，只能在這裡一天一天數著日子。杏春阿桑的先生是日本人，在台灣做林木開採，日本戰敗那年去世，留給她一些錢，她便用那些錢在先生留下的房子裡，設立未婚媽媽之家，杏春柔和的講話聲音和對女孩們細心的照顧，讓她願意跟她多說一些話，但她也只是編了一些謊，說這個孩子的爸跑了，天公留給她的紀念她要留著。編造謊言只讓她更茫然，育生彷彿跟她一樣茫然，他的眼神游移的速度慢，好像還沒適應這個新世界，他六個月才會翻身，她要回台北的此刻，他已九個月，正在學習坐立。

五十開外的杏春阿桑說，半山腰上的育幼院收了幾個他們這裡出生的孩子，那裡的天主教神父和修女都是好人，把孩子交給他們，妳放心的回去工作吧。她便離開了育生，她離開他時，有一種說不上來的擔心，那孩子的眼光讓她憐憫，那孩子吸奶有時並不用力，睜大眼睛時，會笑舞著兩隻手往空中抓，卻不太能集中他的眼神。

她心裡忐忑，無心無緒的回到台北。

然而她不知道，九個月的相聚是他們僅有的母子情緣。

泊珍為她做太多，這個家，她不得不回來。泊珍按月將她的薪水寄給她的家人，過年期間還代為寫信給家人說她需要留住菊子幫忙，對龐正和孩子又說是菊子家裡有事，得休假年餘。

她回來，船過水無痕般的又走入這個瀰漫著瓜子和蜜餞香味的家裡。但她終日惶惶不安，阿榮回嘉義娶太太去了，遵從父母的意思，準備當一名勤奮的魚農，阿南還在，泊珍增聘一名年輕幫手，也是南部上來的台籍青年，她仍然為大家做飯，但她心裡始終有一塊石頭懸著，那孩子在夢中時而出現。

幸好，泊珍的嬰兒時常讓她忘記心裡的石頭，那是個男孩，六個月大，會翻身會坐立，她得時時注意著他，以免他滾下床或抓身邊的東西進嘴裡，他叫澄風，大家叫他風兒。他的眼睛精亮，哭的時候大聲哭，笑的時候大聲笑，瘦長的臉形和四肢，注定他會是個身形迷人的男子，菊子常把他和九個月大的育生相比，風兒的活潑好動和眼神的慧黠遠遠超越育生。她心裡越加惶惑不安，卻是在逗弄風兒時，以為正逗弄著育生，暫時忘卻育生那對迷茫的眼神。

太太每天在前院檢查產品品質、參與製作產品的過程，還定期到各分銷點點貨和收帳，常無暇顧及大孩子們的起居和學習，菊子看著泊珍忙進忙出，她更加想盡個本分，照顧好一家的伙食雜事和孩子們的生活，而她的孩子也即將加入這些孩子們的生活，成為他們其中的一員。在她看來一日又一日頗為類似的生活，一溜又是數月，生活倒也平靜，只是心裡一直擱著這件事——太太什麼時候接來育生？在夜深人靜之際，躺在自己的床上，她無數次想著，育生加入這個家庭，然後呢？她覺得自己的生活好像已經一團亂了。

育生滿一歲的前幾天，泊珍終於來到她房裡，身影被光束投在牆上，仍然是那麼巨大，菊子低著頭聽她緩緩的說著：「我得實現我的承諾，這是該去把他抱回來的時候，明天我就出發，這趟我也順道去看瓜子的供應商，可趁機編造一些把孩子帶回來的理由。妳就留在家裡照顧這些日常事物和風兒。」

「太太，」菊子仍低著頭，「如果不方便，增添妳麻煩的話，就不要帶回來……」她的聲音越來越小，終至聽不見。泊珍也沒在意她說了什麼，只回說：「我會讓自己有能力照顧孩子們，多虧有妳的幫忙，妳儘管做好家務，其他的就我來安排。我告訴妳，是要妳有心理準備，孩子回來時，妳不要露了餡。」

「哦？」她不懂什麼是露了餡。

「不要讓人家知道他是妳生的。」

「是的，是的，我會記得。」

泊珍轉身出去的身影那麼快速決然，讓菊子以為，太太說的做的都對，太太可以幫她安排一切，她只要聽太太的話，就不必自尋煩惱。過幾天育生要來了，風兒將有一個和他一起長大的兄弟，把育生交給這個家庭，她的苦難就可以告一個段落了嗎？

她一直失眠，等待泊珍回來的這幾天，她心裡有一個深淵，好像自己隨時都會捲入黑幽幽的淵裡。

四天後，泊珍回來了，她什麼也沒帶，肩上掛著出門時帶的旅行背包。那已是吃晚飯的時間，菊子將飯菜擺上桌，就退到前院，泊珍一家人在餐桌間聊天，這次泊珍離家最久，三個晚上不在，她得有足夠的理由讓家人相信，爲了鑑定瓜子原料的品質，和瓜農得有充分的溝通，也許她也說多走了幾個地方，以便了解市場，他們這餐飯吃了很久，菊子收了工人吃的這桌的碗筷，便在院裡等著。心裡不斷盤問，孩子呢？孩子在哪裡？

泊珍吃過飯，在客廳待了一下，抽了根菸便就寢，菊子收拾好廚房，碗盤處理乾淨了，回房後，留了小燈，她以爲泊珍會進來，但沒有，整夜都沒有，秋風掃過樹梢，陣陣沙沙的葉面磨擦聲，催促東方漸起微白。

腫著鼓脹的眼皮，菊子等到泊珍來找她，那是吃過早餐後，菊子往市場的途中，泊珍趕上來與她並肩而行，在路上，泊珍將她帶到一處無人的公園，兩人對坐石桌前，在斑駁的榕樹樹蔭下，泊珍長嘆了一口氣，說：「妳應該奇怪，我沒帶孩子回來。」

菊子靜默的等待答案。

泊珍直盯著菊子臉上破碎的陽光，一會兒才慢慢的說：「育幼院的院長說出他的觀察，育生的智力發展遲緩。我馬上要求院長和我帶著育生去台中市的醫院檢查，醫院說，沒錯，這個孩子會是個智能不足的孩子，他需要特別照顧。我想了很久，他留在那裡會比帶回來好。」

「智能不足？是白癡嗎？」

「不至於，他才一歲，他還能表達一些生理需求，他只是學習慢，智力會停留在幼小的階段，至於停留在一歲兩歲或幾歲，還需要時間觀察。」

「能不能治療？能不能訓練？」菊子望著泊珍，她好像早有預感會有什麼問題，但不知道答案如此直接，她生了一個將近白癡的孩子。她抓著胸口的衣襟，問：「他得在那裡待一輩子嗎？」

「他不能過正常人的生活，他需要一直有人照顧。」

「喔，太太，那他回來，當然會給您添很多麻煩，可是住在育幼院裡，要花錢吧？是不是我就把他帶回家，跟婆婆說了，請婆婆先幫我照顧。」

泊珍眼裡閃過驚慌，她抓著菊子胸口的手說：「不要，妳答應過我保密。育生的一切花費我來負責，妳就在家裡幫忙，妳不必煩惱妳的餘生，妳儘管留到妳的孩子都長大能自立了，想退休爲止。」

一切彷彿虛妄一場，菊子覺得自己辛苦避開眾人懷胎生子，卻生了一個無法正常過活的人，她無力照顧他，他也不屬於任何人，唉，一切都是天公的安排，她無話可說，太太替她做了最好的安排，育生沒有歸屬的問題，他將依附在一個照顧中心度過一生，他來了世界，世界卻似乎無他。

那晚上，菊子忙完家事，回到房間，從衣櫃深處拿出當初包裹的衣物，和抽屜裡那包髮絲，在手中揉捏一陣，便走到室外，混入垃圾袋中，繫好袋口，她走出門外，將這包垃圾丟入眷村入口邊的大垃圾堆裡，明早，收拾垃圾的清潔工人將帶走她的往事，這一段不堪的過去，將成一縷氣味，飄散空中。

32

日子為何無止境的綿長

泊珍看他第一眼，彷似一聲雷劈頭而來，令她暈頭脹腦，這一歲的孩子臉型長相如此熟悉，她心裡的第一道聲音是，不能帶回去！

痛苦糾聚心中，眉心發燙發熱，胸口鬱悶難展，胃裡一股氣衝喉而上。院長說這孩子發育遲緩時，她更是心頭無緒，她在育生所待的房裡來回踱步，這房裡還有其他小孩，每人一張圍著柵欄的床，整個房間只有一扇窗，窗外樹影婆娑，就讓這孩子留下來吧，這裡有善心的神父和修女，這裡將來會擴充爲有醫療作用的看護中心，這是留住孩子最好的地方。這孩子是她的祕密，她將祕密留在這樹林掩映的建築裡。

她將祕密留在心頭。

她專心做生意，她覺得人生剩下的只有不斷的賺錢養育孩子，和對往日某些美好時光的眷戀，即使這些時光如此短暫，但也因爲短暫而彌足珍貴，她家鄉的好山好水、她和桂花的姐妹情誼、留在心中的曾有過的感情，這些美好的部分就夠安慰她的餘生。她心裡也惦念留在家鄉的那些人，她的兩個孩子、她的父親，他們都不再有音訊，他們隨著時光的流逝，成爲心裡一個遙遠的山水風景，成爲眼裡模糊的淚水。

對菊子的歉意和那個祕密互相纏繞，她始終懷疑菊子知不知道那個不能說的祕密，菊子是否也把祕密深藏心中？如果菊子知道，那麼在這個家裡，她是怎麼自處？她不會去問菊子，怕一問，就不知如何面對彼此。

她也沒向劉德訴說祕密，劉德有春信照顧，他歸屬另一個女人。從他們來到台灣，悠悠歲月一年一年過去，各自都找到一個生活方式，他們沒了自己的時代，但要爲下一代創造一個可以生活的環境，他們都已是中年歲月，只能踏實的面對生活。

泊珍將賺來的錢，累積到一個量就去買金條，她要將以前賣掉的金條再賺回來，還要加倍囤積，預留孩子的教育費，如果有一天，能夠回家鄉，她也要帶著當初帶出來的財富回去照顧這許多年無法寄達的關懷。

她做生意講信用，品質穩定又按時交貨，顧客都持續進貨，加上台灣的經濟走向繁榮，消費力好，她的生意每年都賺錢，幸得有這份事業，她才能享有尊嚴。龎正是個軍中公務員，按時上班，下班了還帶點功課回來，有餘暇便教孩子功課，她看著他的身影，有時感到一股壓力，但她也無力放棄自己的婚姻，她不再能像年輕時任性，大家是同船落到這一塊陸地上，她覺得自己無路可走。

她用自己賺來的錢幫助眷村裡的村民，凡有缺錢來向她調度的，她拿得出來就資助，她從中得到快樂，村人便一直對她在村中設廠營生沒有多話。逢年過節，她更是將家裡的產品拿來分送鄰居。她穿著做工精緻的衣服進出眷村，村人以尊敬的眼光看待她。閒暇時，她找些太太們到家裡打牌，她從招待茶水點心中，了解自己是眾人的中心，她們的喧譁彌補她內在的空虛。她以爲，生活裡即使沒有愛情，還有別的東西，她要努力讓那些什麼東西塡滿她的生活和她的尊嚴。

她鼓勵孩子們努力念書，將來出國念書，這個小島是家非家，人民受戒嚴之困，無法離開小島，一般人只有往外讀書，才能看見更大的世界。她的櫃子裡，一條一條黃澄澄的金條，就爲了給孩子們打開新的視界。

女兒如意大學畢業，申請到美國的學校，那是她第一個出國的孩子，過了五年，兒子澄明服完兵役，也出國去。泊珍已五十多歲，她不再能衝鋒陷陣般的親自到各營業所收帳，她將大部分的事情交給夥計，而夥計也換了幾任，她的孩子們對生意沒有興趣，他們努力念書，而那也符合她的期待，她要他們各有專業，有一份安穩的工作，不必像她勞於算計收入和支出，疲於計較庫存。但她還得維持她的事業，澄台二十歲在大學就讀，風兒剛上高中，爲了兩個兒子出國的學費，她仍得把生意維持下去。

菊子始終守分的工作，只要生意還在的一天，就需要菊子爲一家的伙食打點，雖然孩子們漸長大，工人也換成在地人，每日上下班，不再需要住宿和晚餐，但她仍供給中餐，菊子的工作量大幅減少，可是這位勤奮的婦人沒讓自己閒著，她打掃家裡每一個角落，讓泊珍不必費心家事。

建雄三十歲那年，菊子請了此生除了生育生外最長的假，她回家鄉爲兒子建雄辦婚事。建雄退伍後，在木材行工作，跟著老闆學習木材買賣，爲了存錢不願早婚，直到有能力和朋友合夥買了一塊小小林地，打算種植經濟木林，林地雖有貸款，但買地的心願一了，靠著媒合，選了結婚日子，菊子爲了長子的婚姻，愼重其事的提前請假，她把多年積蓄資助建雄，在林地邊買了一戶房子，做爲建雄新婚的居所，或許也將是她終老之所。泊珍送給菊子一套棗紅色連身洋裝和珍珠項鍊做爲她婚宴上的行頭，洋裝特請上海師傅量身製作，也給新人送了布匹和紅包，但她沒有出席喜宴，她覺得菊子當婆婆的場合，菊子是主人，她不該去那裡讓菊子心裡還顧慮著她的安適。她從菊子臉上釋然的神情，了解建雄結婚對她的意義，這位辛苦的母親一生的努力應該得到回報，五十歲的菊子穿起那套棗紅洋裝，透顯出成熟女性的風韻。近幾年，她逐漸和菊子話說得少，沒事的時候，她會翻翻書，她學習和書對話，她覺有書相伴時，不需要有談話的對象，包括那日漸沉默的龐正。她只跟龐正談孩子們的狀況，她不說自己，也不問他心裡那片天地，很久以來，她不再過問他的事。

菊子曾說過：「太太，我的孩子大了，都能自己賺錢，您這裡事也少了，我可以回家鄉了呢，您可以找個年輕力壯的女孩來幫忙呀！」

「就這麼點事了，妳留下來也不會太累著，回家裡去，閒著也是閒著。」泊珍這樣回答菊子。她沒有答應菊子離開，菊子說歸說，也不很堅持，因爲太太按時給育幼院費用，她們輪流去看他，往往一年才看一次，看那個孩子身形長大，卻不能言語不能辨識她們。菊子不免心頭掛念育生的寄院費，她能長期養護他嗎？但無論怎樣，她終有一天得面對這個問題。

菊子從婚宴回來，又提了一次，她說：「太太，建雄說他結婚了，希望我回家裡和他們住，他要我不必再自己一個人留在台北了。」

泊珍說：「他們年輕夫婦有自己的生活，妳也才五十歲，妳有妳自己的生活，何必一定和他們住。妳幫了我這麼多年，不如再三年，先生退休，我生意不做了，妳再離開，我會給妳留些養老金，這樣妳不必依賴年輕人，又可以爲自己留點老本，也幫我到底，不是兩全其美嗎？」泊珍硬把菊子留了下來。菊子確實也想到，五十歲不算老，孩子成家立業，也需一番打拚，她不能成爲他們的負擔，因此聽由泊珍安排，繼續留在龐家，待了二十幾年的龐家，事實上也是她的家了。

然而對泊珍而言，她所顧慮的是龐正得平安退休，這麼多年來都守住了，最後的這時刻也得守住。

這一刻終於來了，龐正從軍職退休，泊珍才放心的讓菊子退休回家鄉。那年菊子五十三歲，她離開的時候，在後院種了棵橘子樹，期望橘子給龐家帶來吉利，她把土挖得很深，好像把自己也種在那裡，她在自己的房間走了幾趟，小小臥室的一張桌一張椅，一個衣櫃，一張床，一只床頭櫃，伴了她二十幾年，窗外風風雨雨吹打在屋牆上，她都聽得分外清楚。她收空了所有東西，回到兒子的山林裡。

菊子一走，泊珍雖覺釋然，但也若有所失，好似時光突然斷掉了。她請了一位年輕的婦人取代菊子，好幾次她從菊子房間走過，誤以為菊子仍住在裡頭，以為房裡的燈下，菊子正反覆觀看著自己為孩子們準備的禮物。

離開後的菊子不曾來信，只是有天掛了電話來，說，她可以負擔育生的照護費，育生是她的孩子，她不再為太太做事了，沒有理由再由太太付費，她謝謝太太替她照顧了這麼多年，現在建雄賺了點錢，給了她足夠的錢，她可以為育生付出一些了。電話中有短暫的沉默，泊珍最後說，妳如果認為這是最好的決定，那麼就聽妳的。

泊珍不再堅持，也不願說破那個祕密，事隔多年，往事如煙，如今他們年紀都大了，祕密既沒人揭穿過，就讓它留在各個懂得的人心中。她還有一件牽掛在心裡攪動，和她執意讓孩子出國念書息息相關。在戒嚴時代，兩岸斷訊的情況下，只有居住到別的國家，才有機會進入中國。

是的，多少年來，支持著她勇敢生活下去的，是對家鄉的盼望，她心裡那片白家村山水是生命底層永遠的圖像，只要生命不滅，山水總還在，她得在生命終老之前，設法回去那片生命的源起之鄉，那裡有她爹辛勞建立的產業，有一對兒女，有她年輕時的沉痛與悲傷，有她身為白家女兒的驕傲。越是對生活感到枯荒無味，越是想念著與困頓相伴而生的美好事物，家鄉既是她生命的源起，也是生命轉折之處，回去是為了回顧，為了紀念，為了在抵達人生終點之前，眷戀那淨潔未曾滄桑的出生之姿。

澄台也出國留學後，最小的風兒說：「大家都出去不回來，我就留下來吧，我不出去，我在這裡也可以很好。」那年風兒剛大學畢業，考上傳播研究所，讀了碩士後將服兵役。先後送走三個兒女去美國念書，經濟頗吃力，風兒要留在台灣念書，泊珍也有點歡喜有風兒陪在身邊，便又問：「你願意接下我們家的生意嗎？」個性灑脫的風兒說：「我要拍影片做廣告生意，我不要賣瓜子蜜餞。」孩子各有專長，都不可能接手生意，她延續父親的事業，兒女卻不能延續這事業，雖有點遺憾，但畢竟時代不同，她是在掙生活中建立起事業，而今兒女的時代不需他們以勞力維持生活，加上她好不容易等到龐正退休行動自由了，她還有回家鄉的事要了，便毅然結束生意。樹幹也有斷枝時，她遣散所有員工，打掉灶爐，清理了倉庫，把多年來使用的器具賣到二手商店，剩下簷間壁縫久積的甘醬氣味在空氣裡飄揚，一日一日漸漸淡去。

她開始進出美國探望兒女，並試探進入中國的可能。直到留在美國的孩子都畢業順利找到工作，確定長居美國，她便動念移居美國，再和龐正回鄉探望。

命運必然在哪裡出了差錯，或者，給她一個機會，不必在龐正面前揭露她的第一個婚姻，讓她能繼續掩飾那段不情願的婚姻。龐正有天晚飯後，喝了杯酒，頭便栽在酒杯前，她捧起他的頭，紅脹的臉上，雙眼垂閉，寧靜如睡的氣息迅速蔓延全臉，她一直拍打他的臉，吩咐風兒打電話叫救護車。她測不到他的鼻息，她和風兒合力抬起他，讓他平躺在沙發上，她雙手按壓他的胸部，把自己的氣息灌入他口中，救護車的嗚嗚聲來到門口，一切便已塵埃落定，這聲音換來一紙死亡證明，她苦心維護的聲譽與性命，竟這樣別離。

有數個月的時間，她不出門，所有訪客到了她的門口，只看到貼在門上的一張謝絕訪客的紙牌，他們把名片擲入信箱以示來訪慰問，她在那堆名片中看到劉德留下的紙條，原子筆字在紙上寫著「節哀，出來走走吧」。她反覆觀看，把紙條夾在書裡，她每天在院子裡走走停停，在每一吋曾經踩過的泥土上重複的踩著，那片地上或有她流下的汗水、歡宴的殘酒、疲倦的步伐、愉快的輕跑，一年一年重複踩上去，變成一個人一個家族的悲歡歲月，她走到爐灶的位置，走到倉庫前，走到曬衣桿下溼衣服滴下水珠的地方，走到盥洗台前，那裡流動著所有家人工人早晚的聲息，走到橘子樹下，樹幹雖細，已結過幾季橘子，走到空著的房間前，彷彿看到早期那些工人進出的身影，後來給孩子們住，現在空蕩蕩的，家裡只剩下退伍不久的風兒，正在一家傳播公司展開他的攝片大夢。

她是一縷生之游魂，在她的屋舍裡徘徊，她時而夢見大水在河川上起漩渦，時而夢見無數的黑影幢幢、成群的士兵黑壓壓衝過來，醒來總是滿室寂靜，龐正那個沉默的身影存在過，卻走遠了，她對著日出與日落，覺得日子爲何無止境的綿長。

年輕的風兒像每一個對前途充滿抱負的青年，早出晚歸，跟著導演去拍片，每晚她聽到風兒入門，腳步踩在地板上發出吱吱嘎嘎的聲音，她才驚覺一天已走到盡頭，卻又害怕沉沉黑夜的來臨。是風兒有天跟她說：「媽，妳該去美國住一段時間，離開這裡對妳比較好。」

她突然驚醒，是的，她還有未了的心願。如果這件心願得以實現，何嘗不是歷經變動，來到人生的末端時，享用了甜美的果實。

風兒帶她到美國，陪她做了短暫的停留，將她交給兄嫂便回台灣築他的拍片美夢，泊珍從踏入美國的第一天起，就想，我要從這裡回家鄉，哪怕單槍匹馬，也要回去上爹娘的墳，回去看看遺落在那裡的兩個孩子，回去那個龐正還年輕壯碩的時空，而自己曾經嬌美如花。

飲料

多年來，我一直在說故事，自己的，別人的，我的故事說得已差不多，我還能對你說什麼？她的唇游移到他耳邊，輕觸他彈性飽滿的耳垂，送出這句話。

可說之事何其多，說故事是妳天生的本事，給妳一萬夜妳也會叨叨不休的編造一則則的故事，除非妳不願說給這個渴望故事的人了。

誰都有編故事的能力，我只是在無聊的人生中找點事做，在自己意興闌珊之前，加倍的使用那能力。

妳最高明之處，是把我編入故事。他挺起身子，在她頰邊印上一個吻，繼續說，而我如此深信不疑。

人生就是故事，爲什麼不相信眞實？當你的生命和別人發生交錯，必然有作用發生，也許發生在當時，也許在事後，你無論在現實故事裡占了多麼不起眼的位置，都有你的作用。

與別人的任何交錯我管不了，我只想在妳的人生有作用。他又咬她的唇、她的耳下、她細長的頸子，他喜歡她弧度優美的肩膀，他讓下顎的髭鬍輕撫她頸子與肩膀間那條凹陷的曲線，一直滑到肩膀的邊線，像來到斷崖，眼睛一望，就是往下一隻細長的手臂直到手掌，而她的手掌平放在床上，他拉起那手掌貼著他的臀，他的胸膛滑行在她豐滿的雙峰之間，他堅實的力量推著她，她的語言化成柔軟的音符，紛碎如珠玉滑向他耳邊，她的手掌移到他的腰，往上到背部，緊緊的勾纏著他的熱情，他用全身的力量推動她，她挺起來迎接他的力量，春天的浪蕊迎風搖顫。他們在高山美澗，在雲流水動間旋轉，他喘著氣說，除了故事，我要聽妳說，愛我。

但她沒有說，她的嘴巴很快被他的堵住，她的舌尖在他的嘴裡迴繞，她以爲那是回答。他的抽動像條記憶的鞭，她想起自己成爲女人的經驗。第一滴經血無預警的來臨時，她的子宮就已經做好成爲女人的準備，經血有時準時，有時遲到，那意味卵巢時而乖巧時而使性子，它不那麼守時守分的執行排出卵子的工作，但卵子一旦走出輸卵管，就在尋找精子的結合，它爲了讓女人成爲一個可以孕育可以餵哺的生命而來到細小的輸卵管入口，開始與精子結合的旅程。大多時候，卵子只是孤單的旅行，有時精子不在這天來，有時精子被阻絕，或有時候，精子意興闌珊，無法攻入卵子的城堡。她覺得在愛情最幸福的時刻，卵子必然澄透美麗，以最好的內在物質等待精子的來訪，卵子無法等到帶著侵略與捨身性格的精子來訪，它必然鬱抑衰敗，它的主人會像花枯萎，會在每一場歡樂的精子卵子之旅中，因爲阻抗它們的結合而黯然神傷。

她在他的筋疲力竭中，雙手環抱他，這個赤熱凝滿汗水的身體眞眞實實附貼在她身上，她卻得去阻絕兩人卵子與精子的結合，他們的愛情不允許一枚受精卵的誕生，他們的愛情本身就是一個殘缺的愛情受精卵。

她像蛇一樣匍移在他身上吸吮他的汗液，她想要鑽入他的毛細孔，寄居在他身體，成爲他的一部分，她人生的甘飲是每一口從他身體裡出來的鹹淡的液汁，她遍舐那些液汁，每一滴都化成痛苦的血液流遍她全身。她無法著胎在愛情的胎房，他的每一次深刻的侵入都是她內心的一陣痙攣。

他也吸吮她的，從來都是貪婪的想在她的身上停留久一些，以攫取她的溫暖到達他的內心，她注入自己成爲他的甘露，她身上流動的一切都流向他，包括眼角的淚水。

最深沉的痛無聲。

她說過，只要故事裡有他，故事就說不完。她說，故事存在，一直存在。他再一次使盡最後的力量，把他體內的汁液給了她，便沉入一陣睡眠，沒來得及聽她說這句話。

她額頭靠著他的腋窩，耳邊正好聽到他的心跳規律而緩慢有力，她親吻他心臟的地方，給沉睡中的男人帶入一個甜美的夢境，她抬起臉來端視他的臉，無數次的觀看，無數次的想像，那個說故事的宰相女兒講了一千零一夜的故事，終免殺身威脅，成爲王后，她沒有死亡威脅，但她知道自己即使講了一萬夜，也得是他身邊的隱形人，隱形的愛，她願意愛的苗種灑遍全身，只是，那苗種也可能是罌粟，致人上癮，劇毒漫身。

她愛他，永遠的愛，愛他對工作的狂熱，愛他的自然瀟脫，愛他望著她時眼裡那點深邃的光芒，愛他總是出其不意的給她驚喜，愛他不斷的和她說話，愛他在雨天的時候爲她撐傘，愛他陪著她去這裡那裡，愛他孩子似的天眞，愛他靜默時臉上思考的表情，愛他吃牛角麵包時，把麵包屑掉得一桌子都是，愛他在他的孩子面前說笑話，愛他替他的妻子提購物袋，愛他給她的折磨，她對他的愛沒有設限，包括她得去愛他的懦弱。

33

尋找一條悠悠流動的水流

長期洗腎的大姑，在醫院陷入昏迷數天後離世，喪禮是在一個秋日的早晨。訃文上面寫著享壽八十，她的孩子孫子都來到靈堂，平素不見面的親友也聚在堂前，成爲家祭的一員。人家說，八十歲也算高齡了，喪服不必拘泥黑色，殯禮師還是按建雄表哥的意思，給家屬沉著的顏色。我穿著黑色長衫，和其他姪輩向大姑的遺照行禮，我的父母親在手足那一群，神色哀戚的集體爲他們先行離去的大姐送行，而各自結婚後長期的分離，這些手足並不了解他們的大姐多少。

我一起跪拜，在鞠躬磕頭的那一刻，感到無比沉重，自從大姑六年前，將珍藏許久的育生照片託我送給老太太，我就陷入一陣人生的漩渦，不知道那個漩渦將帶我去哪裡，我意外的成爲大姑這六年來的傾聽者，她知道自己來日不多，她在山林的屋子裡獨自與山風相對，過於寧靜的山林，激起她一些訴說的意願，她也意外的發現這位姪女原來是一個耐心的傾聽者，在她猶豫要不要述說陳年舊事時，這位姪女竟然讓她不設防的談了許多。

我曾跟她說，我記得建雄的婚禮，那是我第一次來山林，她穿著棗紅洋裝倚在門邊的姿態令我印象深刻。她笑一笑，說，可見太太請的上海師傅功夫好，一件洋裝就令八歲的孩子記了幾十年。我記得那個倚在門邊的笑容，歡喜中有些抑鬱。那是她的五十歲，她往後又在龐家待了幾年。

我說，其實建雄表哥結婚後，她可以不再待龐家了。

她看了我很久，也想了很久，望著她窗外的樹林說：「我離不開，那是一場軟禁，我知道伊不希望我離開，伊不信任我。」

「喔？」我很驚訝大姑這麼想。

「伊煩惱先生還在軍裡，萬一我離開伊厝，講起那件事，先生會出問題。」

「汝那時就知？」

「我當然知，我有答應過伊不講，我做得到，但伊不相信，所以我留下來，等到伊放心，我才離開。」

大姑說她也在等待龐正退休，等龐正離開軍職，她就不必擔心太太對她的戒心，她要用時間去證明她是守承諾的人。太太一旦對她解禁，表示她的承諾合約到期。她回到林中，在建雄當了父親後，她說了那件事，建雄初聽的反應很強烈，對她說了句：「阿母，汝眞憨。」

她望見兒子的眼裡血絲殷紅，她告訴兒子，往事已遠，命運待她如此她已無怨言，但她爲了讓雇主安心，她履行承諾，她感到光榮。兒子跪在她面前，感謝她爲了撫養他們長大，忍耐極大的委屈，兒子誓言會爲她照顧那孩子，也會讓她不再擔心生活。兒子努力工作，賺了錢繼續買山地種林木，在原來的房子附近蓋了後來居住的氣派房子，伴她終老。建雄的成就是她的安慰，她對人生了無遺憾。

「大姑認爲伊是誰的呢？伊像誰？」我在她願意談的時候，一直追問，我想了解她的答案。如果大姑有帶走任何祕密，也許就這一件她沒有說出口的答案。那時她的體力已很虛弱，數年來我們不曾談及這個答案，我的疑問無法解開，只得把握時間在她還有意識的時候，在她的病榻前再一次撩撥她的記憶或她心底那幾已沉沒的封甕。

她說：「那暝來的是好幾個，不管留下的是誰的，哪有要緊，要緊的是伊們一起來，那個囝仔就像伊們，是伊們的。」

但她爲什麼將育生的照片做爲老太太八十歲的禮物？她在向老太太說什麼？

大姑是帶著祕密離開嗎？是爲了保留自己的尊嚴還是老太太的尊嚴？是不願面對現實，還是無法釋懷？

我曾帶他去探視育生，他說那張充滿遲疑與迷茫的臉他感到陌生，對一個不能在現實生活中過正常生活的人需要追究他的身世嗎？他雖這樣說，但他也試圖從育生的臉去辨識任何的記號，然後他說他的母親是個高明的人，他附在我耳邊說：「也許我們是親戚。」他說他記得大姑，他和兄姐稱呼他菊媽，菊媽一直照顧他到大學，尤其他的兄姐一一出國念書後，家裡只剩下他，菊媽便加倍的照顧他，做精緻的食物給他吃，替他洗衣服，小時候，菊媽常抱著他，他找菊媽的次數也遠遠多於找自己的媽媽。但他沒跟我來看他的菊媽，我們不在相同的場合出現。

幾天前，他跟我說，八十六歲的母親體力已不如前，不想出遠門，母親希望他和太太代表她參加大姑的喪禮，他將在這個肅穆的場合以向菊媽的遺照鞠躬緬懷她。爲了方便參加一早的公祭，他和太太在前一夜會先住進城裡的旅館。我問他，不能自己來嗎？他說，母親堅持他和太太一起來，以示對菊子一生在他們家工作的尊敬。

我不確定大姑離世時是否確實心中有著祕密，我和她的不斷對話，並沒有在她離世前來得及完成關於她的書寫，她其實看不懂文字，她不會知道書寫能代表什麼，她在乎的是有人慎重的把她的事當一回事聆聽。那是我在磕頭時足堪安慰的，至少在她晚年，除了建雄外，又多了這名姪女可以分擔她的人生。

家祭結束後即是公祭，我和女性姪輩們站在靈堂左邊表姐們的後面，表兄姐們建立起的社交網絡一一現形公祭場合，在一隊隊的工商代表後，我看到他以他公司負責人的名義祭拜。他和太太走到靈堂前，並肩行禮，三拜後，兩人趨前與建雄表哥致意，便退回席位。他在席位上尋找我，而我也看見他坐在席位上等著公祭結束，他太太不時拉拉他的衣袖，他最後站起來，隨太太走出廳室，走出我的視線。

我的黑色喪服黯淡無光，我的人生漩渦因大姑而起，而大姑已停止她的腳步。其實在那漩渦之前，我的人生就已經離開平順的水流，我數著日子，在適當的時候向丈夫提出離婚，一個失去喜悅的婚姻若繼續下去只會讓自己尋不著出口，我一向沒算計好自己應該和什麼樣的人一起生活，在那漩渦之前，是的，我已經歷經了漩渦，我應有能力從更大的漩渦裡脫出，尋找一條悠悠流動的水流，那水流沿岸風光應該寧靜旖旎。

34 白家村江水如思念無邊無際

從我爲老太太送去八十歲的生日禮物，到最後一次見到她，六年期間，她不曾離開台灣去哪裡，甚至回她的家鄉。在這期間，許多渡海來台的先生太太們及他們的第二代第三代都如台商頻繁進出中國與台灣，但老太太行走在車流不絕的馬路上，坐臥在她的房子裡，呼吸台北的空氣，生病的時候進醫院，高興的時候也會上館子啖美食，她的護照過期，沒有更新的打算。

當然我不覺得奇怪，她的回憶與反覆敘述，早就記在我的筆記裡。

她去美國長居後，布局了兩年，她比解嚴開放探親更早進入中國，是女兒如意陪她展開回鄉之旅，從美國到北京，再往南轉飛機換巴士，車搖路晃的回到山水優美的家鄉，城裡的景觀略有改變，但仍能找出早期的建築物，她想到桂花家探視，問路尋巷，早沒了那巷弄房子，一路陪著她的當地書記替她翻查尋人，得到的回覆是桂花母親早已化成黃泥，桂花沒別的手足，老房子既不在，孤墳在不在又有誰在乎，桂花家成爲逝水一川，即使到桂花母親墳前告知桂花到台後的情況，又怎能算是安慰老人家呢？她放棄尋墳，和如意在旅館裡住過一晚，便搭第二天的早班船回鄉。

山峰浮江而立，山明水秀依舊，渡江的船舶變大，成爲觀光船，她的家鄉要過幾個渡船頭才到，在船上看著江面時，她眼眶發熱，曾祖母、祖母、母親，都死在這條江上，她也曾經船難，在這江上載浮載沉，命不該絕的漂到岸灘上，若當初溺死了，她家的女人便會是這條江上的傳奇。

越近家鄉，越是情怯，她的父親是地主，地主的女兒從國民黨政府的政權回來探親，地方書記愼重其事的一路作陪，一直跟她解釋這一帶的改變，可她看來，記憶中的江面比實際所見遼闊，大概時光會擴散地理範圍，印象中的白家村江水，如思念無邊無際。

繞過兩座較低的山峰，家鄉的渡船頭浮現水平線上，沒有太多改變，低矮的黑灰岸涯間，青草蔥綠，那伸出水面的船塢越來越靠近，岸邊站滿了人，原來白家村的女兒回家鄉已成一件大事，鄉裡的地方行政人員和村民，得空的都站上岸邊觀看這回鄉人的面貌。她心裡浮現一股傲氣，這整座村落的山頭幾乎都是父親的產業，村裡哪戶不沾點白家的產業過活，村民彷彿在迎接村主回鄉，她感到這片村落等了她數十年，她要要回父親的產業。

岸邊最出眾的人是她的一對兒女，站在迎她的人群裡的第一列，旁邊還有他們的妻子丈夫兒女，及其他親屬姪兒女，她突然感到來到另一個家，子孫滿堂。兒女像早已排練過了般，站在最前頭爲她掛上花環，花環是色紙揉捏成形，紅的紅綠的綠，他們掛上那色彩粗俗的花環時說：「媽，我們等您幾十年了！」

這就是妳常思起時內心翻騰絞痛的兒女嗎？屈指算來，應是四十七歲的壯個頭大，曬得黝黑的臉上皺紋爬上了額頭眼眉，曬斑密布兩頰骨，他眼神害羞閃躲，笑起來時活脫是個封閉的農夫模樣。女兒櫻臉頰耳邊天生的紅斑退成一個小小的淡淺印記，皮膚乾燥，像她哥一樣的臉上爬多了皺紋，這村裡溼潤多雨，皮膚不該如此乾燥，他們都過早的衰老，她在他們身上沒有看到任何自己的影子。櫻不斷的講話，還向村人說我這媽千里迢迢來看我們兄妹倆，說路有多長，可是騙人的，只要心肯到，就沒有長遠的路。櫻尖著下巴講話的模樣像在宣傳什麼，她不喜歡那樣的形象，在路上碰到像櫻這樣的女性，她甚至不會看一眼。但她這時牢牢的盯著她及壯，試圖把他們和小時候的模樣連結在一起。她含笑向每個來跟她講話的人說客套話，她被拱著向白家的老房子去，心裡想著這兩個孩子幾十年來過的是什麼樣的生活。

白家的房子在文化大革命時代燒毀後面一排當初做產品的倉房，原有的十二間房只留下六間給各房，另外六間住進了別的村人，嫁給同村的櫻和丈夫孩子住在村的另一頭，壯和妻兒住在其中兩間，廚房則與嬸們共用。她看到房子切餅般分裂，內心感到荒涼。白家最年長的屬她二嬸，白皤皤的頭髮，臉型細小，看得出曾是美麗的婦人，她住在她原來的房間，坐在房裡留存的上好紅木椅裡跟她相認，二嬸從床頭捉了枴杖象徵性的往她大腿一掃，說：

「不肖女回來了，我代替妳父母打這一棒，以前老是任性往外跑，跑了不回來，妳媽想死妳，往河裡找，滅了頂，妳爹土地全給抄了，爲了懼怕被公審，在他房裡的樑上結束自己。」二嬸說得聲聲鏗鏘，打那一下好像釋放了所有發生在白家村上的歷史，放回枴杖又斷斷續續說：「終等到妳回來了，當初妳在南京寄來那封信，說要去上海搭船過海，你爹揣測妳去了台灣，但之後是生是死沒人知道，妳爹說，若是生，白家就留這個根，將來會回來，可惜他等不到那天。」

她在二嬸那亮度不明的房裡，幾度感到彷彿已經度過了幾生幾世，回到這屋裡，令她感到似乎並非眞實，窗外是湖光水色，景色不變，人事已非。父親的遭遇她好似心裡明白，大地主的身分加上女兒在台灣，父親必然難逃厄運，只是沒想到他在壯年自了生命，父親必然有話要跟她說，她是父親鍾愛的女兒，她去父親懸吊的樑下跟他講述她在台灣的生活，她相信父親看到她的努力，她回到這裡來，是爲了讓父親的魂魄得以安心。

二嬸帶她走過白家的每一個角落，那已不屬於白家所有的昔日房樓她也一一走過，得來一些陌生好奇的眼神。她和小翠的那一排樓，如今住著二嬸孩子一家，小翠在文革期間被一位軍人帶走，不再有下落。

在那停留期間，她上山看祖墳，經過曾祖父的藥房，那裡樹林成蔭，沒有任何房子的蹤影，村人說曾祖父活到一百歲，死後房子就傾圮了，木頭全給拆了當柴燒。她爲父母修墳，她大宴村民，她要擺出白家原有的派頭，地方官員都是她的座上賓，她向他們說，那山頭全是爹的地，時代既然變了，他們這麼歡迎她回來，那麼把地還給白家吧。座上賓們與她敬酒歡宴，卻無法還回土地，所有土地都國有了。她明知，仍要擺派頭，不斷強調，那地是白家的呀！

她白天在村裡大宴賓客，傍晚搭船回到城裡的旅館，在旅館裡她沉默難歡。其時，中國雖已慢慢開放門戶，資本主義的腳步伸進沿海城市，但村落仍與城市難以相比，她看見村人的物質條件普遍缺乏，越發對遺在這裡，沒能受到良好教育的後輩感到愧疚。尤其是她兩個孩子。

壯和櫻幾乎每天她一回到村子就隨侍在側，兩人都是特地跟單位請假，櫻在她跟前，拉大著嗓門說：「媽，我們這麼辛苦您都看見了，一直都沒爹沒娘的，幼小還有奶奶疼，奶奶走了後，我們就眞的是孤兒了，每天像跟二嬸婆討飯吃似的，二嬸婆就是嫌我麻煩，就隨便嫁了我。」櫻把她那看來粗壯殷實的丈夫也喚來，她走到哪，兩夫妻就跟到哪。壯也是跟前跟後，說著家裡的寒磣。她聽他們講家裡的種種，櫻說：「哥哥住在老家，這有感情的地方，命好呀！我就不行了，在那山邊線上，房子潮溼又破哩！」

和不斷抱怨的櫻相比，壯較害羞，沒有敢多言，看著她的眼神也是躲躲閃閃的，畢竟她沒有照顧他們多少時候，他們從小就沒有這個媽。因此看到他們有時用陌生而質疑的眼光看著她時，她內心也得忍受認生的刺痛，忍受櫻在她面前肆無忌憚談著沒爹沒娘的孩子怎麼過了這些年。這兩張面孔在她面前，會因意見不合而怒視對方，尤其櫻忿忿不平的說從小就想要有個媽，壯就說：「她胡說，她好得很。」壯會趁眾人不在身旁的時候，叫她一聲媽，說：「您若不回來，我們眞的不知道有個媽。」

他們喚起她的愧疚感，她給他們錢，讓他們可以添購家裡的所需，她到他們家裡，觀察那無多餘傢俱的空間，感受他們多年來的生活。她不同意櫻對二嬸婆的微言，二嬸替她照顧兩個孩子，關照著白家的子孫，而二嬸在年輕死了丈夫的時候，完全可走離家門不必回來，二嬸的一生鎖在白家，她對二嬸充滿感謝。她告訴櫻，要感謝二嬸婆，她是家裡的恩人。她停留的期間，不斷開導壯和櫻，「媽媽有許多不對，沒能好好照顧你們，但心裡是愛你們的，過去的不必多抱怨，我們應該感謝還能有機會見一面，媽媽往後會彌補我過去沒做到的。」但她不知道她所說的話，壯和櫻能體會多少，因爲他們爭著與她在一起的樣子，看來似乎是害怕媽媽偏心把好處多給了誰。他們越是爭寵，她心裡越難過，懷疑這兩個孩子，只是因爲現實的需求，才認她這個媽。

與她同來的如意，這時才知道她有兩位同母異父的手足，她看見母親一直付錢，一直宴客，在旅途的末程，賭氣不與母親說話。在美國從事科學研究的如意，每幾年要申請研究計劃才能順利延續工作，她特別撥時間陪母親回鄉，原以爲只是單純探親友，卻沒想到母親把大筆的金錢拿來宴客、修墳修房子、給兩位突然冒出的兄姐，她感到自己兢兢業業在實驗室消耗青春才保住工作，看不慣別人不勞而獲，最後那幾天，她留在旅館不陪母親回村子，母親千般無奈，便說：「我一生辛苦做生意爲你們兄妹儲存教育費，送你們出國念書，你們才能擁有學識和工作，我對這對兄妹卻沒有一分付出，現在給點錢又算什麼，怎能跟當初你們從我這裡得到的相比。」如意不但不以爲然，還不滿母親從來沒讓他們姐弟知道她有另一段婚姻，留下兩個孩子，回鄉之前也沒跟她講，讓她一開始感到一頭霧水，她覺得母親不尊重她。如意爲此與母親爭吵，她扣住母親的錢財，發現其實也沒剩多少，而他們還有父親家鄉的行程，萬一父親的家裡也需要經濟上的資助，他們的錢財肯定不夠。她向母親質疑，錢都用掉了，去父親的家鄉怎麼辦？

她說，再說吧。

她離開白家村，仍把手邊的錢都留給兩兄妹，也給二嬸一份，感謝她關照著白家的後世，她說，她會再來，既然進得來，就沒有理由不來。

她的行程到了龐正的家鄉，龐正生前雖沒說，她知道龐正對家裡有掛念，她得替他走一趟，起碼爲他的孩子帶來父親的消息。

臨近南京的小鎮，風景秀麗，地方也算偏僻了，可她記得那房子，離湖邊不遠，湖岸楊柳更青翠繁密，過了湖即是一個小聚落，她看到他家那泛著上等木頭光澤的房子，兩扇暗紅色門扉早打開等著她，門口站了人，兩個高大的壯年漢子迎出來，後頭跟了家眷，他們叫她二媽。

兩個漢子長相斯文，方闊的額頭是龐正的翻版，他們不必自我介紹，她也猜得出他們是龐正的孩子。驚訝的是如意，她不知道父親的家裡又冒出兩位手足，如意不言語，跟在母親身邊觀看這個歷經長久分離，回到過往空間的母親，還有什麼驚人的事情發生。

兩個漢子看來不比她小多少，他們一前一後，帶著她走入廳堂，她奇怪這堂屋不但沒有因歲月流逝與文化浩劫而傾毀，反而還牢牢實實泛著光澤，若沒有維修保養不可能保有那光澤。前庭的盆景綠意盎然，一片潔淨直到門裡，廳堂坐著老太太，閉著眼睛，身旁有一股安靜的氛圍，聽到她進來，拄著杖站了起來，一個媳婦模樣的婦人挽著她往前，老太太髮色灰白，臉色素淨，藏青色布衫裸著她瘦小的身子，閉著的眼皮些許顫動，近前來說：「是妹妹來了嗎？」

老太太看不到她，撫著她的手說客套話，聲音細小顫抖，她也握著老太太的手，終於，千山萬水後，叫了聲：「大姐，妳辛苦了。」其實老太太比她年紀還小兩歲，但看起來是老態了。她盯著老大姐眼睛瞧，一旁的大兒子說：「媽的眼哭瞎了！父親去台灣沒幾年，就瞎了。」

「虧你們兄弟照顧了。」她也只能這麼說，她是鳩占鵲巢的人，難道要在這母親兒子面前認錯，她又何錯？她嘆了口氣，說：「相隔了三十幾年，沒想到還能有這一天，也是費了很大功夫，繞了地球大半圈，就爲了給你們帶點消息。」

兒子們見她獨自來訪，心裡便有些疑問，父親最後離家的身影還在腦中，這三十多年來送來的是死訊，廳堂裡靜默無聲，繼之輕輕的啜泣，她從手提包裡拿出一個盒子交給大兒子，要他打開，她把龐正的遺物給了兒子們。盒子裡是一枝龐正常用的鋼筆、一隻死時還戴在手上的手錶、一副他栽倒在桌上時，滑鬆的眼鏡，樣式已過時，這眼鏡一戴就是十年，還有一疊龐正的照片。她說：「我把他最隨身用著的東西留給你們兄弟，父親不能照顧你們，可他是愛你們的，時時心裡都念著你們。」兩兄弟無言語，啜泣聲響了起來，壯年的男子還盼望父親有天回來見一面，不想，老母還在，遠行的父親只給他們留下幾件隨身物品。大兒子撫著手錶，分針秒針走了一輩子的歲月，卻沒有一個時間是給他們兄弟的。他們擦淨淚，突覺失態的頻說對不起，一旁的老太太沒講話，也沒淚水，她的淚水或許早就流光了。她沒有多作停留，留下連絡電話地址，又話了些別後情況，就離開宅子回到旅館。

女兒如意卻覺自己在崩潰的邊緣，父母突然冒出這一段歷史，使她以爲她所認知的父母不完整，突如其來的四位兄姐，讓她以爲父母一開始就沒有打算讓他們在台灣成長的四個姐弟參與他們的人生，如意花了將近一個月的假期，延宕工作進度，卻面臨這樣的驚嚇，好像誤闖禁地，她在旅館與母親爭執，她覺得母親把錢留給自己的兒女，對父親的兒子和家庭沒有一點給予的意思，她想念父親，以爲母親自私自利。

她任由如意吵鬧，覺得自己的人生如意無法體會，她的子女都不擅於傾聽她，他們沒有耐性了解父母在戰亂過程裡，亡命中暫求安棲的心情，而她自己也不了解，一生所做的決定，到底犯了多少錯。她的中國之旅，後來變成沉默之旅，她時時想起壯和櫻，想像他們在她走了後，心裡會怎麼看待她，想像自己還有多少餘生與精力可以回鄉。

滿腹心事回到美國，她仍悶悶不樂沒有言語，如意把她所見所聞告訴了在美國的兩個弟弟、弟婦，和在台灣的么弟，弟弟們由姐姐的口中得知他們還有四個兄姐在中國，三個家庭組成一個手足網，心中有些震盪，但母親沒有親自提起，他們也就當它是件過氣的祕密，各自在自己的生活軌道忙自己的活。

她有時住大兒子澄明家，有時住在二兒子澄台家，冬天的時候就往南住到加州的如意家。如意未婚，她與如意住一向自在，而且那裡氣候穩定，台灣的同鄉多，但與如意有過旅行中的爭吵後，她住在如意那裡成了一個不多話的老人，她成天溺居在白家村的殘影裡，反覆想著個性剛硬的父親決定把自己套上繩索前，心裡想著什麼，有沒有想著她，一定有吧，母親已經溺了，父親死前若有牽掛，那一定是她了。

她逐漸消瘦，往後那兩三年，靠著收壯和櫻的來信過日子，他們信上寫著他們的缺乏，需要腳踏車，需要先進的爐子，需要電視，需要為兒孫添購像樣的用品，需要保暖的衣服。她寄錢給他們，每隔一陣子，她請如意為她匯款，如意匯了，但如意嘟囔著：「妳把身邊的錢都用掉了，老了病了怎麼辦？」她透過如意的嘴傳達，希望兒子們念著同母親的分上，經濟能力許可，也幫幫那對可憐的姐弟，他們物質條件實在不能跟你們比呀。三個兒子要養家，誰也不認為該對半路殺出的手足負起財務上的責任，如意見過母親灑錢，本就很有意見，在這當口，她一個獨身女子，四十幾歲還沒結婚，婚姻可能遙遙無期，也得為自己的老年存本，美國生活壓力大，她也無多餘財力資助壯和櫻。有幾次如意跟她說：「他們以前怎麼過，現在就怎麼過，是不是比較好呢？」「物質的需求是無底洞呀，有了這個還要那個，我也很缺錢呢，想換車，想換大房子，我也想生活得更好。」

兒女不幫忙，更不可能常陪她回家鄉，她的錢也有窮盡的時候，她無法再灑大錢裝闊氣，一旦她回鄉不能擺出氣勢，她回白家村又能怎樣，她只會逐年老去，她心裡也隱隱害怕，沒錢的時候，壯和櫻和那些親戚是不是就不再期盼她歸鄉。

她身邊的錢所剩不多時，她意識到得留下自己的養老費，她在美國索然無趣，進出都依賴子女，既然家鄉已回去過了，短期內也不再能無限制的匯出錢財給壯和櫻，她便決定回台灣。在台灣，她有家，那才是她眞正的家、她的休息之處，她可以自己出門買東西，可以在她的院子裡回味往日，可以感受到劉德生活的氣息，縱使時光漫漫，大家各有家庭，逐漸凋零時，她也珍惜著還存在的生命，劉德健康的活著，他們有共同的時光的回憶，他存在的氣息，是她對逝去時光的一絲連結。

靠著龐正留下的福利，她還能領有龐正退休時的一半薪餉，這筆錢可保障她的晚年至少不會餓死，若不生大病，她完全不必依賴兒女奉養。

她回台時，台灣剛解嚴兩年，一波波回鄉探親潮像海浪拍岸，持續不斷，她居住在她的日式屋子裡，覺得自己已是先行者，並感到疲累，正需要這個屋子包覆她，讓她有歸屬感。屋子裡的傢俱和格局都沒有改變，在她長居美國的這幾年，房子本由風兒居住，風兒婚後順從太太的意思，搬出去住大樓，房子請人定時打掃，她一回來，風兒想請人每日來照顧她和打掃家裡，她回絕了，她覺得自己還能動，她要一個安靜的空間，她要有行動上的自由，不希望有人盯著她的一舉一動，把她當囚犯看待。也許她當人生的囚犯夠久了，她已不必因為婚姻而不斷受孕生孩子，不必為了養育孩子而忍受生活的磨難，不必為了維護家的完整而心驚膽顫與忍受委屈。

但她也在她獨居的空間裡，對逝去的往日充滿複雜的情感，她在客廳一坐就坐很久，看著逐漸移動的日影，想起屋子裡曾存在的聲音與影像，那些曾經常日飄散的瓜子甘醬和蜜餞味，一波一波觸動味覺。除了她的房間，每一間都空蕩蕩沒有人味，只剩幾件陳舊的傢俱，但她仍會去那些房間走一走，院子那一排房間，是她經營事業的痕跡，每次經過，她就想起往日。

整個眷村的村民，紛紛返鄉探親，今日這家去了，明日那家回來，也有人回家鄉住，或者兒女去中國工作，父母也跟著去了。她心裡曾閃過一絲念頭，她應再回去一次，她曾跟二嬸承諾會再回去，但她知道，兒女不會陪她回鄉，兒女沒主動說要帶她去，她絕不會自己要求，那表示他們把陪媽回鄉當負擔，而她沒人陪著，不會有體力出遠門，就算到得了家鄉，老人自個來，那落魄樣還不如不去。她也沒能力再給他們什麼了，只能偶爾寫寫信，她不再匯錢後，那邊的信越來越少。她不再動念，她在老屋的餘暉裡，靜靜的過著日子。

那一天，那個女孩來叩門，女孩清秀的臉上有一對慧黠的眼神，女孩帶來菊子的禮物，她說她是菊子的姪女。菊子，這個名字再次叩上心扉。那女孩端坐在沙發裡，姿態優雅，聲音輕柔，不疾不徐的與她應答，透顯出不俗氣質，她說，她在出版社工作。女孩交給她菊子委託的禮物，但女孩不知道，她才是她這位老太太最好的八十歲禮物。

35

我將遊走在文字的疆域沒有姓名

他和太太在大姑喪禮中離開的身影，像朵黑色雲靄盤旋，在我身周不預期浮現，有時是我過街轉角時，有時是我在超市挑選食物，那烏雲就隨著冷藏櫃的冷氣吹襲過來，讓我在挑選食物時若有所失，或者，我在辦公室的書堆間抬頭，那個黑影就會盤據心頭，占滿整個文字符號以外的思緒，更別說晚上，烏雲侵擾睡眠。他們走出去時，太太走在前面，他追隨上去，手輕輕托著她的腰，那個自然毫不矯情的動作像一個人吃東西時，自然的伸出手拿取，基於習慣，自然的習慣，他們的關係自然，那習慣存在於任何他們共同出入的場合，他們是習慣共同出入公眾場合的家人。

我再見到他時，沒有提及那片烏雲的困擾，我問他：「我們的前面是什麼？」

他注視我，好似懷疑我的意思，我說：「我是說未來，不是眼前那片樹林。」那時我們坐在森林公園外頭的一家咖啡館，坐在室外廊下的位置，秋天的微風送來幾許清涼。

「最好的愛情不必然在婚姻裡發生。」

從他的回答，我知道他了解我的意思，純淨的愛情得來不易，婚姻可能使愛情混入雜質，但那些雜質也可能使愛情變得牢不可破。

我問他：「世人都為了愛情而想朝暮相處，那又怎麼解釋？」

他看著我，像他平時那樣一直不願將視線從我臉上移開，他手指轉動咖啡杯，那杯裡的咖啡還有半滿，但已涼了，正如我杯中的。他撫著咖啡杯緣，眼睛在探索我的，說：「需要時間，給我一點時間。」

「時間的問題會一直存在，現在解決不了的事，將來不見得解決得了。」我說。他仍然牢牢的看著我，看我還能講出什麼道理，他常仔細聽著我所講的話，有時嚴肅，有時興味盎然的歪著頭看我，以為我只是胡說八道。

「人生不必有時間表，時間不代表什麼，誰也無法預測自己時間的終點在哪裡，只有你想做什麼的時候，覺得該做就斷然去做。」我繼續發表看法，這回他瞇起眼笑了笑，回說：「像我遇到妳，覺得該跟著妳，就一直義無反顧的跟下去。」

我也笑了，「沒有義無反顧，你用錯詞，你有顧慮，你是現實中的男人，貪心但懦弱的男人，而我卻愛上這個男人。」我抽走他手中夾著的半截香菸，送到嘴裡吸了一口，馬上嗆咳起來，他把菸收回去，捻熄。我們望著蓊鬱的樹林，像一對結婚多年的夫妻，各自找到一個最舒適的姿勢，看著眼前的風景。

曾經，我問過他，在一片探親潮中，爲何不帶母親回家鄉探親。他說母親回去過了，根據家姐的轉述，那是個不愉快的經驗，他們姐弟不認爲母親需要再受長途旅行之苦，而且第二次回去，也擺不出闊氣派頭，母親把子彈一次用盡，給不出派頭，對母親來講，是不能接受的情況，而他們無意提供那派頭。

「但她那裡有孩子，她想念那些孩子。」

「上一代的悲情，我們下一代承擔不了，若要承擔，那會無止境。她要我們代她照顧那邊的孩子，但我們從來沒有相處過，沒有感情，手足只是一個名詞。我也試圖說服自己去接受，但我的忙碌總讓我忘記那些事，忙碌也提醒我，一個人能負擔自己的人生就已經很不容易了，怎能去負擔一個可能一輩子困擾你的他人的人生。」

「那麼，我是你的負擔嗎？」

「妳是我的人生。」

我們總是無止境的談話，如果那朵烏雲不那麼隨意飄流進我的生活，我會以爲我們可以繼續無止境的談話，在任何一個我們可以見面的地方。但我開始靠著醫生的安眠藥幫助我忘掉他們的身影，忘掉他那位高大的妻子投射下來的陰影。我想像有天自己站在法庭跟法官解釋愛情超越婚姻形式時，法官笑到滿地找他們雪白尖銳的牙齒，掀開法袍搬出嵌在心裡的法條，其實袍子內是張猙獰矛盾的面孔，在法律符文下他們從來不知道什麼是愛情。

我心魂渙散，不再愛說話。他來到我房裡，再次告訴我，他將遠行，這回是支劇情片，他籌劃很久，找到資金和演員，他一生的夢想是拍一支有意思的劇情片，而不只是廣告。我擁抱他，擁抱他的夢想得以實現，猶如他擁抱我。看我一臉疲倦，他擔憂的說：「別寫那什麼鬼書了，就當沒那回事，去做點別的什麼有趣的事吧。」

我說不行，不寫書於我就像不准拍片於他，那是我們的人生罩門，老天的禮物，要我們為著一個技藝而瘋子般的埋在其中無可自拔。

「那就慢慢來，不要急。」他的聲音那麼慈愛，像一個父親對待他心愛的生病中的女兒。

他離開時，我們緊緊擁抱，像在祝福他去兌現夢想，像不捨數月的分離。我的一滴淚水沾在他脖子上，我怕那烏雲擾亂愛情終至不可收拾，我怕心痛的感覺反覆磨擦每一吋肌膚刺激每一口呼吸，我怕自己因為無法承受痛而忘記生活的能力，我怕他站在法庭上毀掉一生努力的志業，怕他為了時間表而惶惑不安。我站在窗邊看他的身影消失在巷口，在窄巷轉彎的地方，他藍色的格子襯衫和卡其褲沒入街角綠色的咖啡店廊柱，車流橫過巷口，他將搭上其中某一部黃色計程車，他將飛到世界的某一個角落，像每一次離開那樣，在那個角落，把我留在他心裡反覆觀看。我也將觀看他，在任何一個可以安放心靈的地方。

我為心靈寄居之所準備。

安安即將升上國中，她有一個纖細瘦長的體形，她常去爸爸的公司幫忙，幸得她和爸爸感情好，我也樂於將她託給前夫。我跟安安說：「我們得搬家。」

突如其來的宣布令她困擾，她睜大眼睛問：「爲什麼？」

「妳要讀國中了，我們得爲妳的學區準備，我們要搬到好的學區去。」我輕而易舉找到一個搬家的理由。

「那這房子呢？」

「賣掉，賣掉我們才有足夠的錢負擔新房子。」

我一個月內四處看房子，在一個不錯的學區找到一戶十年老的房屋，屋況不錯，原屋主是一對年輕夫婦，爲了他們的新生兒，決定賣掉這戶房子換大房子，房子位在九樓，樓下有一個小巧的中庭花園和管理室，室內雖只有二十幾坪，但足夠我和安安居住，在好的學區，我也只能負擔這個坪數的房子，只要擺上一排書架，不必更動格局和裝潢。我決定要那房子，我提盡存款當頭期款，仍需跟銀行做高額貸款，在舊房子沒賣掉之前，那些貸款將令我喘不過氣，所以我要求仲介，以最快的速度賣掉那房子，好讓我抵掉部分貸款。其實私心裡，我希望他不要因爲售屋貼條上的仲介電話而找到我。

前夫得知我要賣房子，相當不解，那是他留給我的。他送安安回來時，上樓來，有點興師問罪的氣焰，他一直是那個汲汲營營盤算著事業進展的人，臉上流露一種計算的精明，年月越久，精利之氣越深，他劈頭問我：「幹嘛搬家，那邊的房子好貴。」

「又沒用到你的錢。」

「這老房子可是我買的，賣了也算得上有我一份錢。而且妳幹嘛賣？就不能留做紀念？」

我和他紀念什麼？我心裡竊笑，卻不露痕跡，說：「我也不過領薪水過日子，不賣老房子，買新房子的錢哪裡來？你要給我嗎？」我聲音高昂，不知道爲什麼跟他講話就會陷入彷彿爭吵的模式。

但我知道我失言了。他創業之初跟我借錢，我原奢望可以得到回報，但他開的那家店經營得不算好，兩年後頂給一個新買主，自己專心做公關的領域，這幾年他接活動，替企業辦商品說明會，接各類競選活動的企劃執行，這些低成本，高人力費的業務應讓他狠賺了一筆，但他沒還我錢，我並不追究，他盤掉那家店時，想必虧損不少，也許身上還負債，我不該在他還有傷口時灑鹽，我跟他道歉：「抱歉，我賣掉這房子，剩下的貸款還應付得來，你不需給我錢。」

他嘴角笑笑，表示他根本沒有要給我錢的意思，但他仍不諒解我賣掉老房子，他看到我準備搬空，雜物堆得到處是，彎腰撿視每一隻紙箱，看我裝了什麼東西，問我：「還有我的嗎？有的話，也一起搬過去。」

是有他的東西，我已裝在一個塑膠袋，準備扔掉，我指著那塑膠袋說：「在那裡，你帶回去吧！」

他沒有帶走，是安安收拾起來，將它裝入其中一隻要搬去新家的紙箱，並用封裝膠帶封口。

我同時準備離職，我已寫好辭呈，但沒有馬上遞出，得先做口頭請辭，才不致突兀。老闆常不在辦公室，我逮到他進來的時間，看他從電梯出來，走入自己的辦公室，我快速跟進去，免得一會他又不見了。

見我急急走進來，他看了我一眼，問：「什麼事？」

「有事要報告。」

「什麼事出狀況？」

「是我，我出狀況，打算離職，跟你說一下。」

他挑高眉毛，表情詫異，盯了我良久，沉默無聲，好像要把我臉上的每一個隱藏的表情挖掘出來，氣氛因沉默而尷尬時，他說：「不管是什麼理由，我不會答應。」

這回換我堅持，「不管是什麼理由，我一定得走。」

他大概讀到我的困擾，過來輕輕攬著我的肩，說：「到樓下慢慢談。」

我們到樓下咖啡館，我們常在這裡，談公事或閒聊，有時是一群同事，有時就我跟他，這個我們的第二會議室此時沒有太多人，我們在角落坐下，他好像要揭發什麼祕密似的表情凝肅，我說：「沒什麼事那麼嚴重，我覺得自己工作夠久了，應該給自己人生的假期。」

「妳要假期我給妳，人的一生不可能不做事，太長的假期只會令人煩膩。告訴我，到底發生了什麼事？」

「我只是想回到自由創作者的身分，不再那麼定時的到一個地方上班。」

他陷入思考，懷疑我的動機，索問：「告訴我那個真正的原因，或許有辦法解決。」

做爲一個生意人，他善於面對問題，找出解決的方式，而我不想陷入那些公式裡，我仍堅持只是疲倦，「我可以在家做翻譯，替別人寫書，或者自己寫書，爲什麼不呢？我可以有充分的自由調配自己的時間。」

「妳在這裡很委屈嗎？我看妳把工作做得很好，若只是累，那麼調整時間也無不可，時間不是絕對的問題，是可以解決的。說吧，什麼事讓妳那麼堅持離職，是我得罪妳嗎？」

「不是，當然不是。」他不但沒有得罪我，我們還各取所需，這六年來，我一邊進行自己的書寫，一邊還爲公司編寫了一本勵志書，一如過去的出版策略，作者掛上的是編輯部，還替一位企業家寫了傳記，兩本書都得到豐厚的額外酬勞，這兩本書也成爲拖延我書寫進度的元凶之一，當然，最大的元凶是那現實中進行的故事，有時令我迷惘，而不知如何下筆。我的老闆，眼前這個男人，雖希望我爲候選人寫傳，他說那利益更大，我拒絕後，他不再找我負責候選人的區塊，但仍把其他可以增加收入機會的工作交給我，我能不感謝嗎？若不是那些額外的收入，我是難以爲新房子繳出頭期款的。

「那麼，沒有更好的理由的話，請妳還是上班，但時間由妳安排，可以像我這樣，在必要的時候才進辦公室。」

對資深編輯者，他展現相當大的容忍度，但也給了我難題，我說：「這會亂了制度，爲何是我，不是別的同事。」

「我給妳特約的職務，薪水不變。」

然而他不知道，我要避免的是進出辦公室時，有人等在我行經的路上。我仍對他搖頭。

「妳的眼神很憂鬱，不是一副要把離職當度假的樣子，告訴我那個眞正的原因。」

「你會有同情嗎？」

「發生在妳身上的事，若需同情，我毫不吝嗇。妳難道不知道？」

我低頭，心裡盤算說出去的後果，還理不出可能的後果，我聽到自己以一種平靜而怪異的聲音說：「爲了愛情的苦惱，爲了不讓痛苦越深，爲了逃避，我覺得生活得有些改變。」

他挪了挪身子，把身體靠到椅背上，飲了一口咖啡，搜尋我眼裡的神色，以一種冷靜到聲調異常的口吻問：「那個幸運的人是誰？」

「可以是我心裡的祕密嗎？」

「當然。」他開始滔滔不絕：「愛情是要令人愉快的，妳幹嘛讓自己痛苦，又何必逃避？那是一件難以去愛的愛情嗎？若是這樣我了解，我可以感同身受，不是，我的意思是，或許可以試著解決，把妳的眞正想法跟那個幸運的人講，事情也許沒那麼困難。」

我無意回覆他，我只是靜默，他又問：「是一件進行中的事嗎？」

「進行了一段時間。」

「喔，」他又喝了咖啡，以玩笑的口吻說，「顯然那個幸運的人不是我，哈哈。嗨，收起妳的悲傷，我能怎麼幫忙，若是幫妳擺脫那傢伙，我很樂意，告訴我怎麼做。」

我要求我離開後，不要告訴任何人我的行蹤，無論是打電話或來公司詢問。

我們都叫了續杯，氣氛輕鬆起來，他說唯有愛情的這個理由，他可以屈服於我的要求，他希望我仍爲公司寫書，不管是編書或寫任何形式的書，不願眞名暴露，就任意取個名，文字多得很，只要選擇其中至少兩字，甚至一個字，就可以是個書寫者的名字。

持續做爲一名書寫的幽靈已成我的宿命，我將遊走在文字的疆域，沒有姓名。這個身分支持我的經濟來源，爲了讓生活持續進行，我將樂在其中。

搬家前兩天，我把爲老太太寫的書稿送到老太太家中，那是個下午，她剛午睡醒來，精神爽利，像過去每次見面一樣，把我當家人般的招待著，搬出兒子出國前買給她的餅乾點心，泡了一壺清淡的烏龍，茶香清雅，老太太一向喝上好的茶葉。我們坐在她窗前的桌邊，斜陽投射在桌上的書稿，白紙亮得像漿洗過，我說：「這樣的敘述也許不及您跟我說的十分之一。」那疊稿子並不厚，我內心惶惑，我給她的是書裡關於她的那部分，此時，正讀著此書的您，或許明白爲何我的書寫裡把時空隔開了。我說：「這只是其中一部分，您有吩咐，書不急著完成，在人生還沒到終點時，書都可以有無限的書寫空間，但因我的菊子大姑過世了，書裡有她，她的部分已完結，我覺得應該可以給您過目，至於其他的部分，我只能說，我還在書寫中。」

她的手撫過列印的稿子，像撫著一件傳家珠寶，小心翼翼滑過封面的每一個角落，她沒有翻開，陽光照亮她的手，浮筋在乾皺的皮膚上像樹枝紛竄，節眼分明。她說：「孩子，謝謝妳的用心，謝謝妳這麼有耐心的聽一個老太太囉囉嗦嗦的講她的過去。看不看書稿對我已不重要，我很慶幸有妳當聆聽者。」她解下小指上的翠玉戒指，遞到我面前，說：「我沒什麼給妳，這戒指我戴很久了，妳就留下吧。」我將戒指推回去，說：「不行，我已拿了我該拿的酬勞，這件私人有意義的物品，我不能收。」

我們在桌前像玩推牌遊戲，互推那戒指，戒指後來掉落桌面，在桌上扣出一環潤翠的美麗圓形，她撿起來，說：「有一天，這枚戒指對我將沒有意義，但妳的書會完成，那時，若我已經不在，戒指會寄放在風兒那裡，他必然會爲妳留著，妳務必找他拿，做爲妳和這位老太太友誼的紀念。」

初次和老太太做訪談，我們也在窗前桌邊，時光流轉，老太太臉上流露更多平靜的祥和氣息，如果我的聆聽令她得到釋放，那麼我在將她的講述化爲文字時，即使有誤差，那也無足重要了。不過，做爲一個故事的敘述者，我仍不免動心想讓故事發展的線索有跡可尋，她臉上的祥和之光，或許不單純是因爲講述的釋然，我在陽光移開桌面，不再斜射進窗的時候，終於忍不住問：「劉德伯伯常來看您嗎？」

薄暮淡靄中，她只留給我一個遲滯的微笑。

兩天後，我在有著小型中庭花園的大樓度過我新生活的第一夜，有了新的電話號碼，全台北城有無數棟這樣擁有小花園的大樓，我是其中一個住戶，晝夜不分的，過著我的書寫生活。

在燭光之下

光的流動是記憶的幻影嗎？日昇日落，物換星移，在我們最堅信不移的事實變成記憶後，記憶亦將隨著年歲流失。我如今欣慰書寫存在之必要，我寫著這本書的尾聲時，靠過去所寫的文字呼喚記憶，你的名字嵌在我心中，它不是幻影，是眞眞實實的存在。

我想念你，在任何一個可以置身的地方，我想像隨時都有你的蹤影，你可能正在一個公園與我走在不同路徑，可能同在一個表演廳坐在樓上樓下的位置，可能同在一條街上，你走在三個紅綠燈之前，可能隔著幾家餐廳用餐，可能在下雨的天氣裡，你我撐著傘擦身而過。我多麼不想碰到你，又多麼想念你的身影。

我的書寫遠遠悖離當初記錄老太太記憶時的計劃，原以爲只要做幾次錄音紀錄，受委託的書寫可以很快完成，而現在，在書寫的最後，我看到一個已然中年的自己，困坐在一方小桌的燭光中緬懷過往，刻鏤最後的字眼。

我在報上的影視版，曾讀到你打算拍一支劇情片叫「尋人」，我知道那是假消息，是你透過媒體在呼喚我。我去看了你拍的電影，猜得出電視上哪支廣告是你拍的，我勤讀影視版，對廣告饒富興趣，是爲了感受你的氣息。愛人，我並不寂寞，我的生活仍然充滿你。

爲你講述故事的初衷不變，我仍是你忠實的愛人，你將在書店的某個角落看到我爲你寫的故事，當愛情成爲故事的驅動者，故事就不是私人所有，愛情會在每個人的心中成爲甜蜜或痛苦。

愛人，我時時刻刻呼喚你，我爲你講的故事沒有止息。

後記

我以為完成作品時，該是興奮躍起，或是激動莫名，卻是沒有，在那安靜的午後，劃上最後句點，心裡竟是也無風雨也無晴，身邊安靜彷如時間也忘了移動。

這部作品跟在我身邊數年，最早的版本，或許該追溯到十幾年前，我以兩岸分離為源頭，寫了兩個中篇，後來又補了一個中篇，結合為一個完整的長篇敘述，但一直覺得有些不足之處，便把那三個中篇沉在櫃底。篇章裡的某些人物生活經驗卻一直困擾我，逼使我再次將那些素材做為詮釋歷史流動的一部分，重新蘊釀變形為另一部長篇。

從二〇〇〇年起，開始了這部長篇的一部分，同年，我接下副刊的編輯工作，從此與文字的距離最近，卻是無能有完整的心思全心對待自己的長篇，其後工作的變動與增加，常使自己一陣忙亂，這部小說便長處擱置狀態。長期的閱讀成為我的生活基調，做為渴求寫作的慰藉。在精神和體力無法負荷長篇的書寫時，我思考這部小說，無論去到哪裡、做著什麼，心裡始終想著這部小說。

如此厮磨數年，對這小書便有了感情，對出版原已淡然的我，寧可讓它留在書房，習慣我們的相處。

讀者卻是問著，這人還寫作嗎？

寫，當然寫，無時無刻想著與小說書寫相關的問題。將它從私人書房送到大眾書店，無非印證一個小說書寫者對小說的癡妄，她所盼望的，是隱藏於故事之下的那些什麼，能支持她持續保有寫作熱情。

與此小說分離之際，不也正是另一部小說起始之時？做為一名書寫者，唯有書寫，才是生活方式。

蔡素芬 七月

蔡素芬作品集 01

燭光盛宴

著　　者：蔡　素　芬
發 行 人：蔡　文　甫
執行編輯：宋　敏　菁
發 行 所：九歌出版社有限公司
臺北市八德路3段12巷57弄40號
電話／02-25776564・傳眞／02-25789205
郵政劃撥／0112295-1
九歌文學網：www.chiuko.com.tw
登 記 證：行政院新聞局局版臺業字第1738號
法律顧問：龍躍天律師・蕭雄淋律師・董安丹律師
初　　版：2009（民國98）年10月10日

定　價：320元

ISBN：978-957-444-627-8　　Printed in Taiwan
書號：LM001

國家圖書館出版品預行編目資料

燭光盛宴／蔡素芬著. — 初版. —臺
北市：九歌， 民98.10
面； 公分. —（蔡素芬作品集；01）

ISBN 978-957-444-627-8（平裝）

857.7 98016071